Kollektiv Roman

Wollen schon

zaglossus

kollektiv roman

wollen schon

zaglossus

Gedruckt mit freundlicher Unterstützung durch die Kulturabteilung (Magistratsabteilung 7) der Stadt Wien, durch das Amt der Oö. Landesregierung, Direktion Kultur, und durch das Amt der Burgenländischen Landesregierung, Abt. 7 – Kultur, Wissenschaft und Archiv. Gefördert durch das Land Niederösterreich.

Bibliografische Information der Deutschen Nationalbibliothek
Die Deutsche Nationalbibliothek verzeichnet diese Publikation in der Deutschen Nationalbibliografie; detaillierte bibliografische Daten sind im Internet über http://dnb.dnb.de abrufbar.

1. Auflage 2016

Covergrafiken: Pia Klüver

Druck: Prime Rate Kft., Budapest
Printed in Hungary
ISBN 978-3-902902-37-5

Zaglossus e. U.
Vereinsgasse 33/12+25, A-1020 Wien
E-Mail: info@zaglossus.eu
www.zaglossus.eu

Frau Kerbler wischt gerade den letzten, auf den Stufen zur Eingangstür hinauf verloren gegangenen Papp auf, da fährt schon wieder ein Taxi vor. Zwanzig Personen sollen es werden, hat Frau Wolmut noch am Vormittag zu ihr gemeint, aber nachdem das letzte Auto vorgefahren ist, hat Frau Kerbler aufgehört zu zählen. Bei zwanzig Personen, so viel ist klar, bleibt es nicht, nachdem die kleinen Figuren von vorhin wie Clowns im Zirkus aus dem kleinen Wagen gestiegen sind, eine und noch eine und noch eine und noch eine und wie viele waren das jetzt genau und wo kommen die alle her und wie passen die da alle hinein. Sie alle und dementsprechend eine ganze Menge Arbeit ist da auf Frau Kerbler zugekommen. Papp-Patzer sind sicher nur der Anfang.

Innerlich entfährt Frau Kerbler deshalb ein leises Seufzen, als nun tatsächlich noch jemand ankommt. Aus dem Auto steigt schon wieder ein junger Bursche, dieser ist allerdings allein, nicht wie der andere vorhin, der wohl auch nicht mit seiner Mutter, aber wenigstens mit einer Erwachsenen angekommen ist. Frau Kerbler lehnt den Mopp an die Hausmauer und sieht dann dem Burschen zu, wie er aus dem Kofferraum des Taxis einen Rucksack hebt und ihn sich mit Schwung über die Schulter wirft. Zwar ist es im Garten inzwischen schon leicht dämmrig, aber so viel kann Frau Kerbler dabei erkennen, vielleicht ist das gar kein junger Bursche, der da ankommt.

Ihr ist es einerlei. Guten Abend, sagt sie deshalb laut. Das scheint schon zu viel zu sein. Das Hallo, das sie zur Antwort bekommt, ist gerade einmal so viel, dass es nicht nichts ist. Weil es sich mit Frau Kerbler so verhält, dass sie die Kunst, ja, Kunst, der Haushälterei – also einen Ort zwischen vier Wänden in einem Zustand ständiger Bereitschaft zu halten, sodass für alle, die sich länger oder kürzer an jenem Ort aufhalten, in Vergessenheit gerät, dass es sich hierbei tatsächlich um eine Kunst handelt –, weil es sich mit ihr also so verhält, dass sie die Haushälterei ernst nimmt und gelernt hat, dass die unumstößliche Grundregel dafür das Einhalten eines Mindestmaßes an Höflichkeitsformen darstellt, sagt sie, dass es ganz einfach sei, auf ein Guten Abend ebenfalls mit einem Guten Abend zu antworten. Der junge Mensch vor ihr schreckt kurz zurück, aber im selben Moment scheint ihm klar zu werden, dass dies keine Maßregelung war, sondern ein Hinweis. Seine Schultern entspannen sich. Das macht Sinn, danke. Was für ein netter junger Mensch.

Im Haus stehen in der großen Halle noch immer die drei Frauen, die offenbar so schnell so tief in eine Konversation versunken sind, dass sie es noch nicht einmal bis zum Buffet im Salon geschafft haben. Im Vorbeigehen hört Frau Kerbler die eine mit nachdrücklich aufgeregter Stimme sagen, aber irgendetwas, also irgendetwas Sinnvolles, irgendetwas, das man danach herzeigen könne, müsse doch am Ende der drei Jahre stehen. So wie das klingt, sagt sie das bereits zum x-ten Mal. Na ja, wohl, schon, das finde sie ja auch, antwortet die, die sich beim Reden immer leicht von der einen zur anderen dreht, aber was dieses Etwas sei ... Ganz genau. Was dieses Etwas sei, übernimmt die dritte jetzt, sei ja wohl nicht einfach eine weitere Zeile in einem ...

Den Rest hört Frau Kerbler nicht mehr, vielleicht hat sie Lebenslauf gesagt, die dritte, aber das ist Frau Kerbler egal. So wie die drei sich den ganzen Abend schon im Kreis drehen mit ihrer Diskussion, scheint es ihr ein Streit um des Kaisers Bart zu sein.

Frau Kerbler geht am Buffet vorbei Richtung Küche, um dort nach dem Rechten zu sehen, und sieht dort den einen, der sich selbst recht wichtig zu nehmen scheint, und den anderen, mit dem er angekommen ist, stehen. Der Wichtige steckt sich gerade ein Häppchen in den Mund, kaut und überlegt sich, ob es ihm schmeckt. Frau Kerbler gibt vor, einen Heizkörper zu kontrollieren, einfach nur, damit sie hören kann, was jetzt aus dem mampfenden Mund kommt, und weil sie weiß, dass die Kunst es mit sich bringt, dass man* so lange unsichtbar bleibt, wie man* beschäftigt tut, und erst dann auffällt, wenn man* untätig ist. Also greift sie sinnloserweise auf den warmen Heizkörper, während der Wichtige ein wenig das Gesicht verzieht und seinem jungen Freund zuraunt, na ja, nicht das Gelbe vom Ei. Wenn er da an dessen, er meint den jungen Mann, Kochkünste denke ... Dann setzt er kurz ab und sagt mit einer Keckheit, die ihn alt wirken lässt, ob er, sein Freund, eigentlich wisse, dass es das gewesen sei, in was er sich verliebt habe, dessen Kochkünste? Und natürlich, setzt er nach, als hätte der Satz nicht schon immer auf genau das hinauslaufen sollen, in dessen großen Schwanz. Frau Kerbler weiß große Schwänze zwar auch zu schätzen, aber wäre sie jetzt an der Stelle des Freundes, würde sie sich mit ihrem großen Schwanz wahrscheinlich abwenden und den Salon verlassen. Die Liebe des Wichtigen hat ihr soeben verdächtig nach Selbstliebe geklungen und mit der Liebe nimmt Frau Kerbler es auch sehr genau.

In der Küche will Frau Kerbler eigentlich einfach nur mit dem Koch sprechen, aber der Gutgekleidete ist auch dort. Frau Kerbler hat seinen Namen schon wieder vergessen, Berufskrankheit, aber inzwischen, und das passiert ihr nicht oft, würde sie sich gerne daran erinnern. Johannes? Der Gutgekleidete war heute schon am Nachmittag da und hat ihr zur Begrüßung Rosen mitgebracht. Frau Kerbler hat gerade noch die Contenance behalten. Er ist ein gefährlicher Typ, der Gutgekleidete. *Reproduktionsarbeit*, so hat Frau Wolmut das in einem Gespräch genannt. Die *Reproduktionsarbeit* soll unter allen gleich verteilt werden. Frau Kerbler hat erst später verstanden, was sie damit gemeint hat, dass nämlich alle Leute, die an diesem *Freien Institut* hier arbeiten sollen, die anfallenden Haushaltsarbeiten übernehmen. Das hat sie gemeint. Und dann heißt das *Reproduktionsarbeit*. Für Haushaltsarbeit sind sie sich vielleicht dann doch zu intellektuell, die Wissenschaftler*innen. Dem Koch die Suppe versalzen und ihr das Porzellan zerschlagen, darauf wird es hinauslaufen. Und der Gutgekleidete hier, der ist für das Versalzen der Suppe zuständig. Unauffällig, höflich, gut gekleidet und zugegebenermaßen charmant ist er. Jemand, der im Auge behalten werden muss. Leise raunt Frau Kerbler also dem Koch zu, sodass der Gutgekleidete es nicht verstehen kann, die Kürbis-Ricotta-Tartelettes müssten vom Buffet genommen werden.

I. Aufgang / Stairway

Mind. Ja tatsächlich: *Mind* steht da geschrieben, quer über die Stufen, die zum *Gare Saint-Charles* hinaufführen. In großen Graffito-Lettern, ein Graffito-Schriftzug auf der Treppe, die eine über die Stadt empor zu den Bahn- und Bussteigen, zu den Gleisen steigen lässt. *Mind*. Ihre Augen folgen dem Schriftzug. Sie fassen ihn, halten sich an ihn, halten sich an ihm fest. *Mind. Mind – quoi?* Sie steht unentschlossen am

Fuß der prächtigen Stiege, die die einen in die Stadt hinein-, die anderen aus der Stadt hinausführt. Noch hat sie keinen Fuß auf die erste Stufe gesetzt. Noch befindet sie sich in der Stadt und nicht auf dem Weg. Mit dem ersten Schritt auf die Treppe wird sie ihre Reise angetreten haben. Der Träger ihres Rucksackes drückt gegen das Schlüsselbein. Sie hat die beiden Träger vorne ineinander verhakt, um das Gewicht besser zu verteilen. Praktisch. Eine praktische Angelegenheit sei ein Rucksack wie dieser, der über zahlreiche Möglichkeiten verfüge, die Träger und Gurte miteinander zu verbinden. Ineinander zu verhaken. Das hat sie Marie erklärt, Marie, die sich über die vielen losen Gurte und Träger mokiert hat: *Ne te moque pas, c'est vachement pratique.* Als ob Marie mit *praktisch* etwas anfangen könne, mit etwas *Praktischem*, das nach eigenem Gutdünken verbunden, verhakt, zusammengestellt werden kann. Der Rucksack. Die Reisetasche. Der Rollkoffer. Die Plastiktüte. Sie umgeben Jeanette wie eine Festungsmauer, ein kleines *Fort*, und sie, Jeanette, auf dem Posten, dem Beobachtungsposten. *Mind. Mind the step*. Oder: *Mind your step*. Oder: *Mind the gap. The gap* zwischen denen, die auf-, und jenen, die absteigen. Oder: *Stairway. Stairway to your mind*. Oder: *Stairway to heaven*. Die beiden Richtungen. Ja, es sind immer zwei, *but in the long run*, da gibt es immer noch Zeit, den Weg, auf dem du dich gerade befindest, zu ändern. *And it makes me wonder.* Marie. Nein, es gibt keinen Weg, der daran vorbeiführt. Es gibt keinen anderen Weg. Sie hat sich entschieden. Sie wird jetzt den Fuß auf die erste Stufe setzen, den Schriftzug passieren, ihn hinter sich lassen, mit der Stadt im Rücken aufsteigen zu den Gleisen, das Bahnticket aus ihrer Tasche ziehen, die Reservierungsnummer ablesen und sich in das entsprechende Abteil setzen. Zuerst aber die Reisetasche schultern, den Rollkoffer in die eine Hand und die

Plastiktüte in die andere Hand nehmen. Sie schwankt. Sie schwankt unter dem Gewicht der Gepäckstücke auf die erste Stufe. Stolpert von der ersten auf die zweite. Rettet sich gerade noch auf die dritte und muss dann innehalten, den Rollkoffer abstellen, die Plastiktüte auf den Rollkoffer. Warum zum Teufel ... Nächster Schritt, nächste Stufe. Den Koffer wieder in der Hand, zwei, drei, dieses Mal – vier Stufen. Der Graffito-Schriftzug liegt noch vor ihr. Circa zehn Stufen vor dem *Mind*. Zehn Stufen, das sind noch zwei Pausen, zwei Mal Absetzen und Wiederaufnehmen. So geht das nicht. Warum nur ... Warum zum Teufel hat sie das Angebot von François, sie zum Bahnhof zu fahren, ausgeschlagen. Warum hat sie gesagt, sie wolle allein gehen, ganz allein, *toute seule*, auch ohne Marie. *Pourquoi?* Sie nimmt die Plastiktüte in die eine Hand und zieht den Rollkoffer hinter sich her. Der Koffer klappert über die Stufen. So geht es besser. Schneller zumindest. Der Schriftzug nun unmittelbar vor ihr. Der nächste Schritt setzt bereits bei den Graffito-Lettern an. Über vier Stufen erstrecken sich die Buchstaben, breit, ausladend, grün-grau-schwarz. Eine geübte Hand, aber keine Signatur, kein Piktogramm, nur Botschaft, *message*. Sie zerrt an ihrem Rollkoffer, möchte so schnell wie möglich den Schriftzug passieren, hievt ihn über den Ansatz des I, hinüber zum mittleren Abschnitt des N, schließlich zum oberen Ende des D. Als würde sie mit ihrem Gang, ihrem schwankenden, zerrenden und hievenden Körper das *Mind* durchstreichen, von unten links nach oben rechts hin durchstreichen, ein aufsteigender Strich. Oder eine Falllinie. Weiter. Vier Stufen über den Graffito-Lettern bleibt sie stehen. Durchatmen. Mit der einen Hand streicht sie die Haarsträhne hinter das Ohr. Der Zopf baumelt über dem Kragen des Jacketts. Noch acht Stufen. Von hier, vom rechten Rand der Treppe aus sieht es tatsächlich so aus, als würde sie, diese Pracht-Stiege, in den Himmel führen. Die Gebäude des Bahnhofs und des Bus-Bahnhofs sind nach hinten versetzt, zwischen ihnen und dem Treppenaufgang liegt ein Platz, ein Platz mit Blick über die Stadt.

Die Stadt zu ihren Füßen. Die aufeinander einstürzenden Gassen, der zum Alten Hafen hin abfallende Boulevard. Ihr gegenüber, etwa in Augenhöhe, die Kathedrale. *Notre-Dame de la Garde*. Dächer und Antennenlandschaften dazwischen. Fensterlädenfassaden und bunt-bröckelndes Mauerwerk. Im Überblick behalten, so eine Stadt im Überblick behalten. Wie die überdimensionale goldene Marienstatue auf dem Kirchturm. *Notre-Dame de la Garde*. Ein Raster entwerfen. Die ganze Unübersichtlichkeit dieser Stadt in dieses Raster einordnen und alle Bewegungen, alle Veränderungen verzeichnen. Übersichtlich. Übersichtlich verzeichnen. Die Innenstadt, in der traditionelle Einwanderungsviertel und Geschäftsviertel fast nahtlos ineinander übergehen. „In Marseille wechselst du die Straßenseite, biegst einmal 25ums Eck – und schon befindest du dich in einer anderen Welt", so hat François ihr die Stadt vorgestellt. Hat er sie, die Stadt, ihr dadurch auch nahelegen wollen? Wahrscheinlich. So spricht nur jemand über einen Ort, der ihn tatsächlich auch liebt. Mit so einer liebevollen Nachsichtigkeit. François, ein Soziologe, der eine, der seine Stadt liebt, die Stadt, mit der er zwangsbeglückt worden ist, damals, Mitte der 1990er, im Rahmen der Dezentralisierungswelle in Frankreich, als die großen nationalen Forschungseinrichtungen einige Dependancen aus Paris hinaus in andere Städte und Regionen verlegt haben. Er hat damals die Wahl gehabt. In Paris zu bleiben als einfacher Mitarbeiter an der EHSS oder nach Marseille zu gehen als *Directeur de la recherche* der Abteilung *Recherches comparatives en anthropologie, histoire et sociologie*. Eine Wahl haben. Keine Wahl haben. Und der Wechsel von Paris in diese Stadt hier. Na ja. Jetzt sitzt er mit einem Team, in dem die meisten hoffen, eher früher als später nach Paris gehen zu können, in der *Vieille Charité*. Die meisten. Anne bestimmt. Pierre auch. Bei Antoine und Sophie ist sie sich bis zuletzt nicht ganz sicher gewesen. Die wollen wahrscheinlich ohnehin in den angelsächsischen Raum. Die haben es satt, sich immer wieder auf der einen oder der anderen Seite der großen französischen Soziologie-Schulen positionieren zu müssen. Serge wird wohl auch, nachdem er sein Doktorat abgeschlossen haben wird, nach Paris gehen. Nur Marie. Marie, die. Ein Soziologe aus Berlin soll jetzt kommen. An ihrer Stelle. An ihre Stelle. Ebenfalls Migrationsforscher. Von der Freien, soviel sie weiß, von der Freien Universität. Der wird schauen, wenn er hierher in diese Stadt kommt. Aus Berlin. Nach Marseille. Wenigstens an die EHSS, von der FU an die EHSS, wenigstens das ein Fortschritt. Und befristet ist die Zeit ja, Zeit für die Umsetzung eines Projekts und dann wieder weg, weiter. Wie sie jetzt. Von Marseille weg nach Wien.

Die Stadt im Rücken. Die Stadt wieder im Rücken nimmt Jeanette ihr Bahnticket aus der Tasche. Noch fünfzehn Minuten. Sie schultert die Reisetasche, nimmt die Plastiktüte in die eine, den Griff des Rollkoffers in die andere Hand. Geht aufrecht ins Bahnhofsgebäude. *Le TGV d'appartenance de* ... Stimmen- und Geräuschnebel. *Voie* 2. Der TGV nach *Strasbourg* ist schon bereitgestellt. Das Ticket. Die Reservierungsnummer. Der Zugang zum Bahnsteig nur mit gültigem Ticket. Die Waggonreihe abgehen bis zum Wagen Nummer 22. *Vingt-deux*. Ihren Platz suchen. Ihren Platz einnehmen. Zuerst aber den Rollkoffer und die Reisetasche verstauen. Die Gepäckablage im Gang. Kaum noch Platz. Den Rollkoffer schiebt sie unter die erste Stellage, die Reisetasche wuchtet sie auf einen anderen Koffer, einen Schalenkoffer. Mit dem Rucksack und der Plastiktüte nimmt sie ihren Platz ein. Am Fenster. Abschiedsszenen am Bahnsteig. Ein *monsieur*, dem drei Paar Hände, zwei kleine und ein erwachsenes, winken, eine *dame*, die leicht an ihren Hut tippt, zwei junge Männer, die sich küssen. Etwas später dann die Gesichter, die vom Bahnsteig tapfer ins Abteil hinein lächeln. Das hat alles nichts mit ihr zu tun.

Ich kenne Miša schon ein Leben lang und ich glaube, für viele sprechen zu können, die Miša kennen, wenn ich sage: Es ist nicht immer einfach. Ich weiß nicht, wie oft S. schon im Kaffeehaus, im Restaurant, im Park, in der Uni, zu Hause oder sonst wo gesessen oder gestanden hat und auf Miša gewartet hat. Sie schreibt dann SMS, „wo bist du?“, „wo bleibst du?“, „ist alles o. k.??“, sie hinterlässt Sprachnachrichten. Ich weiß nicht, wie viele Sprachnachrichten S. Miša in ihrem Leben schon hinterlassen hat. Mittlerweile sollte sie aber zumindest eines wissen: Es kommt keine Reaktion. Einmal hat sie tatsächlich über drei Stunden in der Kälte, also auf den Stiegen vor der Haustüre, gewartet, bis Miša endlich aufgetaucht ist, um ihr aufzusperren. Ich will sagen: Ich kenne keine unzuverlässigere Person als Miša. Deswegen kommt es mir wie ein Wunder vor, dass Miša den Zug, der pünktlich um 10:34 Uhr in Paderborn losgefahren ist, zwar selbstverständlich fast, aber tatsächlich nicht verpasst hat.

„Denn der Mensch schreitet aufrecht, die erhabenen Zeichen der Seele ins Gesicht gebrannt“, las Miša, blieb in Gedanken noch einen Moment lang bei diesem letzten Satz des Buches hängen und schlug es dann zu. Die Fahrt sollte noch ungefähr sechs Stunden dauern, sechs Stunden Ungewissheit, Aufbruchsstimmung, kribbelige Beine. Ob bei diesen diffusen Gefühlen, die Miša nicht nur in den Beinen, sondern auch in Form einer leichten Übelkeit spürte, auch Hoffnung dabei war, und wenn ja, woher diese Hoffnung kam oder was sich Miša überhaupt erhoffen konnte, war nicht so klar. Wenn es Hoffnung war, dann war es vielleicht die Aussicht darauf, in Wien endlich mal zu Geld zu kommen. Wien war jedenfalls nicht fremd, nein, im Gegenteil. Erst vor ein paar Monaten war Miša genau diese Strecke gefahren, in die entgegengesetzte Richtung, vielleicht sogar in genau diesem Zug, womöglich in demselben Waggon, höchst unwahrscheinlich genau auf diesem Sitzplatz. Leider war Zugfahren für Miša an sich schon eine Zumutung. So eingeengt zu sein, mit fremden Menschen in einen Raum gesperrt und unbewussten Grenzüberschreitungen ausgesetzt Zeit absitzend. Mit zu viel Zeit für ungewollte Gedanken und zu wenig Raum für unbemerkte Beinbewegungen, kein bisschen sich unbeobachtet an der Nase kratzen und kein bisschen überhaupt etwas, ohne dabei stets mit zu bedenken, wie das auf die anderen wirken muss. Und diese anderen, die Mitfahrenden, die Mitleidenden, sie waren für Miša anstrengend, allein durch die Tatsache ihrer Anwesenheit. Wenn eine*r der anderen im Abteil, wie eben eine auf dieser Zugfahrt von Paderborn nach Wien kurz vor Nürnberg, dann auch noch etwas auspackte wie dieses Käsebrot mit Ei und anfing, dieses stinkende Ding auf ekelhafte Weise zu verzehren, dann war es tatsächlich an der Zeit, aufzustehen und das Abteil zu verlassen und eine Weile am Gang stehend aus dem Fenster zu schauen.

Etwas Neues zu beginnen hieß, sich auf etwas noch Unbekanntes einzulassen, hieß also doch, Erwartungen zu haben. Nur welche Erwartungen konnte m* schon haben, an ein so irrwitziges Projekt? Also okay, viel schlimmer, als es zuvor gewesen war, konnte es eigentlich nicht werden, das war klar. Die letzten Wochen in Wien hatte Miša hauptsächlich allein, auf dem Bett liegend, lesend oder schlafend, im WG-Zimmer verbracht. Hatte jeglichen produktiven Kontakt zur Außenwelt verloren. Mišas Mutter hatte das Anrufen schon Jahre zuvor aufgegeben. Sie hatte wohl irgendwann gemerkt, dass es reine Zeitverschwendung war, Miša anzurufen, denn selbst die wenigen Male, bei denen Miša das Telefon tatsächlich abgehoben hatte, hatte sie nur die üblichen, wortkargen Antworten zu hören bekommen und war meist nach wenigen Minuten schon unter fadenscheinigen Vorwänden abgewimmelt worden. Auch das Diskutieren hatte sie aufgegeben. Zum Vater hatte von Anfang an kein telefonischer Kontakt bestanden. Obwohl er bestimmt manchmal nach Miša fragte.

Vater: Hast du eigentlich wieder mal was von Miša gehört?

Mutter: Hm, also vor ungefähr einer Woche hab ich 'ne SMS bekommen.

Mutter kramt das Handy aus der Tasche, liest vor: „Lebe noch. M."

Vater: Aha, das ist ja gut zu wissen.

Mutter: Was haben wir eigentlich falsch gemacht?

Vater: Wieso denn? Soziologie ist zwar keine echte Wissenschaft und im Grunde genommen Zeitverschwendung, aber wir haben ja noch Luise und Thomas, bei denen läuft's ja gut – so viel können wir also nicht falsch gemacht haben.

Mutter: Das hab ich nicht gemeint. Ich meine diese destruktive Art.

Vater: Mach dir nicht immer so ’nen Kopf. Das liegt nicht mehr in unserer Hand.

Ursprünglich hat Miša beide Studien abschließen wollen. Elektrotechnik ist zwar etwas Praktisches und anfangs auch interessant gewesen, aber auf Dauer, und sozusagen als Hauptbeschäftigung, ist es doch eher eintönig und irgendwie nicht das Richtige. Und die Soziologie ist für Miša eine Leidenschaft, die sich leider als Qual entpuppt hat. In Wahrheit, und das haben wohl die Eltern auch gedacht, schafft es jede noch so faule Person, ein Soziologiestudium abzuschließen. Das ist wirklich machbar. In Wahrheit ist Miša an sich selbst gescheitert und an der Angewohnheit, immer alles komplizierter zu machen, als es sein muss. Vielleicht sind die Eltern besorgt, vielleicht sind sie im Grunde genommen aber auch froh, dass sie sich nicht mehr darum kümmern müssen. Muss ja auch eine Erleichterung sein dürfen, wenn die Kinder aus dem Haus sind. Vor allem, wenn deren Jugendjahre schon anstrengend genug waren. Ständig Rechtfertigungen abgeben zu müssen über das Verhalten eines Kindes, das nicht einmal mit ihnen selbst spricht. Deswegen glaube ich, dass Mišas Beschluss, in Wien zu studieren, für die Eltern eine große Erleichterung war.

In Wien hat Miša einige Monate lang eine Liebesbeziehung mit S. geführt, aber wie ich zu Beginn schon erzählt habe, war das eher eine leidige Angelegenheit. Sie sind einfach nicht miteinander zurechtgekommen. Miša bricht nämlich bei jeglichem Druck von außen in sich zusammen. Und das Grässliche ist: Miša empfindet fast alles als Druck. Einmal haben sie sich ein Auto gemietet, um ein paar Möbel zu transportieren, und haben sich darüber in die Haare gekriegt, ob sie an einer bestimmten Stelle links oder rechts abbiegen müssen. Nicht, dass das nicht anderen auch passieren kann, aber in diesem Fall hat es eine solche Beziehungskrise ausgelöst, dass es fast zu einer Trennung gekommen ist. Ist das nicht lächerlich? Jedenfalls ist es furchtbar anstrengend. Manchmal hat S. Miša packen und so lange schütteln und rütteln wollen, bis endlich ein Funken Vernunft in diesem Kopf zum Vorschein kommt.

Jahrelang in Wien zu sein, nichts aufzubauen und auch nichts abzuschließen, nichts zu erreichen und am Ende ohne Abschluss und ohne Geld wieder zurück zu den Eltern zu ziehen, das ist einfach keine große Leistung. Ich meine, ja, sicher hat Miša in Wien viel gelernt. Hat sich in Bücher verkrochen, sich von Büchern ernährt, sich mit feministischer Theorie gesättigt. Hat sich an soziologischen Theorien nahezu überfressen. Wenn Miša den Eltern davon erzählt hätte, die hätten das nicht verstanden. Diese ewigen theoretischen Auseinandersetzungen, das wissen auch die, führen doch dazu, dass im Endeffekt die wichtigen Dinge aus dem Blickfeld geraten. Na gut, Miša hat sich auch politisch engagiert, war in verschiedenen Gruppierungen, ist da erst irgendwie so reingerutscht über S. und dann total darin aufgegangen. Da ist es dann schon darum gegangen, konkret etwas zu verändern. Das ist ja an sich nichts Schlechtes. Aber das war alles überhaupt nicht pragmatisch, die haben sich im Kreis gedreht. Sind nie wirklich zu tatkräftigen Entscheidungen gekommen mit ihren basisdemokratischen Strukturen und der ganzen i-Tüpfelchen-Reiterei.

Was jedenfalls zählte, war, dass Miša sich in einem Zug zurück nach Wien befand, auf dem Weg zu einem zwar irrwitzigen, aber dafür bezahlten, und noch dazu gar nicht schlecht bezahlten, Projekt. Nach ungefähr einer Stunde war das Herumstehen vor dem Abteil, ständig angerempelt zu werden und immer ausweichen zu müssen, aber auch nicht mehr zu ertragen. Also ging Miša wieder ins Abteil zurück, zog ein Notizbuch hervor, um etwas aufzuschreiben, verzettelte sich dabei aber beim Durchblättern und blieb an einem Eintrag von einem halben Jahr zuvor hängen: [ein Datum ein halbes Jahr zuvor]

Gegeben sei eine winzig kleine Figur. Diese ist der Erbin total verbunden. So kommt sie auch in Frage und von dort weiter in die engere Wahl und von dort weiter ins Finale und wird, so wie alle anderen Glücklichen und glücklich der Erbin Verbundenen auch, mit Zeit und Geld beschenkt. Für was / wofür? 1) Zum Wohle ihrer selbst, 2) zum Wohle aller, die so sind wie sie, 3) zum Wohle aller derer, die nicht so sind wie sie, 4) zum Wohle aller, 5) zum Wohle allen weiteren möglichen Wohls – wohl bekomm's!

1) So geht's an, 2) so geht's zu, 3) so geht's aus:

1

Ans Packen: Die Figur, wie sie da ist, sitzt und fragt sich ernsthaft: Wie füllt man den Drei-Jahres-Koffer? Wie lebt sich's daraus die ganze Zeit? Wie will's soll's bestückt/präpariert sein, sodass sie täglich ein frisches Kaninchen daraus hervorziehen kann? Nichts weniger als Zauberei, schwarz/weiße Magie wird verlangt von denen, die nun nicht anders können, als tun & machen: das Will-Soll erfüllen:

Sag dem Kelch, er möge noch mal vorbeimarschieren, ich schlürf ihn jetzt aus.

Somit finden wir im Gepäck bereits verstaut: Kelche & Kaninchen. Was fehlt? Das dritte K, K3, Joker-K wie Kinder[1]? Wie Kleine faltbare Küche?[2] Wie Kleine faltbare Kirche oder Moschee?[3] Soll die Kunst mit ins Gepäck? Nein. Die Kontingenz? Wohl oder übel. Ein Speibsackerl[4]? Für alle Fälle.

Das Kontingenzsackerl will soll wohl geschnürt sein, es will soll alle möglichen Stückln spieln: das Kleine Schwarze[5], das Kühle Blonde[6], den Kessen Vater[7], die Komische Figür[8]: Für was / wofür? 1) Zum Wohle ihrer selbst, 2) zum

1 Vgl. Homunculus (huh-MUHNG-kyuh-luhs, HO-): http://wordsmith.org/words/homunculus.html

2 Vgl. Frankfurter Faltbare: „Die PIA genannte Faltküche ist im zusammengeklappten Zustand 185 Zentimeter breit, 81 Zentimeter tief und 195 Zentimeter hoch." http://www.ekitchen.de/kuechengeraete/news/pop-up-kitchen-pia-48693.html

3 Vgl. Azra Akšamijas Dirndlmoschee: „Der Dirndlkittel lässt sich zu einem Gebetsteppich für drei Personen ausfalten, dessen korrekte Ausrichtung nach Mekka durch einen am Gürtel befestigten Kompass ermittelt werden kann." http://www.jmberlin.de/heimatkunde/kuenstler/aksamija.php bzw. http://www.azraaksamija.net/project-5/

4 Vgl. Kotztüte: „verwendet ja, doch glücklicherweise nur das Wort", http://Speibsackerl.ostarrichi.org/wort-4748-kotztute-speibsackerl.html

5 Vgl. Kaaba: = das, worum sich alles dreht: http://live.gph.gov.sa/

6 *Wer war die Kühle Blonde wirklich?* http://www.n-tv.de/mediathek/bilderserien/unterhaltung/Zum-25-Todestag-von-Grace-Kelly-article225739.html

7 „Die große Chance gibt es in allen Lebenslagen – wenn man sie erkennt und annimmt", meint Christine Hödl, Sängerin und Gewinnerin von „Die Große Chance". http://www.christine-hödl.at/

8 „Appearances, genders and ethnicity do not matter at all when it comes to the dignity and freedom of individuals (or as Austrians would say: ‚They are WURST')." http://www.conchitawurst.com/

Wohle aller, die so sind wie sie, 3) zum Wohle aller derer, die nicht so sind wie sie, 4) zum Wohle aller, 5) zum Wohle allen weiteren möglichen Wohls – wohl bekomm's!

Die Komische Figur muss sich, gleich einer beliebten x-beliebigen Comicfigur, nicht um Altersvorsorge und Jugendverlust, Gewichtszunahme[9] und die Tücken des Blutes[10] kümmern, da ihr dies vonseiten ihrer Erfinder abgenommen wird.

Kinder: keine/ungeborene

Eltern: Erfinder

Weitere soziale Beziehungen: Steht in losem Kontakt zu Figuren und Personen aus anderen Welten, außerhalb des Komischen Universums, tragikomische Verbindungen totaler und/oder subtotaler Art entstehen.

Interessen: Möglichkeitsform und konkrete Wahrheit[11], BdM[12], EDV

Arbeitsschwerpunkte: Möglichkeitskunde, Kontingenzfurcht und Komplexitätsflucht, Konjunktiv und Konjugation

9 Vgl. Komische Figur: http://www.erdbeerlounge.de/erdbeertalk/ich-hab-eine-total-komische-figur-das-macht-mich-total-unglueecklich-_t2011344s1

10 „Blutsgeschwister wurde an einem sonnigen Aschermittwoch im März 2001 von einem kleinen Kreis von Visionären, Freigeistern und Hedonisten gegründet." http://www.blutsgeschwister.de/#page_id=105

11 Vgl. Truth is concrete: „In September 2012 the ‚Truth is concrete' 24/7 marathon camp took place. With around 300 lectures, panels, tactic talks, performances, concerts, films, workshops and a parallel, self-curated, spontaneous Open marathon, ‚Truth is concrete' created a 170-hour performative space for thinking and networking." http://truthisconcrete.org/

12 BdM: = Bedingung der Möglichkeit: „Die unnahbare Marietta, die mehr ‚die Bedingung der Möglichkeit' liebt als die Möglichkeit selbst, ist der fleischgewordene Konjunktiv." https://www.freitag.de/autoren/der-freitag/die-bedingung-der-moglichkeit

Arbeitsvorhaben: Kontingenzmanagement[13] in freien Instituten – „If I had my way, you had yours, he had his, she had hers, it had its, we had ours, you had yours and they had theirs“[14] (Arbeitstitel)

„Bite me!“, in roter Schrift auf schwarzem Grund, darüber ein riesiger Moskito in Weiß – in all seinen Jahren in Minnesota hatte er nie etwas gesehen, was zugleich so Minnesotan und so sexuell war wie dieses T-Shirt im *Estes Twin Cities Shop* des Flughafens Minneapolis-St. Paul. Was konnte eine schönere Erinnerung an seine aufregende Zeit hier sein, dachte er, und erstand das Shirt.

Die Zeit bis zum Abflug nach Washington Dulles verbrachte er mit der Lektüre der neuesten Ausgabe der *Star Tribune*, einer lokalen Tageszeitung aus Minneapolis. Fernando hatte manchmal unkonzentriert darin geblättert. Damals, in dem Café auf der Lake Street, wo sie so oft den Morgen gemeinsam verbracht und klebrige *Churros* zu schwarzem Kaffee gegessen hatten, bevor sie sich mit müden Beinen auf den Weg zur Uni gemacht hatten. Und an Fernando hatte er lange nicht denken wollen. Die *Star Tribune* war heute seine Mutprobe.

13 There is no one best way to organize: „Contingency theory is a behavioral theory that claims that there is no single best way to design organizational structures. The best way of organizing e. g. a company, is, however, contingent upon the internal and external situation of the company.“ http://www.businessmate.org/Article.php?ArtikelId=11

14 Vgl. Reverend Gary Davis: „If I Had My Way“, https://www.youtube.com/watch?v=CGDZdy8lDmc

Keine Erinnerung war ihm bisher so gefährlich geworden wie dieser Geruch der Stadt am frühen Morgen, die noch tiefstehende Sonne über der Lake Street und sein vor Erschöpfung schmerzender Schwanz, mit dem Fernando ihn nach solchen Nächten zurückgelassen hatte. Dann war Fernando nach Argentinien gegangen, mit seinem PhD und einer Professur in der Tasche. Und weil er, Peter, sein Herz in der Hose trug, war ihm auch hier wiederum nichts geblieben als ein einsames Pochen zwischen den Beinen.

„Prairie Island Tribe Seeks Action On Nuclear Waste“, las er gerade, als der Aufruf zum Boarding ertönte. Mitglieder eines Dakota-Stammes protestierten gegen die Zwischenlagerung von Atommüll neben ihrem kleinen Reservat. 150 Jahre nach deren Deportation wollte man also die letzten von ihnen auch noch mit Atommüll vertreiben.

„Good morning, Mr. ... *Catholic*“, grüßte die junge Frau vom Bodenpersonal ihn mit professioneller Höflichkeit, als er seinen Boarding Pass vorzeigte.

Wie die meisten US-Amerikaner_innen, die nur einen kurzen Blick auf seinen Namen – Katholnig – warfen, verfing sie sich darin. Während seines ersten Jahres in Minneapolis hatte er sich jedes Mal bemüßigt gefühlt, sich vom katholischen Eindruck, den sein Nachname erweckte, zu distanzieren. So wie er es aus Österreich gewohnt war, mit seiner kritischen Haltung wenn schon nicht auf offene Ohren, so zumindest auf Verständnis zu stoßen, hatte er hier in Minnesota zu Beginn seines Aufenthaltes in jeder entsprechenden Situation eine kurze Rede über sein nicht vorhandenes Verhältnis zum Glauben gehalten. Dass das die meisten Menschen irritierte, wurde ihm erst klar, als er während seiner Recherchen über die *Two Spirits* einen Aktivisten namens Jim Standing Rock kennenlernte. Mit ihm hatte Peter sich auf Anhieb verstanden und Jim war es gewesen, der ihm erklärt hatte, dass die Religion hierzulande Privatsache war und Peters Ausführungen zumindest als seltsam, wenn nicht gar als unhöflich empfunden wurden.

Als Peter von der zugigen Gangway in das Flugzeug stieg, trauerte er noch einige Sekunden lang dem nach, was er hinter sich ließ. Zwar waren es diesmal nur ein paar Tage gewesen, die er in Minneapolis verbracht hatte, aber die Bilder der Hochzeit von Jim Standing Rock und seinem Geliebten Charles, vor allem der ausgelassenen Party, die bis in die frühen Morgenstunden angedauert hatte, waren so lebendig, dass Peter den Beat der Musik noch in den Ohren hatte. Viele der Hochzeitsgäste kamen aus der *Two-Spirits*-Community und Peter hatte sie schon vor einigen Jahren bei den Recherchen für seine Dissertation kennengelernt. Es war ihm auf der Feier nicht schwergefallen, einen jungen Mann, den er davor noch nicht gekannt hatte, mit aufs Klo zu nehmen, um sich dort von ihm ficken zu lassen. Allerdings hatte er dabei einige Male an Hüsseyin denken müssen. Nicht nur, weil er sich mit ihm, obwohl sie sich noch nicht allzu lange kannten, sexuell so erstaunlich perfekt verstand. Peter bereute es fast, dass es nicht Hüsseyin war, der es ihm in diesem noblen Klostall besorgte, und er überlegte tatsächlich, ob er Hüsseyin von der Sache erzählen sollte. Noch bevor das Intermezzo beendet war, war Peter zu dem Schluss gelangt, dass all dies untrügliche Anzeichen seiner Verliebtheit in Hüsseyin waren. Wahrscheinlich war die Mutprobe *Star Tribune* also gar nicht sonderlich mutig gewesen.

Peter hatte den jungen Studenten Hüsseyin, der beim Kurdischen Studierendenverein YXK aktiv war, auf einer Party einer alten Freundin in Wien kennengelernt und sich im Laufe eines langen Gesprächs Hals über Kopf in ihn verschossen. Bis er es gewagt hatte, den schlanken Mann mit den dunklen Augen und dem schwarzen Lockenkopf wirklich zu umwerben, hatte es aber zwei weitere Abende gebraucht. Irgendwie hatte Peter Angst davor gehabt, ausgelacht zu werden oder diese neue Freundschaft aufs Spiel zu setzen. Zudem war die Region, aus der Hüsseyin stammte, auch nicht unbedingt dafür bekannt, besonders tolerant gegenüber Schwulen zu sein. Also wollte Peter sich lieber unter Kontrolle halten. Zu seiner Überraschung landeten die beiden dann aber doch miteinander im Bett und was ihn dort erwartete, hatte er seit seiner Trennung von Fernando nicht mehr erlebt. Hüsseyin war leidenschaftlich und wild gewesen und Peter liebte große beschnittene Schwänze, ganz so wie den von Hüsseyin. Er fand sie sauberer und schöner und vor allem viel hygienischer beim Blasen. Er war mit seiner Zunge über Hüsseyins Eichel gestrichen und hatte mit dem Bändchen gespielt, das als Rest der Vorhaut an deren Unterseite lag. Als Hüsseyin ihn schließlich von hinten genommen hatte, hatte sich Peters Körper regelrecht in Lust aufgelöst.

Hüsseyin kam aus einer anderen Welt, die für Peter zunächst fremd und exotisch gewirkt hatte. Diese Exotik mochte ein Grund für die ursprüngliche Anziehung gewesen sein, die Hüsseyin auf ihn ausgeübt hatte. Im Laufe der ersten Wochen hatte sich aber auch gezeigt, dass Hüsseyin mit seiner völlig anderen Politisierung im Umfeld der Kurdischen Arbeiterpartei PKK für Peter auch eine Herausforderung darstellte. Hüsseyin brachte ein politisches Verständnis mit, das Peter sehr viel bodenständiger erschien als sein eigener dekonstruktivistischer Genderdiskurs. Diese Welt faszinierte ihn, nicht obwohl, sondern gerade weil er sie nicht kannte und weil er sich daran reiben konnte.

Und dann war dieser Mann eben nicht nur beim Diskutieren leidenschaftlich, sondern auch im Bett, oder, noch besser, eben gerade nicht im Bett. Hüsseyin lebte in einem billigen Student_innenheim, in das sich Peter immer wieder einschmuggelte. Da beide von ständigen Geldsorgen geplagt waren, hätten sie sich selbst ein billiges Stundenhotel nie leisten können. Aber sie hatten sich im Sommer kennengelernt und die beiden konnten sich, wann immer Peter nach Wien fuhr, irgendwo im Wald, in der Lobau oder auf der Donauinsel ein lauschiges Plätzchen suchen. Sex unter freiem Himmel hatte auch noch den besonderen Kitzel, dabei möglicherweise entdeckt zu werden, was Peter sehr anturnte. Gelegentlich wurden sie dabei von jemandem beobachtet, der sich hinter einem Busch oder einem Baum verborgen glaubte. Es spornte die beiden nur an, noch lauter zu werden. An einem Wochenende Anfang Juli hatten sie einen besonders hübschen Beobachter sogar zum Mitmachen eingeladen. Das Gefühl zugleich zu ficken und gefickt zu werden – geben und nehmen gleichzeitig, hatte Peter einen der absoluten Höhepunkte seines Jahres beschert.

„Heißen Sie Hannah Wolmut?"

Seit einem Jahr wohnte Hannah in dieser 32 m²-Wohnung in Paderborn und noch nie war sie an der Tür nach ihrem Namen gefragt worden. Der Mann von etwa 60 Jahren war auch sicher kein Paketbote, er wirkte keine Spur gehetzt und trug außer einer antiquiert wirkenden Aktentasche nichts bei sich. Er erinnerte sie an Ulrich Mühe in *Das Leben der Anderen*.

„Wer will das wissen?“

Die Filmassoziation löste bei Hannah eine Filmantwort aus hundertundeinem Gangsterfilm aus. Der kleine, sehr bedächtig wirkende Mann ließ sich nicht irritieren und antwortete mit der Sprachmelodie eines Wiener Oberkellners: „Verzeihen Sie, ich würde mich gern vorstellen: Dr. Hans-Paul Fuchs, Notar aus Wien. Ich bin beauftragt, den Nachlass von Professor Mewald abzuwickeln, und würde in nämlicher Angelegenheit gerne bei Ihnen vorsprechen.“

Er streckte ihr die rechte Hand entgegen, die Hannah unwillkürlich drückte. Der Mann klang zweifellos echt, als käme er aus längst vergangenen Zeiten zwar, aber echt. Niemand fälschte alte Fünfzig-Schilling-Scheine und niemand legte sich eine derartig absurde Ausdrucksweise zurecht, um einen Betrug abzuziehen. Allein schon die überbordende Verwendung des Konjunktivs, eine österreichische Eigenart, die alles durch und durch relativierte, und die „nämliche Angelegenheit“ rechtfertigten es, den guten Mann auf eine Tasse Tee in die Wohnung zu bitten.

Hans-Paul Fuchs schlüpfte aus seinem Staubmantel, legte ihn über die Stuhllehne und setzte sich.

„Earl Grey mit Milch?“ fragte Hannah und versuchte, sich ein Bild von ihrem Besucher zu machen.

Dieser lächelte: „Schon lange nicht mehr, ein Kräutertee wäre fein.“

Hannah hängte einen Beutel *Komm zur Ruhe* in die Kanne und füllte sie mit kochendem Wasser an.

„Was kann ich für Sie tun, Herr Doktor?“

Von ihren früheren Besuchen in Wien wusste sie, dass Titel dort wichtiger waren als Namen.

„Kannten Sie Professor Mewald?“

„Den Wiener Politologen?“

„Ganz genau, Prof. Dr. Manfred Mewald. Er ist vor zwei Wochen verstorben und hat ein Testament hinterlassen, mit dessen Abwicklung ich betraut wurde. Die Testamentseröffnung wird am 4. April in meiner Wiener Kanzlei stattfinden."

„Ich bin Mewald zwei- oder dreimal auf Konferenzen begegnet, aber wir waren uns inhaltlich im Großen und Ganzen uneinig und persönlich kannte ich ihn nicht, also was führt Sie zu mir, mein Herr?"

Hannah hörte sich reden wie eine Bühnenfigur von Kleist. Sie schenkte Tee nach. ‚Was führt Sie zu mir, mein Herr?', der Satz klang gut, leider wäre es peinlich, ihn einfach so probeweise zu wiederholen.

Hans-Paul Fuchs holte aus seiner Aktentasche zwei Schriftstücke und legte sie vor Hannah auf den Tisch.

„Das wäre jetzt die Einladung zur Testamentseröffnung und hier darf ich Ihnen noch einen Brief des Erblassers übergeben. Dieser beantwortet Ihre Frage vielleicht."

Der Notar erhob sich, schlüpfte in seinen Mantel, streckte erneut seine rechte Hand aus.

„Ich bin noch bis morgen Mittag in der Stadt, falls Sie Fragen haben. Ich würde mich sehr freuen, Sie am 4. April in meiner Kanzlei begrüßen zu können."

Seine zurückhaltende Selbstgewissheit war irritierend und machte Hannah fast ein bisschen wütend. Gleichzeitig war seine ganz und gar nicht werbende Art vertrauenserweckend.

„Lesen Sie den Brief des Professors, er ist zweifelsfrei für Sie, und melden Sie sich anschließend bei mir." Hannah drückte seine weiche Hand, die er, auf beinahe übertriebene Sachlichkeit bedacht, sogleich wieder zurückzog.

Es war das fünfte oder sechste Mal, dass Hannah nach Wien reiste. Meistens war sie dort auf Konferenzen gewesen. Einmal hatte ihre Mutter sie begleitet. Die hatte nicht genug kriegen können von den Weihnachtsmärkten und den Musicals, in denen Figuren der vergangenen Kaiserhäuser die Haupt- und Nebenrollen spielten. Wien war als Kongressort äußerst beliebt, auch wenn die inhaltlichen Ergebnisse von Wiener Kongressen in den allermeisten Fällen bedeutungslos waren. Wien hatte einen unverbindlichen Meet-and-greet-Charme, der mit dem unvermeidlichen Heurigenbesuch seine höchste Entsprechung fand. Hannah reiste erste Klasse, das war sie Mewald schuldig.

Mewalds Brief war der Versuch eines nichtreligiösen Menschen, weiterzuleben und über seinen Tod hinaus recht zu behalten. Erst hatte Hannah gar nicht nach Wien fahren wollen, weil sie Mewalds altväterliche Art zum Kotzen fand. Er hatte sich in seinem Brief auf ein rotweingetränktes Gespräch bezogen, das sie bei einem Heurigenbesuch nach einer Konferenz geführt hatten. Sie und zwei weitere junge Kolleg*innen hatten die Forschungsarmut beklagt, die durch die Hierarchien in der Wissenschaftslandschaft entstanden, und hatten Mewald vorgeworfen, dass diese durch selbstgefällige Typen wie ihn noch verstärkt würde. Mewald hatte damals lauthals gelacht und gemeint, dass er in seinem ganzen Leben noch nie zuvor einen solch starken Drang der Jungen beobachtet habe, unter geradezu unwürdig prekären Bedingungen auch nur am Rande wissenschaftlicher Institutionen unterzukommen.

„Wisst ihr was euer Problem ist? Freiheit ist für euch doch nur ein Propaganda-Begriff. Eine leere Hülse! Ihr wollt in Wirklichkeit gar nicht frei sein, keiner von euch! Prost!"

Er hatte laut und erniedrigend gelacht, auch noch als Hannah ihm den Rest ihres Rotweins ins Gesicht geschüttet und das post-konferenzielle Besäufnis grußlos verlassen hatte. Sie hatte damals fünfzehn Minuten auf die Straßenbahn gewartet, aber niemand war ihr gefolgt oder hatte sich irgendwie sonst auf ihre Seite geschlagen.

Mewald wollte also auch jetzt noch recht behalten und hatte in seinem Brief ausführlich die damalige Szenerie aus seiner Sicht geschildert. Hannahs wütenden Gestus habe er sympathisch gefunden und obwohl er sie nicht für die Klügste halte, wolle er ihr die Chance geben, sich zu beweisen. Sein Brief strotzte vor gönnerhaften Demütigungen und ihren Namen hatte er – sicher kein Zufall – falsch geschrieben. Aber egal. Mewald war tot und sie lebte! Was auch immer es ihm an Genugtuung verschafft hatte, ihr posthum die Chance zum Scheitern zu geben, er würde jedenfalls nicht mehr gewinnen können. Sein testamentarisch festgelegtes Angebot, wie er es in seinem Brief an sie bereits ankündigte, war verrückt. Drei Jahre lang dürfe sie – kostenfrei und mit allen Annehmlichkeiten verbunden – das Seminarschlösschen seiner Stiftung exklusiv benutzen. Darüber hinaus seien auf einem Sonderkonto der Stiftung zwei Millionen Euro deponiert, die Hannah im Laufe von drei Jahren ausgeben müsse.

„Machen Sie Ihr Freies Institut, Frau Wohlmut. Sie haben keinerlei Einschränkungen. Laden Sie sich zwanzig Leute ein, bestimmen Sie Kriterien und Ziele selbst. Sie können Reisekosten zahlen und Honorare, Sie können Lesekreise veranstalten oder Symposien, Sie können klandestin unter sich bleiben oder Propaganda betreiben. Fordern Sie nicht die Freiheit ein, sondern beweisen Sie Ihre Qualitäten und die Ihrer selbst gewählten Gruppe. Von mir haben Sie das

Geld und die Ressourcen und meine besten Wünsche. Ich bin jedenfalls davon überzeugt, dass Ihre Ergebnisse eher bescheiden sein werden. Das einzige, was Ihnen jetzt noch im Weg stehen könnte, sind meine versnobten Kinder, die zwar entsprechend der geltenden Gesetze bedient werden, aber den Hals nicht vollkriegen können und möglicherweise Ihren Rechtsanspruch in Zweifel ziehen werden. Ich habe jedenfalls unseren Familiennotar Hans-Paul Fuchs mit der korrekten Abwicklung beauftragt. Er wird es auch sein, der die nächsten drei Jahre darüber wacht, dass die Mittel zweckgemäß verwendet werden. Sie müssen die zwei Millionen ausgeben, ohne Investitionsgüter anzuschaffen. Auch sparen hat keinen Zweck, alles, was am Ende der drei Jahre noch vorhanden ist, wird anderen Stiftungskonten zufallen. Seien Sie darüber aber nicht betrübt, sie haben drei Jahre lang Zeit, um sich ausschließlich Ihrer selbst gewählten Forschung zu widmen. Ob Sie diesen Teil meines Testaments veröffentlichen wollen, bleibt Ihnen überlassen, der Notar ist jedenfalls zum Stillschweigen verpflichtet."

In Wien stieg Hannah im Hotel Regina ab, ganz in der Nähe des Instituts, in der Nähe der Notariatskanzlei und eine Kategorie besser, als sie es bisher gewohnt war. Es war der Abend des dritten April. Hannah drehte die Heizung in ihrem Hotelzimmer auf die höchste Stufe und hängte das „Do not disturb"-Schild an die Außenklinke ihres Zimmers.

Bevor das Testament nicht rechtskräftig war, wollte Hannah noch gar nicht konkret an Freund*innen denken, die sie einladen würde. Welche Art von Freund*innenschaft sollte dafür überhaupt ausschlaggebend sein? Vielleicht sollte sie einfach mit allen ihren Liebsten drei Jahre lang Party machen? Sie sah Mewald triumphierend vor sich, wie er die freie Forschung als kiffende Abhäng-Kommune bestätigt bekam. Aber er war tot. Es lebe die freie Forschung!

Wie sie Leute einladen wollte, davon hatte Hannah aber schon eine Vorstellung. Insgesamt acht Kolleg*innen aus verschiedenen Disziplinen würde sie anfragen, alle von ihnen konnten allein kommen oder ein bis zwei weitere Kolleg*innen mitbringen. Dadurch würden weder sie selbst noch ihre eigenen Forschungsfantasien zu sehr im Mittelpunkt stehen. Ihren ursprünglichen Plan, eine gemeinsame Forschungsfrage zu definieren, hatte Hannah bereits verworfen. Alle sollten das machen, was sie wollten. Allein durch das Zusammensein und die inhaltliche Nähe würden gemeinsame Projektideen entstehen. Mewalds Erwartung, dass sie scheitern würden, würde sie den anderen gar nicht mitteilen. Vielleicht würde sie in eine Hausordnung schreiben, dass sein Name während der gesamten drei Jahre nicht erwähnt werden dürfe. Sie grinste in den Spiegel ihres Hotelzimmers, holte sich einen kleinen Whisky aus der Minibar und prostete sich zu.

Hannah bemühte sich, als erste in der Kanzlei des Notars zu sein. Irgendwie erschien er ihr als Verbündeter, der sie vor den Kindern Mewalds schützen konnte. Sie wusste nicht recht, ob eine Testamentseröffnung auch so etwas wie eine Trauerveranstaltung war. Jedenfalls wählte sie ein schwarzes Kleid und eine weiße Bluse. Darüber zog sie eine wenig elegante schwarze Strickjacke an und schlüpfte in flache schwarze Schuhe. Sie wollte Mewalds Kindern sachlich kondolieren, jedenfalls aber selbst keine Trauer heucheln. Der Termin war für neun Uhr angesetzt und sie betrat bereits zwanzig Minuten vorher die Kanzlei. Zu Hannahs Überraschung waren alle bis auf den Notar bereits versammelt. Die Sekretärin des Notars, etwa im gleichen Alter wie er und sicherlich schon seit Jahren bei ihm beschäftigt, servierte Kaffee im edlen Service und Orangensaft in kleinen Gläsern.

Testamentseröffnungen waren wahrscheinlich so etwas wie die Hochämter des Notariatswesens, Momente höchster Intensität und Konzentration. Vor allem bei Testamenten wie jenem Mewalds, bei denen sich das Honorar nach der Summe berechnete, die vererbt wurde. Neben der Sekretärin waren noch Sandra, die Tochter Mewalds, Klaus, sein Sohn, und dessen Frau anwesend. So richtig traurig wirkte auf Hannah niemand von ihnen, eher geschäftig aufgeregt. Die Spannung im Raum war Hannah zu groß, die neugierigen Blicke der anderen zu aufdringlich. Sie murmelte also etwas von „Noch eine rauchen“ und wartete die einladend mit einem Aschenbecher winkende Sekretärin nicht ab, sondern verschwand in den Flur vor der Kanzlei. Sie bereute es, dass sie niemanden mitgenommen hatte aus Paderborn. Björn oder Katja hätten sie sicher begleitet. Was, wenn das alles ein totaler Reinfall wurde? Wenn alle, denen sie davon bereits erzählt hatte, automatisch annahmen, dass sie zu den Eingeladenen gehörten? Das hatte sie noch gar nicht bedacht gehabt! Sie würde nicht nur einladen können, wen sie wollte, implizit würde sie damit auch andere ausschließen. Die Existenz des Freien Instituts würde sich herumsprechen, allerlei Hilfsgesuche und Kooperationsanfragen würden an sie gestellt werden.

„Darf ich mich zu Ihnen gesellen? Es passiert ja schon sehr selten, dass man Leute trifft, die noch offen zugeben, dass sie rauchen.“

Hannah gab der Schwiegertochter Mewalds Feuer. Sie hatte sich vorgenommen, freundlich und höflich zu bleiben, egal was hier auf sie zukommen würde.

„Wie haben Sie es angestellt, dass der Alte Ihnen diese Summe überlässt?"

Hannah zog fest und lange an ihrer Zigarette. Sie wollte eigentlich gar nicht antworten und hoffte darauf, dass jeden Moment der Notar bei der Tür hereinkam. Die Chancen standen günstig, war es doch schon acht Minuten vor neun und dieser Doktor Fuchs ein jedenfalls als pünktlich einzuschätzender Mensch.

„Mein Mann bezeichnet Sie ja als Wissenschaftsschlampe, aber ich würde das so nie sagen."

Wahrscheinlich hatte der Familienrat beschlossen, diese nicht blutsverwandte Kämpferin vorzuschicken, um Hannah zu reizen. Hannah nahm den letzten Zug von ihrer Zigarette und meinte bloß: „Ich kannte Professor Mewald kaum. Ihren Mann kenne ich gar nicht und denke, dass sie sich jedenfalls sehr ähnlich sind. Und was Sie betrifft, glaube ich feststellen zu können, dass Sie in die richtige Familie eingeheiratet haben."

„Guten Morgen, die Damen!"

Seine neutrale Haltung tat gut.

Es war zehn Uhr fünfzehn und Hannah war Leiterin eines Instituts. Bestellt auf drei Jahre. Bestellt von einem Toten.

Fünf Monate hatte sie jetzt Zeit, Überlegungen anzustellen und Einladungen zu verschicken. Hannah fuhr zurück ins Hotel und zog sich in ihr Zimmer zurück. Sie bestellte ein Frühstück. Wen sollte sie einladen? Sollte jemand aus Wien dabei sein? Jedenfalls würde in der Hausordnung auch stehen, dass in den drei Jahren kein Heurigenbesuch gestattet sein würde. Noch besser, schon im Einladungsbrief würde im Stile der maoistischen Gruppen der Siebzigerjahre eine Liste angeführt sein mit Verboten von Dingen, die von den eigentlichen Zielen ablenken würden. Die Nennung des Namens des Verblichenen, der Heurigenbesuch, der Konsum von Wiener Schnitzel und Backhendlsalat und einiges mehr. All das, was Wien an Rührseligkeiten bot, um die vorherrschende autoritäre Realverfassung der Gesellschaft zu verbergen, sollte verboten werden. Strengstens! Hannah holte sich ein bereits wieder ersetztes Minifläschchen Whisky aus der Minibar, stellte sich wie am Abend zuvor vor den Spiegel und prostete sich augenzwinkernd zu. Es würde eine spannende Zeit werden, so viel war ihr klar. Auch wenn sie keine Ahnung hatte, welche Art Spannung auf sie zukam.

„Du warst ohnehin unkonzentriert, oder solltest du noch eine wichtige Entscheidung treffen?“ | Etwas Neues zu beginnen hieß, sich auf etwas noch Unbekanntes einzulassen, hieß also doch, Erwartungen zu haben. | Er suchte nach Zeichen, um seine Neugier mit einem hinreichenden Maß Zuversicht versehen zu können. | Die Angstneurose der Endsumme vor dem Einbruch. |

„Ich habe mich bereits entschieden.“ | Hopp, die Wette gilt: | „Die Regeln sind klar. Wie hoch ist der Einsatz?“ | Was? Freiheit? Freiheit verpflichtet, meint der wohl – | „Das ist gut. Ich habe meine Geduld bereits für die Entscheidungsschwäche alter Männer verbraucht.“ | „Na, hast du beim Häuten der Zwiebel nicht deine eigene Rolle vergessen?“ | „Ich besitze leider kein Vermögen.“ | Das Vermögen, zu bestehen? | „Kein Mensch ist einfach nur schäbig.“ |

Arbeitsvorhaben: Kontingenzmanagement in freien Instituten. | „Eine berufliche Herausforderung?“ | Nur welche Erwartungen konnte m* schon haben, an ein so irrwitziges Projekt? | Es gibt sogar ein Ziel – das liegt wohl in weiter Ferne, dennoch verspricht es viel: Freiheit und viel Kollektivität. | „Und jetzt willst du dich auf das Abenteuer Kollektivität stürzen? Du scheinst mir nur mäßig gut vorbereitet.“ | Zur Kollekte etwas beizutragen, und sei es süßer Brei, ist wohl jedermanns Wunsch und Ziel. | Gemeinschaften bilden die Stärksten oder die Schwächsten. Um sich zu verteidigen. Zu bestärken. | Um sich zu schützen. |

„Wie viel Sicherheit brauchst du? Ich habe nicht den Eindruck, dass du viele Verpflichtungen hast.“ | **„Es werde Pflicht!“** Was? Freiheit? Freiheit verpflichtet, meint der wohl – | „Diesmal will ich mehr. Ich bin ungeduldig, ich habe seit Langem wieder das Gefühl, ich könnte was verpassen.“ |

Das Kontingenzsackerl will soll wohl geschnürt sein, es will soll alle möglichen Stückln spieln: |

Elektrotechnik-Studium.

Soziologie. |

Softskillgruppendynamik. |

Konto, Kerl und Karriere. |

Penetrant zukunftsmusizierende Naturwissenschaften. |

Ein Drama in sechzig Minuten, in der Besetzung: allmachtsfantasierender Chef und ohnmachtsfantasierende Mitarbeiterin, Kulisse: funktionale Büroparzelle am Institut mit Blick auf Lichtschacht, Plot: brechen und aufbauen in einem Akt, subtil eingesetzte Motivation. |

Ranziges Popcorn in zermalmende, verschlingende Münder geschoben. |

Tröstendes Viertelstundenmasturbieren vor dem Einschlafen. |

Jahresplanung in Publikationseinheiten. |

Nerven aus der Bahn. |

Maßlose To-do-Listen. |

Ein paar Wochen in einem Schweigekloster. |

Zauberbergstimmung. |

Die Angst vor einer von *Schriftundzahlalsgewissheiten* durchfluteten Welt. |
Sechs Stunden Ungewissheit, Aufbruchsstimmung, kribbelige Hoffnung. |
Eine weitere Episode in deinem auch sonst recht unbeschwerten Leben. |
Ei-Aufstrich. |
Mozzarella, Speck, Tomate und Banane. |
eiPCP. The Factory, das *Berliner Ensemble*, die *Bloomsberries* und die *Scherben Family.* |
Die Euphorie des Pioniergeists. |
Ein papierner Lockruf. |
Ein lustvolles Spiel zu sehen. |
Kollektives Verlernen, vom Abfeiern eines inhaltsleeren Arbeitsethos, von Hauptsache, die Nase vorne, von der Selbstkasteiung im Namen des Etappensieges, von der Lebensorganisation im Stunden- und Minutentakt. |
Arbeiten im Kollektiv des Freien Instituts. |
Ein bunt und weich ausgepolsterter Ort, Platz für ein paar gepflegte Meinungsverschiedenheiten und Gaukeleien. |
Diese Kollektivierung. Da gibt es früher oder später immer Reibereien. Der

Energieverlust durch diese Reibungswärme. Unpraktisch. Unsinnig. |
„Es schadet nichts, wenn du mich anziehend findest. Es wird deine Jahre an meiner Seite versüßen."

„This is the last call for Austrian Airlines flight 88 from JFK to Vienna."

Elisabeth Dublinski wischte sich eine Träne von der Wange und atmete tief durch. Sie vermisste New York und insbesondere Simone jetzt schon. Das war jetzt schon das zweite Mal, dass Elisabeth in diesem Jahr von New York nach Wien flog. Das letzte Mal war der Anlass allerdings weniger erfreulich gewesen. Anfang März hatte der Notar von Manfred bei ihr angerufen. Er hatte sich als Dr. Hans-Paul Fuchs vorgestellt und ihr dann mit einer bürokratischen Klarheit und autoritären Titelversessenheit, die Elisabeth derart irritierte, dass sie erst einmal einen Moment lang brauchte, um die Tragweite seiner Aussage zu verarbeiten, mitgeteilt, dass es mit Manfred zu Ende ging. Genau das hatte er gesagt. Mit Prof. Dr. Mewald gehe es dem Ende zu. Dass er Manfreds Vertrauensperson für delikate Angelegenheiten sei und über Elisabeths besonderes Verhältnis zu Manfred Bescheid wisse, sagte er auch. Dann war seine Stimme etwas weicher geworden und er hatte hinzugefügt, dass er nur instruiert sei, ihr dies alles auszurichten, dass er jedoch glaube, dass Manfred sich sehr freuen würde, sie noch einmal zu sehen.

Elisabeth hatte einen Stich in ihrem Herzen gespürt. Erst ein paar Wochen zuvor hatte Manfred die Diagnose bekommen, aber niemand hatte damit gerechnet, dass es so schnell bergab gehen würde. Vor allen Dingen konnte sich Elisabeth daran erinnern, was er zu ihr an ihrem 37. Geburtstag gesagt hatte, als sie davon sprach, dass für sie jetzt Halbzeit sei: „Nein, Halbzeit ist erst mit fünfzig. Also, ich werde mindestens hundert Jahre alt!"

Der für ihn typische Übermut, mit dem er das gesagt hatte, hatte schon seine Grundschullehrerin dazu veranlasst, ihn zu ermahnen: „Manfred, manchmal musst du einfach einen Dämpfer bekommen.“ Elisabeth musste schlucken, wenn sie an diese Geschichte dachte, die Manfred ihr oft erzählt hatte. Einen derartigen Dämpfer wünschte sie niemand.

Elisabeth war Manfreds uneheliche Tochter und die beiden hatten sich in den letzten zehn Jahren zunächst hassen, dann kennen und in der letzten Zeit lieben gelernt. Sie hatten ein fast zärtliches Verhältnis zueinander entwickelt. Insbesondere weil Manfred in Elisabeth im Gegensatz zu seinen Kindern eine würdige Nachkommin für sein vermeintlich rebellisches Erbe sah. Elisabeth mochte ihren Erzeuger, obwohl oder gerade weil er so widersprüchlich war. Einerseits gingen ihr sein links-liberales 68er-Rebellentum, sein anmaßender Chauvinismus und seine teilweise erbärmliche Feigheit absolut gegen den Strich. Man musste nur die Frauen in Manfreds Leben auf ihn ansprechen und sie fingen an zu fluchen, was das Zeug hielt, sodass es meistens kaum ein Ende zu finden schien. Gleichzeitig wünschte man sich, dass sie ihm einfach nicht so viel Einfluss über ihr Leben gewährten. So war es Manfred auch ganz nonchalant gelungen, die finanzielle Bürde und lebenslange Verantwortung, die das Aufziehen der Tochter mit sich brachte, auf Elisabeths Mutter abzuwälzen. Andererseits musste Elisabeth sich zunehmend eingestehen, dass er auch ein Macher war und oftmals sehr humorvoll sein konnte. Selbst Elisabeths Mutter hatte einmal unter Tränen gemeint, dass sie von ihm enttäuscht sei. Kein Mensch sei nur schäbig, aber sie könne nicht verstehen, wie jemand, der eine derartige gesellschaftliche Position einnahm, sich so verhalte. Nie habe sie auch nur einen Pfennig von ihm gesehen und er baue sich ein Schlösschen, um sich als Wohltäter aufzuspielen.

Das verschlug Elisabeth zunächst die Sprache, denn sie wusste, wie sehr Manfred die Beziehung zu ihrer Mutter limitierte. Er verschanzte sich hinter seiner Arbeit oder hinter seinen jeweiligen Ehefrauen. Obwohl Elisabeth müde und schockiert ob der unerträglichen Heteronormativität ihrer Erzeuger_innen war, gelang es ihr, ihre Mutter zu beruhigen. Manfred habe einfach Angst vor ihr, meinte sie, und dass ihre Mutter doch auch gar keinen Besitz haben wolle, und wenn, dann erst recht nicht von ihm. Außerdem teile sie alles, was sie besitze, auch immer gleich mit allen anderen und im Gegensatz zu Manfred sei sie frei und lebe ihre Widersprüche.

Das tat ihre Mutter wahrlich. Sie lebte, aber sie erlitt auch ihre Widersprüche. Sie war gelebte Dekonstruktion. Psychiater_innen würden ihr wahrscheinlich eine saftige Psychose attestieren. Aber wen interessierte schon, was diese in ihren Normalisierungspraktiken verbrachten.

Elisabeth war eine der Wenigen, wenn nicht sogar die Einzige, der es gelang, Manfred vom Sockel zu heben, ohne dass er es zu sehr mit der Angst bekam und die Beziehung abbrach. Allerdings fragte sie sich, ob sie in der letzten Zeit zu unkritisch ihm gegenüber geworden war. Denn viele ihrer Punkte gingen über eine ironische Bemerkung nicht hinaus und meistens war die Kritik schnell am Ende angekommen, wenn sie beide gemeinsam einfach kumpelhaft darüber lachten. So hatte sie ihn zwar das eine oder andere Mal dazu aufgefordert, den Kontakt zu ihrer Mutter zu suchen, aber dann seine unangenehmen Ausreden mit einem peinlich berührten Lachen quittiert. Diese Art der scheinbaren Affirmation empfand Elisabeth durchaus als besorgniserregend. Vielleicht war sie selbst eine ganz schöne Mackerin geworden. War ihr Feminismus in Chauvinismus und Misogynie umgeschlagen? War es wirklich nur Projektion, wenn ihre Mutter sie stellvertretend für Manfred angriff? Hatten die Vorwürfe ihrer

Mutter schlichtweg ihre Berechtigung? Oder war sie einfach nur eifersüchtig, dass sich die beiden in der letzten Zeit besser und besser verstanden?

Es stimmte schon, dass Elisabeth Manfred gegenüber nicht unbedingt die Allerkritischste war. Wenn Manfred sich allerdings zu sehr in der Rolle des Mahners sozialer Missstände gefiel, konnte Elisabeth sich den einen oder anderen bissigen Kommentar nicht verkneifen: „Na, hast du beim Häuten der Zwiebel nicht deine eigene Rolle vergessen?“, lästerte sie dann beispielsweise.

Allerdings, das musste Elisabeth ihm zugestehen, besaß Manfred im Gegensatz zu dem Literaten, auf den Elisabeth anspielte, Humor und konnte über ihre Kommentare lachen. Auch beichtete er nicht seine eigenen Missetaten in einer derart larmoyanten Art und Weise, dass man das Gefühl hatte, dass er jetzt auch noch für seine Aufrichtigkeit gelobt werden wollte, oder war als Jugendlicher in der Waffen-SS gewesen. Dafür war er damals nicht nur zu jung gewesen, sondern auch hätten das seine linken und strengen Eltern gar nicht zugelassen. Diese waren während der NS-Zeit im Internationalen Sozialistischen Kampfbund aktiv gewesen. Manfreds Vater war in einer Strafdivision ums Leben gekommen und seine Mutter hatte einige Monate in Haft verbracht. Seine Mutter hatte ihren Sohnemann zu einem strammen Sozialdemokraten erzogen. Damit ebnete sie auch den Weg für seine zukünftige Karriere. Elisabeth fand es sehr sympathisch, dass es Manfred unangenehm war, wie sein Umfeld die Widerständigkeit seiner Eltern pries. Er machte den Eindruck, dass ihm stillere Töne lieber gewesen wären. Als sie ihn fragte, warum es ihm denn peinlich sei, antwortete er, dass es das gar nicht sei, dass er aber nicht für etwas Zuspruch bekommen wolle, das er nicht selbst verdient habe. Die Leistungen seiner Eltern hätten nichts mit seinen eigenen Verdiensten zu tun. Elisabeth hatte ihm entgegnet, dass das doch neoliberale Ideologie sei, so zu tun, als gäbe es so etwas wie individuelle Leistung, und dass Leistung niemals im luftleeren Raum entstehe. Er hatte ihr kleinlaut recht gegeben.

Allerdings wunderte es Elisabeth, dass ihn trotz seiner Einsichtsmomente nichts davon abhielt, sich selbst – insbesondere nach einigen Gläsern Wein – immer wieder als Rebellen gegen den Muff von tausend Jahren zu stilisieren. Ganz der Widerständler hatte Manfred sich in den letzten Jahren auf die Zähmung einer aus dem Ruder gelaufenen Marktwirtschaft kapriziert. Er versuchte durch die Rückbesinnung auf die Gemeinschaft bei gleichzeitiger Öffnung für marktliberale Ideen, die Sozialdemokratie zu erneuern. Darüber hatte Elisabeth oftmals lachen müssen und ihn immer wieder geneckt, ob ihm nicht wenigstens an diesem Tag die Umverteilung aus seinem Schwimmbad heraus gelungen sei.

Nach dem Anruf von Manfreds Notar hatte Elisabeth sofort einen Flug nach Wien gebucht und war Hals über Kopf aus New York aufgebrochen, um ihren Erzeuger noch einmal zu sehen. Manfred hatte sich über ihren überraschenden Besuch gefreut. Und obwohl er von der schweren Krankheit gezeichnet gewesen war, hatte er Witze über seinen Zustand gemacht. Wenn Manfred eines nicht zugelassen hatte, dann war es Schwäche. In derartigen Momenten hatte er sich verkrochen wie ein krankes Tier im Gebüsch. Elisabeth hatte das oft erfahren müssen und oft hatte das trotz oder gerade wegen seiner väterlichen Art eine Distanz zwischen ihnen entstehen lassen. Doch dieses Mal hatte Elisabeth ihn nicht so leicht aus der Affäre lassen wollen. Wer wusste schon, wie lange er noch leben würde. Aus diesem Grund hatte sie ihren ganzen Mut zusammengenommen und ihn gefragt, ob er Angst vor dem Sterben hätte.

„Ach nein, außerdem weißt du doch, dass ich noch mindestens hundert Jahre alt werden möchte!“, hatte er aufgetrumpft.

Elisabeth waren Tränen in die Augen geschossen. Wieso wollte er nicht wenigstens in seinen letzten Stunden die Nähe zulassen, die sie sich so sehr von ihm wünschte. Manfred hatte sie an sich herangezogen und sie für einige Minuten derartig gedrückt gehalten, dass ihr die Luft weggeblieben war.

„Wer wird denn weinen, Mädchen. Es gibt doch gar keinen Grund!“

Obwohl sie sich ihr Zusammentreffen anders vorgestellt und sie eine Distanz zu ihm empfunden hatte, hatte sie gemerkt, dass ihm bewusst war, was sie gerne gehabt hätte. Aber sie musste lernen zu akzeptieren, dass seine Gefühlswelt für sie nie gänzlich zugänglich geworden wäre. Dafür hatte Manfred einfach zu viel Angst gehabt.

Und war es nicht grundsätzlich ihr Problem, dass sie andere Menschen zu sehr durchdringen wollte? Obwohl sie wusste, dass sie nicht mit anderen ident werden konnte, ohne deren Persönlichkeit aufzulösen, wünschte sie es sich doch so oft. Sie stellte es sich so vor, als ob sie in den Leib ihrer Mutter zurückkriechen würde. Zurück in den Uterus! Gleichzeitig empfand sie das als so absurd, dass es sie schon wieder beruhigte, in ihrer Einsamkeit zu leben.

Sie las den Brief ganz langsam, Wort um Wort hingen ihre Lippen seinem Inhalt nach. Es wirkte behäbig, hatte

Ähnlichkeit mit ersten Leseversuchen außerhalb der Schulklasse, animiert von einem Drang zu verstehen, drauf und dran, endlich dahinterzukommen, *das* absurde Geheimnis zu lüften. Aber die Buchstaben in ihren absonderlich zusammengestückelten Wortgemeinschaften wollten nicht so recht Sinn ergeben. Es sah lächerlich aus, wie dieses „d" sich rundbauchig an seinen schmalen, brüchigen Pfahl klammerte, gelehnt an seinen benachbarten spiegelverkehrten Zwilling, das in die andere Richtung geneigte, jedoch an derselben Stange hängende „b". Rücken an Rücken wirkten sie wie im Streit entzweit: „d" und „b", trotzig schweigend, umrandet von anteilnahmslosen Buchstabensalatfiguren, die da einfach glotzten und nicht so recht wussten.

Briefe, das waren für Jeanne in erster Linie von anonymen Apparaten produzierte Papiermassen. Die sie etwa wegen ausstehender Rechnungsbegleichungen ermahnten und sie ekelhaft bedrängten, in Form von grunzenden Zahlenherden, die sich unter dicken Summestrichen zusammenrotteten, einzäunen ließen von stachelig-eckigen Kästchen, den Summekästchenlassos, die zielgerichtet einfingen, damit bloß nicht eine Ziffer entweiche und die noch zu begleichenden Endsumme, das einzig zulässige kollektivistische Maß des omnipräsenten Bilanzierungsgeistes, gefährde. Endsumme. Die nie über die Summe ihrer Teile hinausweisen konnte, sich aber stets daran festkrallte, nicht weniger zu werden, zu sinken, abzufallen, zu stürzen, alles niederzureißen. Die Angstneurose der Endsumme vor dem Einbruch. Worte, Erzählungen, Wissen, zu kompakter Wahrheit verdichtet, am besten aber unterlegt mit Zahlen. Diesen sinnentleerten Bedeutungshüllen, die Spalier standen für die Wahrheit, schön aufgeputzt in ihrer Wissensuniform, geschmückt mit krummen

Kurvenwahrheitssäbeln, breiten in die Höhe schießenden Balkenwahrheitsbajonetten, bunten Tortenwahrheitsberets – oder eben Summekästchenlassos –, solange zusammengerechnet werden konnte, musste es wahr sein. *Zahlmachtwahr.*

Seit dem Bruch lebte Jeanne in einer mehr oder minder dauerhaft von Angst vor einer von *Schriftundzahlalsgewissheiten* durchfluteten Welt.

Das klingelnde Telefon riss Jeanne aus ihrer zermalmenden Denkschleife. Verdammt, es war einfach gar nicht einleuchtend, weshalb ein Brief ohne Summekästchenlasso oder dergleichen sich ausgerechnet zu ihr verirrt haben sollte. Sie suchte den Text nach Beweisspuren des Irrtums ab. Ihre Augen blieben an „3.000 Euro monatlich für drei Jahre" hängen, die Lippen formten immerfort behäbig Wortgemeinschaften. Mühselig krochen die Silben „Ein-" und schließlich „-ladung" hervor. Ihr Blick sprang von der Zeile ab und schlich vorbei an „Freies Institut", machte einen Abstecher quer links hinab zu „Jeanne, überleg es dir".

Jeannes Furcht vor zahlenintensiven Papiermassen hatte Louise vor ein paar Jahren wegen des unangenehmen Zwischenfalls einer drohenden Delogierung aufgrund unbezahlter Pacht veranlasst, die Post zu übernehmen. Louise hatte sie vor dem Einsinken im Buchstabenzahlensumpf bewahrt. Aber an diesem Morgen hatte sie ihr ebenjenen Umschlag mit gespieltem Desinteresse in die Hand gedrückt, vielleicht um ihr eins auszuwischen. Es hatte am Tag davor wieder Reibereien gegeben. Brice, Louises neuer Liebhaber, hatte schließlich den Eklat provoziert, ganz klar. Seit er sich immer mehr im Haus breitmachte, kippte die Stimmung zunehmend. Gestern hatte er seine Wäsche im Wohnzimmer auf den Bücherrücken zum Trocknen aufgehängt. Der Wäscheständer sei noch voll mit Jeannes Zeug gewesen, hatte er trotzig grinsend auf ihre Frage geantwortet, ob er vielleicht sonst noch einen besseren Platz hätte finden können. Das war eindeutig zu weit gegangen, für Jeanne war dies das Zuviel an Missachtung und Ignoranz gewesen. Ein dummer Macho war er, und dabei noch so was von selbstgefällig, dass Jeanne einen inzwischen schon stündlich wachsenden Drang verspürte, ihm einen festen Tritt in die Weichteile zu verpassen.

„Jeanne! Antoines Mutter ist dran, er hat seine Nachprüfung in Mathe versaut", Louise streckte ihr keck das drahtlose Festnetz entgegen und schielte unauffällig auf den Brief, der auf Jeannes Schoß knittrig ausgebreitet lag. Sie trug eines von Brices T-Shirts mit irgendeiner von diesen peinlichen Aufschriften darauf und dazu Jeannes abgeschnittene Army-Hose.

„Ja?"

„Jeanne, Sie können sich nicht vorstellen! Antoine ist völlig bekifft in die Prüfung gegangen. Er muss das Jahr wiederholen."

„..."

„Jeanne?"

„Ja, und was soll ich Ihrer Ansicht nach nun tun?"

„Reden Sie mit ihm, bitte! Ihnen hört er zu. Ich habe keine Ahnung, wo er steckt!"

„Madame, warum denn? Sie kennen meine Meinung bereits. Antoine ist unglücklich in dieser Schule, sehen Sie das denn nicht? Er tut alles, um wechseln zu können, er ist sogar bereit zu riskieren, wegen eines Disziplinarverstoßes ausgeschlossen zu werden. Das war kein Coup, sondern eine Überlebensmaßnahme. Soll ich ihm etwa erklären, dass er dort bleiben soll, bis er daran zerbricht!?"

„Jeanne, wofür bezahle ich Sie denn eigentlich?"

„Mit Sicherheit nicht dafür, einen jungen Menschen so lange zurechtzubiegen, bis nichts mehr von ihm übrig bleibt, außer die zurechtgestutzte Gymnasiast_innenfratze der *grande nation*.“

„Na dann weiß ich ja, woran ich bin. Vielen Dank für Ihre Klarheit!“

Jeanne legte schnaubend auf, es kam aus dem tiefsten Inneren ihrer Brust, die sich in jenem Moment beklemmend eng anfühlte. Sie war wütend und ihr Herz pochte schmerzhaft. Sie konnte den Puls bis in die Schläfen spüren. Antoine war eine_r ihrer Lieblingsschüler_innen. Sie gab ihm seit mehr als zwei Jahren Nachhilfe, die Treffen waren zum konstanten Ankerpunkt ihres Lebens geworden. Er machte sich nichts aus Naturwissenschaften, die dummerweise Pflichtprogramm des prestigeträchtigeren Zweigs der Sekundärschule waren und das Eintrittsticket in die Schmiedestätten der Verwaltungseliten, weswegen Madame Tolain drauf und dran war, ihren Sohn mit aller Kraft – und die hatte sie – in dieses Schema zu pressen. Antoine machte sich prinzipiell herzlich wenig aus Schule, am wenigsten aber aus den penetrant zukunftsmusizierenden Naturwissenschaften, das wusste Jeanne. Und dennoch, oder vielleicht gerade deshalb, gab es nichts, das sie lieber tat, als mit ihm diese Nachhilfestunden zu verbringen.

Eine Saatkrähe spazierte seelenruhig vor ihm her, ohne sich um die Reisenden auf dem Bahnsteig zu kümmern. Als Achim in den Waggon 418 stieg, flog der Vogel ins Freie. Achim addierte diese Begegnung zu den beiden Rauchfangkehrern, die er in den vergangenen Tagen gesehen hatte. Er verstaute seinen Rucksack im Gepäckfach. Das Großraumabteil war ziemlich voll und bestätigte seine Vorsicht, einen Fensterplatz zu reservieren. Achim fühlte sich seltsam nervös und freute sich auf vertraute Landschaftsbilder, Kulissen, die an ihm vorüberziehen würden, Wiederholungen des Vertrauten und kleine Veränderungen, die vielleicht bisher seiner Aufmerksamkeit verborgen geblieben waren. Er suchte nach Zeichen, um seine Neugier mit einem hinreichenden Maß Zuversicht versehen zu können.

Das Wochenende hatte Achim mit seiner selbst gewählten Familie verbracht, einigen langjährigen Freund*innen, die zusammenwohnten, von chronischer Geldknappheit und unaufgeregten Erwartungen zusammengehalten. Ab und an zog eine*r aus der Fabriketage aus und verließ Berlin, das doch nur schlecht bezahlte Jobs, weite Alleen und zahllose Plätze zu bieten hatte. Die Neuankömmlinge passten sich rasch den gegebenen Gewohnheiten an, nie war jemand in Eile und Zeit kein knappes Gut. Achim konnte von allen offensichtlichen Angeboten der Kontinuität nur dieses ertragen. Jeden zweiten Monat stieg er in Wien in den Zug und tauchte für ein Wochenende in Neukölln unter, kaufte Frühstücksbrötchen und Schokolade für den Nachmittagsfilm. Wenn Katrin, die wieder als Taxifahrerin arbeitete, dann dazu kam, verflüssigte dies das Bild einer zähen, grauen Paste, die sich diese WG gegen allen Mumps der Welt an den Hals geschmiert hatte, und machte das Ensemble lebendiger.

Jetzt, im noch immer stehenden Waggon, fühlte er sich seltsam allein, schon seit er die Tür in der Hermannstraße 48 hinter sich zugezogen hatte. Er hatte mit Martin weitgehend schweigend einen Frühstückskaffee getrunken, keine Zigarette geraucht, schon seit beinahe zwei Jahren nicht mehr, denn vor 40 sollte man grob unzuträgliche Gewohnheiten sein lassen. Die einzige Erklärung, die Achim längst für seine Assoziation Mumpspaste – WG gefunden hatte, war die Zauberbergstimmung. Alle Bewohner*innen gingen ihren Beschäftigungen nach, Erwerbsarbeit war eine lästige Störung und wurde weitgehend vermieden. Fremdbestimmte Tätigkeiten wurden bestimmt nicht mit individueller Progression und Karriereaussichten verbunden, dennoch schienen alle auf etwas zu warten, ein Ereignis, das diesen Mikrokosmos ergreifen, eine Situation, die auch die Bewohner*innen im Hinterhaus unumkehrbar verändern würde. Das Beste an dieser leisen Hintergrundmusik war ihre Bedingung, das Warten mit der Gewissheit, alle Zeit der Welt zu haben, ausgerechnet heute sicher nichts zu verpassen. Diese unausgesprochene Einsicht, die jedoch vielleicht auch niemand in der WG mit Achim teilte, versicherte ihm seit vielen Jahren, in der Welt zu sein. Nur sie ermöglichte ihm ein Höchstmaß an Unverbindlichkeit in all seinen anderen Beziehungen. Er liebte die Intensität erster Berührungen, das Eintauchen in neue Verbindungen, die er so weit bestätigte, als damit keine weiter reichenden Pläne als bis zum nächsten Zusammensein verbunden waren. Was ihn seit seinem Umzug nach Wien knapp vor der Jahrtausendwende begleitete, war dieses ruhige und zugleich bestimmte Warten, das selbst dann nicht enttäuscht werden konnte, wenn alles in etwa so weiterging wie bisher. Mit der Einladung Hannahs, Teil des sich formierenden Freien Instituts zu sein, war diese Erwartung für die nächsten drei Jahre ortsgebunden. Kollektivität und Freiheit waren schillernde Begriffe, deren Konkretisierung jedenfalls erfolgen würde. Achim war geübt darin, sich gut in den gegebenen Verhältnissen einzurichten. Seine Erwartungen an das Freie Institut waren hoch und gering zugleich. Er schätzte die Wahrscheinlichkeit, dass trotz guter Absichten aller Beteiligten nach drei Jahren nichts Bedeutendes entstanden sein würde, ziemlich hoch ein, dennoch war er gewiss, ein großes Stück unbeschwerter Zeit vor sich zu haben. Als Hannah ihn vor zwei Monaten in der Kochpause zwischen zwei Nachmittagsfilmen ganz unvermittelt gefragt hatte, ob er noch immer an seiner Idee, den Ig-Nobelpreis zu gewinnen, festhalte, hatte er nur gelächelt und gemeint, selbst Cäsar habe schließlich einen Koch dabeigehabt. Gewohnt einvernehmlich hatten sie weiter Kartoffeln geschält, während Achim die Kalbsleber in feinen Schnitten mit Zwiebeln und Rosmarin in zwei großen Pfannen gebraten und Butter mit ganz viel Petersilie erwärmt hatte.

Nachdem der Zug nun endlich das Bahnhofsgelände verlassen und eine angemessene Fahrtgeschwindigkeit aufgenommen hatte, schloss Achim die Augen und träumte von Hannah. Sie hatten sich nie außerhalb der Hermannstraße verabredet. Ab und an machten sie einen Spaziergang in der Hasenheide und nur selten begleitete sie dabei eine*r der Mitbewohner*innen. In ihrer Anhänglichkeit an die WG waren sie sich einig und auch in ihrem Unvermögen, ihre eigene Bedeutung in diesem Ensemble zu ermessen. Selbst das Ritual regelmäßiger Besuche wurde einfach zur Kenntnis genommen. Versäumte Achim einen potenziellen Termin, gab es beim nächsten Treffen kein Nachfragen. Genau genommen gab es immer eine Ausnahme und als er vor gut zwei Jahren dermaßen in emotionale Verwirrung geraten war, dass er nicht nur acht Monate lang seine Berlin-Reisen aussetzte, sondern nicht einmal daran dachte, war ihm die Erleichterung Anjas groß erschienen, als er seinen nächsten Besuch wie immer telefonisch ankündigte.

Hannah bedeutete Achim viel, allerdings hatte er bisher nicht darüber nachgedacht. Auch sie war seit einigen Jahren eine Konstante in der Hermannstraße, ihre Besuche waren allerdings meist mit weiteren Treffen in Berlin verbunden und erfolgten weitgehend spontan. Da gab es wohl auch einen Ex-Freund oder eine lose Affäre, die Hannah immer wieder von Paderborn nach Berlin führte. Aber eigentlich war Paderborn auch so eine Ecke, wo Achim nicht mal für den denkbar attraktivsten Job länger als drei Wochen geblieben wäre. Achim hatte Hannah gegenüber oft von Wien geschwärmt, von dieser seltsamen Mischung aus Distanz und Neugier, die besonders in der U-Bahn deutlich wurde. Die Leutc starrten ungeniert, sobald ihnen etwas irgendwie ungewöhnlich, also ärgerlich erschien. Ein Kommentar würde aber niemals direkt an die irritierende Person gegeben werden, vielmehr wurde gerne über andere gesprochen, bedenkenlos auch in deren Anwesenheit. Wiener*innen seien offen hinterfotzig, hatte er Hannah gegenüber erklärt, und Traditionen und Ritualen durchaus zugetan, konservativ eben, ohne wirklich rigide zu sein, dazu sei man doch zu wenig stolz. Hannah hatte damals die angedeutete Differenz nicht so richtig fassen können.

Die Villa würde für das Freie Institut jedenfalls konstitutiv wirken. Achim freute sich auf die Impressionen der Gruppe. Er imaginierte einzelne Kommentare zu den distinguierten alten Damen im Bus oder beim Spaziergang im Türkenschanzpark. Seit Achim wusste, dass er mit Hannah und einem seltsam zusammengewürfelten Team ambitionierter Wissenschaftler*innen bald in der Nähe dieses Parks leben würde, hatte er mehrmals die Umgebung erkundet. Den Abschluss dieser Ausflüge in seine neue Wohngegend hatte jedes Mal ein Besuch im *Tüwi* gebildet, einem selbstverwalteten Student*innenlokal, das er schon lange kannte. Wenn Achim sich seinen dystopischen Fantasien hingab, in denen eine globalisierte Verelendung auch vor den Enklaven Mitteleuropas nicht haltmachte, dachte er immer auch an diese Post-Hippies im *Tüwi*, mit Affinität zu Dreadlocks und Biolandwirtschaft. Er belauschte gerne die Gespräche des Bardienstes, der Charme einiger Jahrzehnte gut situierter Selbstorganisierung war hier spürbar. Da Achim mit der Szene nicht wirklich vertraut war, fiel es ihm umso leichter, die oberflächlich sichtbaren Verbindungen von solidarischer Ökonomie, Hofkollektiven und internationaler Gewerkschaftsarbeit zu affirmieren. Falls keine*r in der Gruppe einen besseren Plan hätte, wie man in der Stadt auch politisch ankommen konnte, hier würde ein passender Ort sein, nur einen Steinwurf vom Stiftungshaus entfernt.

Achim kam trotz wiederholten Grübelns nicht dahinter, weshalb Hannah ihn eigentlich eingeladen hatte. Besondere Erwartungen an seine wissenschaftlichen Leistungen hatte sie vermutlich nicht, seine Orts- und Szenekenntnisse waren vielleicht schon eher gefragt, oder die Tatsache, dass sie sich seit ihrer ersten Begegnung sehr vertraut waren, ohne besonders viel voneinander zu wissen. Bestimmt wollte er Hannah nicht enttäuschen, doch auch wenn Wien in den letzten Jahren deutlich vielfältiger geworden war, herausragende politische Gruppen oder intellektuelle Zirkel hatte es nicht zu bieten. In Wien war man eher in nachholenden Bewegungen unterwegs, einen Dreh langsamer als andernorts, wenn auch durchaus beharrlich. Achim war unschlüssig, inwieweit sich die Gruppe auf das hier Bestehende konzentrieren sollte. Das Phantasma des Neuen und seine Begeisterung für kollektive Kreativität bestimmten seine Erwartungshaltung. Hannah hatte in ihrer Einladungspolitik sicher auf ein ausgewogenes Verhältnis von individuell karriereorientierten und eher offenen Leuten geachtet. Allerdings war das Zufallsmoment unberechenbar, denn wie groß die Gruppe tatsächlich sein würde, konnte Hannah ihm auch zwei Wochen vor Beginn der dreijährigen Zusammenarbeit nicht genau sagen.

Achim identifizierte Mozzarella, Speck, Tomate und Banane, Geruchseindrücke, die immer wieder von Kaffeeduft verdrängt wurden. Die ausnehmend ruhige Zugfahrt wurde für ihn auch durch die Lunchpakete der Mitreisenden strukturiert. Um sich von diesen zwanghaften Stärkungen, die für viele mit der ersten Fahrtbewegung zu erfolgen hatten, abzuheben, hatte er es sich längst zur Gewohnheit gemacht, ausschließlich Wasser auf der zehnstündigen Fahrt zu sich zu nehmen. Achim bevorzugte die asiatische Küche und hatte sich vorsorglich zum Abendessen mit Sonja im *Shanghai* verabredet. Sonja war seit ihrer ersten Begegnung in ihn verliebt. Sie schätzte seine teuren Anzüge und mochte seinen Duft. Er verwendete, sehr dezent, *Habit Rouge*. Zumindest ein Parfum sollte sich der binären Geschlechterlogik verweigern. Achim mochte eigentlich alles an ihr. Um die grauen Katzenhaare auf seinen Jacken und Hosen rasch wieder loszuwerden, hatte er schon nach der zweiten gemeinsam verbrachten Nacht in ihrer Wohnung einen Kleiderroller deponiert. Achim zögerte nie, pragmatische Lösungen für seine neurotischen Schwächen zu finden. Sein Problem waren weniger die kleinen als die entscheidenden Veränderungen. Diese entzogen sich definitiv seinem Einflussbereich – immer wieder hatte er seinen diversen Therapeut*innen zu erklären versucht, dass seine Warteposition keineswegs unangenehm war, unbefriedigend zwar, aber durchaus unterhaltsam und in einem von ihm bestimmten Maße vielfältig. Zugegeben, er langweilte sich rasch, doch fiel es ihm auch nie schwer, seine schwindende Begeisterung aus einer Beziehung rasch in eine neue Verliebtheit zu transformieren.

„Das kurze 20. Jahrhundert" hatte einerseits das Warten am Zauberberg beendet und war andererseits mit dem Sieg des Kapitalismus zu Ende gegangen. Dass dieser Triumph dauerhaft sein und er weiterhin auf der freundlichen Seite dieser Ordnung verweilen könnte, schien Achim wenig wahrscheinlich. Immer wieder beruhigte er sich mit nostalgisch gefärbten Blicken auf soziale Revolten, bevorzugt auf ihre literarischen Bearbeitungen. Aber sein eigenes Warten offenbarte Achim zugleich die fehlende Aktualität dieser radikalen Episoden. Seine Kenntnisse über die digitale Revolution beschränkten sich auf die Begriffsebene von CCC bis Wikileaks und Anonymous. Das große Nichts dazwischen bot zwar hinreichend Platz für seine Fantasien, aber keine Akteur*innenposition. Was er sonst noch so an sinnvollen Aktivitäten setzen konnte, wusste er seit geraumer Zeit nicht mehr. Seine Fähigkeiten schienen ihm jedenfalls hoffnungslos veraltet und die Aufzucht von Gemüse im Hochbeet war ein müder Ersatz für die an sich vernünftige Forderung nach Ernährungssouveränität. Während die vertraute Frühlingslandschaft Brandenburgs sein Zugfenster bespielte, erschienen Achim drei Jahre in einer Gruppe doch ziemlich lang. Nichts gegen die sieben Jahre Hans Castorps in Davos, aber ein bisschen schnelllebiger war die Zeit doch allerorts geworden. In einem Freien Institut sollte am besten gar nicht gearbeitet werden, wurde ihm jetzt unvermittelt klar. Das Konzept der Lohnarbeit war für die Gruppe suspendiert. Der bürgerliche Horizont konnte also getrost ignoriert werden und ihre Fähigkeiten waren bestimmt hinreichend mannigfaltig, nur die Herausforderungen würden sich erst nach und nach zeigen. Er könnte seine Kochkenntnisse in gewohnter Weise verfeinern. Ein Gericht so lange variieren, bis die optimale Zubereitung gefunden und das Geschmacksergebnis perfekt wäre. Eine seiner klassischen Ausweichbewegungen, auf die er nur bei ohnehin vorhersehbaren Konflikten zurückgreifen wollte. Oder doch etwas üben, was er bisher vermieden hatte? Achim öffnete kurz die Augen, um sich seiner Aufmerksamkeit zu vergewissern. Auch wenn er die Konzentration auf sich selbst gerne vermied, seine mangelnde Vorstellungskraft konnte er nicht ignorieren. Seine überschaubaren Assoziationen zu drei geschenkten Jahren waren nur bei wohlwollender Betrachtung erstaunlich. Zu allem Überfluss war er gewiss, dass die anderen in etwa so verblendet in das Stiftungshaus ziehen würden wie er. Freiheit war eine Praxis; aber der Satz war auch nur eine alte Überzeugung. Erforderte seine Konkretisierung ein gemeinsames Ziel? Achim suchte in seinem Kopf nach Entsprechungen: Die Leute vom *eiPCP* hatten um die Jahrtausendwende etwas in der Art realisiert, gekonnt poststrukturalistische und postoperaistische Ansätze in Wien intensiviert. Das Webjournal, die Konferenzen und Übersetzungen waren mit EU-Geldern finanziert worden und nachdem sich die Leute auch nach Abschluss des Projekts noch gemocht hatten, konnten die Bedingungen darin so schlecht nicht gewesen sein. Er dachte an weitere Vorbilder, *The Factory*, das *Berliner Ensemble*, die *Bloomsberries* und die *Scherben Family*, das Modell von Imitation und Adaptierung stieß damit an seine Grenzen. Achim öffnete wieder die Augen und merkte, dass er wohl schon geraume Zeit beobachtet wurde. Ihre Lippen lächelten und Achim hätte auch zu jeder deutlich weniger attraktiven Ablenkung unvermittelt ja gesagt.

Im Flugzeug quetschte Peter sich an den Rückenlehnen der vorderen Reihe entlang auf seinen Sitzplatz am Fenster. Schnell, solange er noch Bewegungsfreiheit hatte und niemand neben ihm saß, holte er seinen Laptop aus der Tasche und war bereits in seinen Text vertieft, als das Flugzeug startete. Ein kleiner Artikel für ein Online-Magazin. Seine Schwester Hilde hatte ihm den Auftrag verschafft. Die Bezahlung war lächerlich, aber das Thema verfasste sich fast von selbst. Er hatte den Artikel zugesagt, bevor Elisabeth ihm eine Stelle an Hannah Wolmuts Freiem Institut angeboten hatte. Der Job an diesem Institut würde ihn zwar von seinen Geldsorgen befreien, aber Peter schrieb gerne für popkulturelle Medien. Sie verschafften ihm und seinen Themen Aufmerksamkeit. Die größte Schwierigkeit an diesem Artikel über Geschlechterkonstruktionen außerhalb des westlichen Kontextes war die geringe Zeichenanzahl, die vorgegeben war. Dass Online-Magazine überhaupt die Zeichenanzahl begrenzten, fand Peter lächerlich, schließlich war der virtuelle Raum ein nahezu unendlicher. Aber wie es in den USA so schön hieß, *beggars can't be choosers*. Und als Bettler hatte er sich vor Kurzem noch gefühlt. Also schrieb er.

„Als *Two Spirits* bezeichnen sich viele Native Americans, die sich nicht der heteronormativen Gesellschaft unterordnen, schwul, lesbisch, transgender oder bisexuell leben. Sie verweisen damit auf die traditionelle Anerkennung, die Nichtheterosexuelle in vielen Gesellschaften

Nordamerikas genossen, bevor sie von den Weißen unterworfen und schließlich in vielen Fällen auch missioniert wurden. Mit der Missionierung war auch der Zwang zur Heteronormierung verbunden. Die traditionelle Anerkennung als Personen mit besonderer Nähe zu beiden Welten, der der Frauen und der der Männer, aber auch zur Welt der Geister und Ahnen wurde ihnen damit entzogen. Zeitgenössischen *Two-Spirits*-Aktivist_innen ist es in den letzten Jahren gelungen, diese Anerkennung zurückzuerobern. Nachdem viele Native Americans in den 1990ern vielfältige unterschiedliche Diskriminierungserfahrungen in der LGBT-Szene gemacht hatten, begannen sie, sich auf die Tradition der *Two Spirits* zu beziehen, und arbeiten nun seit mehr als einem Jahrzehnt daran, diese in die LGBT-Szene einzubringen."

Er fütterte den Artikel mit einigen Details und persönlichen Erfahrungen, suchte dann ein wenig Material aus seiner Dissertation aus, um es zur Bebilderung des Artikels vorzuschlagen, und hatte sogar noch Zeit, ein wenig zu dösen, bevor das Flugzeug in Washington landete.

Nun war der übliche Irrweg durch den Flughafen angesagt. Wie immer ärgerte er sich über die Planer_innen von Washington Dulles, die es nicht einmal zustande gebracht hatten, dass man mit einem einzigen Transportmittel von Gate zu Gate kommen konnte. Stattdessen musste er nun zunächst mit einem Bus zum Terminal A gebracht werden, von wo aus ihn dann eine Bahn zum Terminal B brachte. Das Land war im Wahlkampffieber. Viele Läden verkauften Tassen, Kappen oder T-Shirts mit republikanischen roten Elefanten oder demokratischen blauen Eseln. Jeder Laden führte natürlich beides, denn was in den USA bei Wahlen immer gewann, war das Geschäft. Peter stand, wie auch viele US-Amerikaner_innen, den

Wahlen indifferent gegenüber. Schließlich war es egal, wer die Drohnen nach Afghanistan, Pakistan oder in den Jemen schickte, um ganze Dörfer dem Erdboden gleichzumachen, oder ob Gefangene unter einer republikanischen oder einer demokratischen Präsidentschaft ohne Anklage jahrelang auf Guantanamo festgehalten wurden.

Als Peter schließlich sein Gate erreicht hatte, blieben ihm trotz der langen Wege noch fast vierzig Minuten bis zum Boarding und so fuhr er seinen Laptop wieder hoch. Als erfahrener Vielflieger wusste er schon längst, auf welchen Flughäfen es gratis W-Lan gab. In Minneapolis checkte er seine Mails nie, weil dies dort zu einem sehr kostspieligen Unterfangen werden konnte. Hier in Washington Dulles gab es hingegen ein leidlich gut funktionierendes Gratis-Netz, das er immer wieder zur Überbrückung seiner Wartezeiten nutzte. Als er es endlich geschafft hatte, sich in sein Mailprogramm einzuloggen, fand er zu seinem Erstaunen ein E-Mail der Ohio State University vor, bei der er sich bereits vor Monaten um eine Tenure-Track-Stelle beworben hatte. Nachdem er zu einem Skype-Interview eingeladen worden war, hatte er nie mehr etwas gehört und die Stelle inzwischen längst abgeschrieben. Und jetzt plötzlich, scheinbar aus dem Nichts heraus, wurde ihm hier eine Stelle angeboten, die er so schnell wie möglich antreten sollte. Warum kamen Chancen immer zugleich oder gar nicht?

Hoch oben über dem Atlantik versuchte Peter, aus den beiden Angeboten eine Situation zu machen, die eine Entscheidung verlangte. Er wollte auch Vernunft walten lassen, denn wohin seine Lust ihn zog, war klar. Drei Jahre lang völlig frei zu forschen, mit anderen Leuten, die sich auf so einen Deal einließen und dementsprechend sicherlich interessante Menschen waren, das brachte seine Säfte zum Fließen. Oder sollte er seine vielleicht einzige Chance vertun, eine Stelle mit entsprechenden Zukunftschancen an einer US-amerikanischen Universität anzunehmen?

Es fiel Peter schwer, sich neben dem älteren bayrischen Ehepaar auf den beiden Sitzen links von ihm auf seine Gedanken zu konzentrieren. Die beiden schienen noch nicht oft geflogen zu sein, denn nicht nur war alles, was sie rund um sich entdeckten, neu und interessant, sie kommentierten es auch lautstark, weil sie bereits vorsorglich die Kopfhörer für das Unterhaltungsprogramm in den Ohren hatten und über dieses Hemmnis hinweg schreien mussten, um einander zu verstehen. Der Karli, wie die Frau den Koloss nannte, hatte sich als Erstes durch alle Knöpfe über seinem Kopf gedrückt und schaffte es nun nicht mehr, sein Licht auszuschalten. Es störte ihn offensichtlich eher aus Prinzip, schließlich war es im Flugzeug noch hell, aber da er den Knopf zum Rufen der Flugbegleiterin bereits gefunden hatte („Maria, des is der Gnopf fia die Schduardess"), drückte er nun vom Stakkato eines Pling-Pling-Klanges begleitet wild darauf herum. Als eine der Flugbegleiterinnen die Situation schließlich entschärft hatte, fragte Peter sich, ob er auf diesem Flug nun endlich herausfinden würde, ob *crop dusting* ein moderner Mythos war oder nicht. Mit einem Grinsen im Gesicht bei der Vorstellung, wie die unter der Fassade von Höflichkeit bereits offensichtlich enervierte Flugbegleiterin den restlichen Transatlantikflug über immer wieder versuchen würde, beim Vorbeigehen im genau richtigen Moment einen fahren zu lassen, sodass der Karli eine gute Nase voll abbekommen würde, grub Peter sich in seinen Sitz und holte sich seine Situation vor die geschlossenen Augen.

Für das Angebot aus Columbus, Ohio, sprach, dass er damit nicht nur einen Fuß an einer US-amerikanischen

Universität behalten würde, sondern bei entsprechender Leistung eigentlich seine Professur in der Tasche hätte. Der Preis dafür wäre jedoch systemkonformes Publizieren in englischsprachigen, auf diversen Indizes hoch gerankten, peer-reviewed Journals zu Themen, die ihn vielleicht interessierten, vielleicht aber auch nicht, die aber jedenfalls nicht zu sehr vom erwünschten Mainstream abweichen konnten. Wenn er dann nach Erfüllung des vereinbarten Publikationsvolumens zum vollwertigen Professor aufgestiegen wäre, würde er an einer solchen Universität wirklich gut verdienen und mit dieser Stelle als Ausgangspunkt wären auch Bewerbungen auf noch bessere Stellen in Minnesota, New York oder an einer der Elite-Unis des Landes vorstellbar. Die USA stünden ihm damit offen.

Andererseits hatte er ja nicht dafür studiert, um an einer Uni einen gut bezahlten Job zu bekommen, sondern um die Welt und die Gesellschaft zu verstehen, und irgendwie doch auch, um diese zu verändern. Sein Ziel war doch nie die Professur gewesen, sondern das Entdecken. Er war aus Lust an den Menschen Sozialwissenschaftler geworden und hatte sich schließlich nicht zuletzt deshalb wissenschaftlich mit Geschlecht und Sexualität zu beschäftigen begonnen, weil er sich selbst, seine Bedürfnisse, Neigungen, seine Lust und die seiner Freund_innen besser verstehen wollte. Weil er einen Beitrag dazu leisten wollte, wenigstens in den Sozialwissenschaften ein wenig zur Demontage des heteronormativen Blicks auf die Gesellschaft beizutragen.

Ins Blaue hinein. | *„This means surrender!“* | Sie fährt nun tatsächlich ins Blaue hinein. | Das stimmte so nicht. | Also zum Beispiel diese „Radioshow“, das war ja nur vergeudete Energie; | Elisabeth entgegnete ihr: „Nein, das sehe ich ganz anders. | Sie haben heftig diskutiert. | Das ist wie SMS schreiben, an *irgendeine* Nummer. | Sogar gestritten. | Der großzügige, ja verschwenderische Umgang mit der Zeit.

Das kann ich nicht verstehen.

Marie, die gefragt hat, ob das, was sie so in ihrem Leben schon gemacht habe, denn in ihren, in Jeanettes Augen, | das neidische Aufbegehren eines „Ich will auch“. | keine Arbeit gewesen sei. Keine ernsthafte. Keine einer Akademikerin würdige.

Ob sie wirklich behaupten wolle, dass sie, | also nichts Besseres gewusst, als eine Radiostation zu basteln und | Nischen der Unverwertbarkeit zu entdecken. |

Wie Karin das genannt hat. | Gedanken, Aufzeichnungen und andere Einfälle von dort aus ins Leere zu senden. | So ins Blaue hinein. | Um der zunehmenden Kommerzialisierung ihrer Seele entgegenzuarbeiten, | Wie Karin das genannt hat. | viel Arbeitsaufwand für, wörtlich fürs *Nichts*.

Nun, nichts würde ich nicht sagen

Ob sie wirklich behaupten wolle, dass sie, Marie, den Großteil ihres Lebens damit verbracht habe, | ins Leere zu senden. | Zeit zu vergeuden. | die Spielregeln einzuhalten. | den Großteil ihres Lebens damit | Zu verschwenden | sich vorerst nicht zu entscheiden und ein wenig zu schlafen | – ist das nicht der Inbegriff von traurig?

Die Frage habe sie nicht verstanden.

Marie, die gefragt hat, ob das, was sie so in ihrem Leben schon gemacht habe, | vom Abfeiern eines inhaltsleeren

Arbeitsethos, | Bis zur Eröffnung des *Kašiku* | von Hauptsache, die Nase vorne, | bis zu seiner schweren Krankheit | von der Selbstkasteiung im Namen des Etappensieges, von der | Aufzucht von Gemüse im Hochbeet | Im luftleeren Raum | im Stunden- und Minutentakt – | bis zu einem gewissen Grad | denn in ihren, in Jeanettes Augen, | kein Leerlauf. Kein Leergang | gewesen sci.

Das kannst du mir echt nicht erzählen.

„Es wird sich schon lohnen für Sie", hat er immer gesagt. | die Sache mit der Leerzeit | Das Konzept der Lohnarbeit | riss ihr Lenkrad herum und bog zurück auf die Straße, der Radiosender gab | gute Tipps aus dem Leben. | „Mit der Revolution lässt sich kein Geld verdienen!" | hat er immer gesagt. | Dass sie das nicht mit sich machen lassen solle. | wovon er immer geträumt hatte. | Dass Arbeit immer bezahlt gehöre. | konsequente Arbeit am eigenen Lebenslauf | *Drei Jahre Leertätigkeit am Freien Institut* | wurde ihm jetzt unvermittelt klar | könnte sich am Ende auch schlicht als Lücke in seinem CV herausstellen.

„Es wird sich schon lohnen für mich."

Die winzige Figur legt den Leergang ein. Sie fährt eine Runde. | Mit vierhundert Stundenkilometern. | ja, das geht dann auf einmal – | Ins Blaue,

II. Abfahrt / Railway

„Attention. Les portes ferment. Attention please. Doors are closing.“ Diese Bahnfahrt. Ob das tatsächlich eine gute Idee gewesen ist, die Bahn zu nehmen. Zwanzig Stunden wird sie unterwegs sein. Zwei Mal wird sie umsteigen müssen, in *Strasbourg*, dann in München. Während der Fahrten von Marseille nach *Strasbourg* und von *Strasbourg* nach München ein wenig arbeiten. Sich vorbereiten. Mails schreiben. Von München nach Wien dann der Nachtzug. Schlafen, ausschlafen. Zuerst aber ein Blick aus dem Fenster. Aus der Stadt hinausfahren, Fensterlädenfassaden, bunt-bröckelndes Mauerwerk. Unordentlich, auf den ersten Blick schon ist diese Stadt unordentlich. Ungeordnet. Unübersichtlich. Auch ihre Wege in der Stadt sind immer unübersichtlicher geworden. Obwohl es meistens dieselben Wege waren, die sie zurückgelegt hat. Vom *appartement* in der *Rue du Panier* ins Büro in der *Vieille Charité*. In zehn Minuten zu gehen. Die kleinen Straßen. *Ruelles*. Die Mittagessen. Immer das kleine Restaurant am Platz. Zwei Minuten vom Büro entfernt. Abends zurück in die Wohnung. Manchmal eine *soirée*. Bei Anne. Oder bei Antoine. Die meisten wohnen ja auch im *Panier*. Nur François, der hat das kleine Haus im *Vallon des Auffes*, in dieser kleinen malerischen Bucht im 7. Arrondissement. Einmal hat er sie alle eingeladen. Zu sich. Seine Frau. Sandra. Die beiden Kleinen. Annique und Roland. Das Abendessen auf der Terrasse mit Blick auf die Boote in der Bucht. Sehr *Marseillais*. Betont *Marseillais*. Als würde er ihnen, seinem nach Paris strebenden Team, beweisen wollen, dass es sich auch in dieser Stadt leben lässt. Leben vielleicht. Unter Umständen. Arbeiten nicht. Bestimmt nicht. Unter keinen Umständen. Und Marie. Ihre schöne Wohnung in *Noailles*. Ruhig. Hell. Eine Insel. Doch sobald man die Wohnung verlässt. Chaos. Dieser ewige Markt. Der Schmutz auf den Straßen. Die Abfälle. Das Gedränge. Das Sprachengemenge. Algerisches, marokkanisches, tunesisches Arabisch. West- und zentralafrikanische Sprachen. Touristen, die sich durch das Viertel schieben, sich an ihre Taschen und Rucksäcke klammern. Als würden sie ihnen gleich davonfliegen. Als würden sie selbst davonfliegen, wenn sie sich nicht fest genug anhielten an ihren Taschen, ihren Rucksäcken. Der Weg zu Maries Wohnung, eine Tortur. „Auch ich bin Einwanderin. Migrantin. Ich gehöre in dieses Viertel." Die Art und Weise, wie Marie das gesagt hat. Sie, Jeanette, hat nur den Kopf geschüttelt. Das hier habe nichts mit ihr zu tun, mit ihr, Marie, die doch in Frankreich aufgewachsen sei und eben einen etwas untypischen Weg zurückgelegt habe, aber sonst. Marie hat nichts darauf erwidert. Nur angesehen hat sie sie, seltsam, mit diesem seltsamen Ausdruck im Gesicht. Dieser Gesichtsausdruck hat immer eine Grenze markiert, eine Grenze zwischen ihnen, zwischen Marie und ihr, eine Grenze, die gesprächsweise nicht mehr zu überwinden gewesen ist. Sobald Marie dieser Ausdruck im Gesicht gestanden hat, haben sie beide das Thema gewechselt. Marie. Die kann vielleicht leben in dieser Stadt. Die schafft sich die Umstände, unter denen es sich hier, in dieser Stadt, leben lässt. Aber sie, Jeanette, wenn sie gewusst hätte. Sie hätte versucht, in Montreal zu verlängern. Ein Semester noch. So anziehend die Vorstellung, am EHSS zu arbeiten, gewesen ist, so enttäuschend der Aufenthalt. Aber schließlich. Sie hat nichts verloren hier. Im doppelten Sinn. Sie hat hier definitiv nichts zu suchen. Sie hat aber auch nichts eingebüßt. Karin, die gelacht hat, als sie erfahren hat, dass die schöne Stelle am EHSS nicht in Paris, sondern in Marseille sei. Ist sie schadenfroh gewesen? Aber Karin hat sich vor Jahren habilitiert und sitzt gut und sicher auf ihrem Lehrstuhl in Paderborn. Während sie, Jeanette, fünfzehn Jahre jünger ist und sich in den nächsten drei Jahren habilitieren wird. Die Auslandsaufenthalte. Außerdem. Die Publikationen. Ja, auch hier, in Frankreich. Mindestens Level B. Und im Grunde ist es gleichgültig, ob sie in Marseille oder Paris gesessen hat. Hauptsache: EHSS und die Publikationen.

Aus der Stadt hinausgleiten. Die letzten Ausläufer und dann hinauf, gen Norden. Lyon, dann die Grenze zwischen Frankreich und der Schweiz entlang. Die berühmt-berüchtigten *quartiers nord* von Marseille hat sie nicht gesehen. Was sollte sie auch dort? Es ist schwierig, in diese *quartiers* zu kommen. Und es ist noch schwieriger, aus ihnen herauszukommen. Es gibt weniger Studien als Schlagzeilen über diese *banlieues.* Zu Beginn ihres Aufenthaltes hat sie sich noch darum gekümmert, etwas von der Stadt hier zu erfahren. Hat nachgefragt und Studien gesucht. Von den *quartiers nord* ist oft die Rede gewesen. Zunehmende Segregation. Gentrifizierung der Innenstadt-Bezirke und *délogements* an die Ränder der Stadt. Kaum Anbindung an das ohnehin schlecht ausgebaute öffentliche Verkehrsnetz. In den Schlagzeilen vor allem die Drogen. Bandenkriege. Brennende Autos. Ab und zu ein Totschlag. Das sind die neuen Arbeiterbezirke, bar jedes Arbeiter-Schicks, jeder Sozial-Romantik. Nicht wie dieses *L'Estaque.* Das hat sie auch nicht besucht. Aber mit Marie hat sie einmal einen dieser Filme von Guédiguian gesehen. Der hat dieses Viertel *L'Estaque* als traditionellen Marseiller Arbeiterbezirk gezeigt, erzählt. Lokalkolorit. Proletarier-Romantik. Schwierige Lebensverhältnisse, die von den Figuren geteilt werden, diese Figuren, die sich mit ihrem Proletarier-Stolz und ihrem Proletarier-Starrsinn über die beklemmenden und widrigen Umstände ihrer kleinen Leben hinwegtragen. Ihren Eltern hätten diese Filme gefallen. Ihre Eltern hätten wahrscheinlich auch Marseille gemocht. Diese Stadt, die so gerne Kapitale, Zentrum wäre und sich doch so proletarisch gebärdet, ihre proletarische Schlagseite mit Inbrunst und so unbeholfen stolz zur Schau stellt. In so einer Stadt ist mit Wissenschaft, mit Kultur nichts zu machen. Alles, was nicht bereit oder in der Lage ist, Lokalkolorit anzunehmen, versickert in diesem Sumpf. Aber ihre Eltern, die hätten bestimmt die Geschichten der großen Streiks der Hafenarbeiter nachgelesen, hätten sich die Guédiguian-Filme angesehen und wären nach *L'Estaque* gepilgert. So als wären das auch ihre Geschichten. Ohne die Unterschiede ausmachen zu können. Ohne zu verstehen, dass es ihre Arbeiterklasse nicht gibt. Nie gegeben hat. Auch in Marseille nicht. Dass es keine Solidarität gibt. Dass die Solidarität, die behauptet worden ist und mancherorts immer noch behauptet wird, von den *Syndicats*, von den Gewerkschaften erfunden worden ist. Zuerst um die ausgebeuteten Arbeiter-Massen zu trösten, zu beruhigen. Dann um ihr eigenes politisches Kleingeld daraus zu schlagen. Widerlich. Warum geben sie es nicht einfach zu, dass wirklich jeder auf sich allein gestellt ist, dass wirklich jeder für sich allein kämpfen muss. Ihre Eltern. Die sind auch darauf reingefallen. Erzählen sich immer noch ihre Betriebsratsgeschichten, ihre Streikgeschichten. Geändert hat sich für sie allerdings nichts. Schichtarbeit. Keine Zeit für systematische Fort- und Weiterbildung. Ein bisschen autodidaktisches Geplänkel. Volkshochschule. Und wie sie sich immer auf ihre Geschichten beschränken. Ihr kleines Leben und ihre Geschichten. Wie beschränkt sie sind. Traurig.

Ob François versucht, sich dieses unentbehrliche Lokalkolorit zuzulegen? Es nachzumachen? Es anzunehmen? Das Abendessen auf seiner Terrasse hätte auch aus einem Szenario von Guédiguian sein können. Allerdings nur von einer gewissen Distanz aus betrachtet. So wie sie sprechen, worüber sie sprechen, das hätte nicht ins Bild gepasst. Obwohl er sich doch Mühe gibt, spricht François noch immer wie ein *Parisien*. Einmal hat sie es erlebt, da ist sie mit ihm in eine Bäckerei gegangen, auf dem Weg von der *Vieille Charité* zur *Bibliothèque de l'Alcazar*, zu dieser Tagung, die dort stattgefunden hat. In der kleinen Bäckerei ist François gefragt worden, woher er denn komme. Er sei doch kein Franzose. So wütend hat sie ihn noch nie gesehen. Ohne ein weiteres Wort zu verlieren, hat er den Laden verlassen. Und sich bitter bei ihr beklagt. Dass das eine Frechheit sei. Dass diese *boulangère* wohl noch nie ein anderes Wort Französisch gehört oder gelesen hätte als im Marseiller *argot*. Dass die selbst gar kein richtiges Französisch spreche. Diese Bäckerin, die hat natürlich nicht gemeint, dass François kein Franzose sei. Die hat gemeint, dass er kein *Marseillais* sei. Und genau das hat ihn so furchtbar gekränkt. Arme Annique. Armer Roland. Sie sind von ihren Eltern in diese Stadt verschleppt worden. Und zumindest François scheint wild entschlossen, sich hier niederzulassen. Sich herabzulassen. Die beiden kleinen, die werden entweder eingebürgert und stranden hier. Oder sie raufen sich durch als die Kleinen vom Norden. Und flüchten dann. Wenigstens gibt es dieses gute *Lycée*. Von dort aus können sie dann weiter. Vielleicht in eine der *prépas* für die *Grandes Écoles*. Wenn sich ihre Eltern nicht querlegen. Wenn François und Sandra nicht plötzlich der Meinung sind, ihre Kinder sollten es so machen wie die meisten hier. Sich anpassen. Sich auf Kosten der Zukunft ihrer Kinder anpassen. Anpassen an immer wieder sogenannte hiesige Verhältnisse. Mit dem Argument, später könnten sie ja dann immer noch. Nach Paris an die Uni gehen. Ins Ausland gehen. Et cetera, et cetera. Vor allem aber: später. Später. Später ist ziemlich schnell zu spät. Vor allem hier in Frankreich. Aber auch in Deutschland. Wenn sie sich nicht bemüht hätte, von dieser Grundschule in Köln-Ehrenfeld wegzukommen. Was heißt bemüht. Bewusst wird das nicht gewesen sein. Sie ist ja jung gewesen, sehr jung. Mit sechs denkt niemand an die Zukunft. Irgendwie muss sie es gespürt haben. Gespürt, dass sie von dort wegkommen muss. Dass sie schauen muss, dass sie weiterkommt. Dass sie sich dafür zu beweisen hat. Dass sie auffallen muss. Nach zwei Jahren der Schulwechsel. Auf Anraten des Klassenlehrers. Sie sei außerordentlich begabt. Solle in eine andere Schule. Mit Begabtenförderung. Und ihre Eltern, die hätten das beinahe vermasselt. Die haben gemeint, sie solle nicht schon wieder aus einem Umfeld herausgerissen werden. Dabei haben die sie doch zuerst herausgerissen aus einem Umfeld. Der Umzug nach Köln. Von Wien. Nach dem Kindergarten. Sie hat ihren Freundinnen erzählt, dass die Mama und der Papa jetzt in Köln arbeiten werden, Autos bauen werden sie. Der Kindergarten im zweiten Bezirk. Zirkusgasse. Wie haben die alle damals geheißen? Eine Petra hat es gegeben und eine Julia. Ja, auch eine Annika.

Antoine wusste, dass er einer der wenigen Menschen war, die einen vagen Einblick in Jeannes enttäuschtes Innenleben erhascht hatten. Sie hielt es tief in sich versiegelt und Antoine konnte sehen, dass sie darin geübt war, diese

Zone des Intimen fast hermetisch vor anderen abzuriegeln. Der Moment war ganz unbeabsichtigt und fast ein bisschen komisch gewesen, für beide.

Es war ein schwüler, satter Sommernachmittag gewesen, der unentschlossen und benommen zwischen erdrückender Hitze und regenverheißenden, kühlenden Luftstößen taumelte. Die Ferien hatten schon längst begonnen und sie schlürften beide an einem tröpfelnden Wassereis, während Antoine sich lautstark über Mittelwerte und Standardabweichungen ausließ.

„So was Blödes, das hat die Welt ja noch nie erlebt!"

„Mit dem Spruch wirst du nicht mal bereits überzeugte Mitstreiter_innen gewinnen, Antoine. Probier's noch mal, aber mit Argumenten."

Antoine war nachdenklich. Jeannes anfänglich irritierende Strenge machte ihm inzwischen nichts mehr aus, auch wenn er ihr Pathos manchmal etwas anstrengend fand. Eben hatten sie begonnen, gemeinsam ein Beispiel aus der Hausübung zu rechnen. Es wurde nach den Mittelwerten des Alters, des Gewichts, der Größe und der letzten Schulnote in Mathematik der Schulklasse, die Antoine besuchte, gefragt. Auf dessen Basis sollte dann die Standardabweichung berechnet werden. Die Daten hatten die Schüler_innen mittels eines selbst erstellten Fragebogens erhoben, in dem auch eine Geschlechtsangabe gefordert worden war. Die Lehrerin wollte anhand der letzten Kategorie aufzeigen, inwieweit statistische Verfahren durch ihren Rekurs auf Merkmale in vorgefertigten Ausprägungen überhaupt erst Phänomene konstruierten, zuwiesen und fixierten. Das musste wohl eine rezente Einsicht ihrer schicken Lektüren gewesen sein, mutmaßte Antoine. Einsicht, die sie prompt beschlossen hatte, im Unterricht auszuprobieren. In einer Stunde pädagogischen Ehrgeizes hatte sie wohl zuvor erdacht, über eine zusätzliche Antwortmöglichkeit jenseits von „männlich" und „weiblich" produktive Irritationen im Unterricht zu provozieren. Ihr redlicher Anspruch war jedoch schnell zum Zündstoff grausamer Dynamiken geworden. Die Schüler_innen waren schon während der Auszählung damit befasst gewesen, unter Gekicher und mit angriffslustigen Blicken nach den zwei Ausreißer_innen zu suchen, während die Lehrende verzweifelt gegen die wiehernde Meute angekämpft hatte. Unbeholfen hatte sie versucht, diese mit autoritärem Gehabe wieder unter Kontrolle zu bringen: „Kindische Idiotenbande!" Aber ihre Mahnrufe waren unbeachtet im Tumult untergegangen, bis sie schließlich resigniert verstummt war und einen Rückzug in eine möglichst glaubwürdige Inszenierung ihrer strengen Miene angetreten hatte, unterlegt mit in die Hüften gestemmten Armen. Es waren nur noch zehn Minuten bis zum Ende der Stunde verblieben und Antoine hatte regelrecht von ihrem Stirnrunzeln ablesen können, wie sie nur mehr daran dachte, den Raum so schnell wie möglich zu verlassen und ihren Aufwand hier möglichst gering zu halten. Vielleicht hatte sie an ihre Atmung gedacht, die bevorstehende Yogastunde und den schönen Abend, den sie – *soooo in loooove* – am Wasser verbringen würde. Antoine hatte in diesem Moment großes Unbehagen verspürt, eingekeilt zwischen dem schäbigen Gestus der Mathematiklehrerin und dem Schauprozess, der von den johlenden Bullies veranstaltet wurde, um die Ausreißer_innen zu identifizieren und vorzuführen. Um die Ausreißer_innen herum hatte sich eine Gruppe lauthals anfeuernder Mitschüler_innen gebildet, die punktuell bekräftigend in das Geschehen eingegriffen, kommentiert, gelacht und geklatscht hatten. Antoine hatte verhalten zugesehen, versucht, den Gleichgültigen zu spielen und sich den kalten Schauer, der seinen Körper durchfahren hatte, nicht anmerken zu lassen. Genug Probleme am Hals, einmal war es nicht um ihn gegangen und das war gut so. Einschreiten hätte bedeutet, verdächtigt und angegangen zu werden.

Antoine fiel wieder ein, dass Jeanne ihm eine Frage gestellt hatte, der er sich wohl zuwenden sollte.

„Na ja, was sagen diese Zahlen schon aus? Also zum Beispiel beim Durchschnitt. Wem nützt das, etwas in einen Wert zu packen, der streng genommen immer nur sich selbst ausdrücken kann, aber eigentlich immer auf andere Werte angewiesen ist, und dann aber als Richtmaß für alle diese anderen Werte, also seine eigene Grundlage, herangezogen wird. Als ob es irgendwie die einzig legitime Lebensform sei, sich im, mit oder zumindest nah am Durchschnitt zu bewegen."

Jeanne war sich nicht sicher, ob er bloß so überlegt tat oder ob die altklugen Meldungen, die vor ihr gerade im Intellektuellenmäntelchen defilierten, tatsächlich von seinen eigenen Überlegungen herrührten. Sie beschloss, ein wenig weiter zu bohren.

„Nun gut, das ist ja schon mal ein Anfang, aber vielleicht kannst du noch ein bisschen weiter denken. Wie sieht es zum Beispiel genau mit den Werten aus, auf die du dich eben bezogen hast? Was charakterisiert sie denn?"

„Na ja, diese Werte sind für mich wackelige Versuche, irgendwelche Dinge, die so vielleicht gar nicht fassbar sind, in Zahlen auszudrücken. Keine Ahnung, warum das überhaupt so ein anerkannter Zugang ist. Also jetzt zum Beispiel bei den schulischen Leistungen, da frage ich mich schon, wie das überhaupt eine zahlenmäßige Entsprechung finden kann. Aber das wird dann eben trotzdem in numerische Werte übersetzt, in eine Art Universalsprache, in der scheinbar alles sagbar wird. Eine Sprache, in der dann diese Werte in Beziehung zueinander gesetzt, angeordnet, gereiht und verglichen werden können."

„Und wenn du noch einen Schritt weitergehst? Du hast es vorhin schon anklingen lassen. Was unterscheidet denn beispielsweise die Altersangabe in der Umfrage von der Geschlechtsangabe und deren drei Antwortmöglichkeiten? Und wenn wir schon bei den Antwortmöglichkeiten sind, was sollte diese zusätzliche Geschlechtsangabe aussagen?"

Antoine war enttäuscht. Doch nicht auch noch Jeanne, die mit diesen mühsamen intellektuellen Kreuzzügen daherkam. Er hatte nicht die geringste Lust, sich jetzt mit ihr über dieses Thema zu unterhalten. Es war ohnehin schon schwer genug für ihn, irgendwie als berechtigte Existenz wahrgenommen zu werden. Es kostete ihn viel Kraft, diesen täglichen Kampf auszuhalten, den er aufgrund seiner Außenseiterposition in der Klasse zu führen hatte. Wie in einem Terrarium unter ständiger Beobachtung fühlte er sich, abgeklopft nach verwundbaren Punkten, diese Blicke, die ihm amüsiert, verächtlich prüfend entgegenschlugen, aber sich nie aus Zuneigung oder Lust an ihn adressierten. Seine Zahnspange war erst vor zwei Monaten abgenommen worden und um seine Akne war es trotz neuer Behandlungsmethode noch nicht wirklich besser bestellt, dazu der schmale, schlanke Körper. Er konnte sich keinen unpassenderen Zeitpunkt vorstellen, als jetzt darüber zu philosophieren, wie es denn um die Geschlechterkonstruktionen bestellt sei. Sein Leben war schon so Herausforderung genug. Die Erinnerung an den Vormittag in der Schule aus dem Gedächtnis verbannen, ein Leben, sein Leben finden, das wollte er. Doch es platzte ganz unvermittelt aus ihm hervor:

„Ach, Jeanne, lassen wir das. Es war unfassbar heute im Unterricht. Als bei der Auszählung der Fragebögen zweimal diese Geschlechterangabe vorkam, ging nichts mehr. Die üblichen Verdächtigen haben das zum Anlass genommen, ihren ganzen Ressentiments freien Lauf zu lassen und sich mit einer richtig krassen Mobbing-Aktion die Kante zu geben. Und ich bin mir noch dazu sicher, dass allen voran Tristan zumindest seinen Bogen so ausgefüllt hat. Genau derjenige, der dann Freddie diesen ‚Tuntenhut' gebastelt und aufgesetzt hat. In der Pause haben sie ihn dann festgehalten, das abfotografiert, in so komischen Haltungen neben ihm posierend, und auf Facebook gepostet. Dabei haben sie sich konsequent einen abgelacht, als Freddie zunehmend rot im Gesicht und dann irgendwann ganz blass geworden ist, bis ihm die Tränen runtergelaufen sind und er sich dann endlich losreißen hat können und nicht mehr zum Unterricht aufgetaucht ist. Und die Tante am Pult hat, statt einzuschreiten, lieber irgendwas von nicht kindisch sein dahergelabert und dann die Klasse beschimpft, als ob sie die Aktion mit so was stoppen könnte. Irgendwann ist sie nur mehr rumgestanden und hat gar nichts mehr gesagt. Beim Pausenzeichen ist sie fluchtartig aus der Klasse gestürzt."

Er hatte sich in Rage geredet und wurde sich erst zum Höhepunkt seiner Rede bewusst, dass auch er nichts unternommen hatte. Antoine hatte dagestanden, zugesehen und mitgetan, auf die eine oder andere Art. Die Angst, sich selbst ins Visier zu katapultieren, exponiert zu sein, hatte ihn veranlasst, möglichst unsichtbar und unbeweglich im Hintergrund zu verharren. Diese Einsicht ließ ihn nun mit einem mulmigen Klumpen Unbehagen zurück, der sich gemächlich zwischen Magen und Brust breitmachte. Das nächste Mal würde er einschreiten, hatte er sich vorgenommen.

Jeanne war während Antoines Erzählung völlig abgedriftet und tapste jetzt gerade als unsichere Besucherin im hintersten, dunklen, sorgfältig versiegelten Winkel ihres Erinnerungsarchivs herum. Sie zerrte am Deckel der schweren Box, die mit „Dissertationsvorhaben und der ganze Rest“ beschriftet war. Die Box ließ sich nur unter großem Widerstand öffnen, immer nur ein kleines Stück, unangenehm knarrend. Aus weiter Ferne drang das Wort „Mobbing-Aktion“ durch, begleitet von einem flimmernden Bild von ihr selbst, heulend, mit dem Papierhut auf, beschriftet mit den Worten „junges, dysfunktionales Ding“. Schallendes Gelächter um sie herum: „Du bist einfach fehl am Platz, Kleines!“, hallte es durch die Gewölbe des Archivs. Die Luft mischte sich mit dem Geruch von Desinfektionsmittel, das in medizinischen Labors für die Reinigung von Versuchsgeräten verwendet wurde. Sie spürte feuchte, schwere Tropfen an ihrer Haut hinabrinnen. Eine Hand packte sie am Arm, sie schrie erschrocken auf. Antoine sah Jeanne besorgt an und nahm ihr liebevoll den Eisstiel aus der von klebrigen orangen Patzern übersäten Hand.

Der Ringfinger

Sinas Ringfinger sieht nicht gut aus. In einem Sarajevo-Taxi drückt sie ihre Hand platt gegen das kühle Fenster und horcht in sich, horcht, wie Wien für sie klingt, so als Ort. Istanbul und Wien sind weit und Sarajevo dazwischen.

Sinas Oma hat das Wort „Ort" immer mit der Bedeutung „Ende" benutzt. „Pack das mal am anderen Ort an!", hat die Oma gesagt, wenn sie gemeinsam mit Sina versucht hat, schwere Steppdecken zusammenzufalten. Der Ort als äußerstes Ende der Decke, als der Zipfel der Welt. Diesmal also Wien.

Sinas Finger tobt und pulsiert, ist mehr als beleidigt, sie will ihn versorgt wissen. Deshalb hatte sie auf dem Taxi bestanden. Nadina neben ihr hält Sinas heile linke Hand. Die dem Zentrum vorgelagerten Wohntürme Sarajevos ziehen mit erleuchteten Küchen und Wohnzimmern hinter dem einen Spalt weit geöffneten Fenster vorbei. Das Fensterglas erwärmt sich allmählich und Sinas Finger braucht Eis. Zumindest Eis.

Sina und Nadina waren zuvor nach Ilidža zur *vrelo bosne*, der dort hinter der Einflugschneise des Flughafens liegenden Bosna-Quelle, aufgebrochen. Dort sind sie über eine Fußgänger_innenbrücke weiter zur Kastanienallee geschlendert, händchenhaltend wie Sarajevoer Schulmädchen, zweisam wie ein mutiges Liebespaar. Beides waren sie nicht. Schulmädchen schon lang nicht mehr, Liebespaar nie gewesen. Aber gefunden hatten sie sich.

Über ihnen griffen die wuchtigen Kastanienbaumkronen ineinander, die asphaltierte und bucklige Straße war eine vier Kilometer lange Gerade, von deren Ende ihnen eine Froschkolonie entgegenquakte. Die Allee war die kleine Schwester der Wiener Prater Hauptallee. Wien-Spuren gab es hier überall in der Stadt. Nach Hannahs Einladung waren sie für Sina auffallender. In der Allee mussten Sina und Nadina sogar Einspännerkutschen, auch hier Fiaker genannt, ausweichen. Das Klacken der Hufe, das Rattern der Räder, der Geruch von Pferdeschweiß und

Pferdeäpfeln. Allein die tropfenförmigen Glaslaternen, die zwischen den Kastanienbaumkronen hingen, gab es so nicht in Wien. Hier wie dort ließ sich aber noch immer gratis zwischen den Baumreihen flanieren. Für die Benutzung der Parkanlagen an der Bosna-Quelle jedoch war seit Neuestem Eintritt zu bezahlen, drei Konvertible Mark. Wenn Nadina dringend Geld gebraucht hatte, hatte sie sich als Kellnerin im an der *Miljacka* gelegenen Café Tito für etwa dreißig Mark pro Schicht die Füße wund gewetzt. Sie würde sicher nicht fürs Spazierengehen zahlen.

Die Finger ineinander verhakt schlichen sie am rechten Rand der Allee dahin, denn Nadina kannte dort irgendwo ein Loch im Zaun, *bezplatno* ins Wald-und-Wiesen-Wunderland. Nadina blickte sich kurz um und zog Sina von der Allee weg, vorbei an einem fetten Bernhardiner, durch den Schlupf im Zaun hindurch, Hallo Bosna!, um querfeldein zu gehen und hinter verstreut stehenden Hecken und Büschen auf den Lagerwiesen wieder nach ihrem Platz zu suchen. Eine von ihnen würde bald stehen bleiben und sagen: „*Ovo je Sinai!*", weil die Halbinsel Sinai und wegen des Wortspiels mit Sinas Namen und weil doch jede eine kleine Insel für sich beanspruchen dürfe. Von einer Schafzucht in Feuerland hielt Sina wenig, vom Träumen viel. Und so würden sie, nur noch ein paar Meter!, die alu-beschichtete, blau-rot-karierte Aldi-Picknickdecke zu ihrer Insel ausfalten, Sina würde ihr Bier trinken und Nadina ihr Gras rauchen und danach der Sonne beim Wandern zusehen. Sie hätten ein Sinai mehr auf ihrer Karte gehabt, wenn nicht Nadina eine Schlange ihren Weg hätte kreuzen sehen. Vor ihren Schuhspitzen flüchtete sich eine schwarze Natter ins hohe Gras und Nadina ballte vor Schreck ihre Hände zu Fäusten – in einer Hand die Finger Sinas.

Das Geräusch, das Sinas Finger aus dem Inneren der einen Faust hören ließen, klang nach Sehnenriss oder Knochenbruch. Dem Gefühl nach zu schließen, war das etwas dazwischen. Dem Anblick nach dann doch mehr. Sina jauchzte kurz, hielt das aus der Gelenkkapsel zum Daumen hin gedrehte Fingerglied zuerst sich und dann Nadina vors Gesicht und fuchtelte kurzatmig und wortlos, so als würde sie sie um Hilfe, um einen Notarzt bitten. Dass ein Finger im rechten Winkel auskugeln und dann so stecken bleiben konnte, war ihr neu. Wäre der Schmerz nicht gewesen, hätte Sina gern ein Foto davon gemacht.

„Zum Arzt stiefel ich nicht", kommentierte sie die hilflose Entschuldigung Nadinas.

Luxationen wurden nicht behandelt, sie wurden, umgehend und schonend, rückgängig gemacht, wieder eingerenkt, gerichtet, reponiert. Sinas Lexikon war von mehreren Ambulanzaufenthalten bereichert und sie wusste Erfahrung zu nutzen. Sacht umfasste sie den verletzten Finger, biss die Zähne zusammen, zog und drehte und schob das widerspenstige Ding mit einem leisen „Knack!" wieder ins Mittelgelenk zurück. Danach war ihr ein wenig übel. Nadina ihrerseits war begeistert, hielt Sinas gerichtete Hand in den dämmernden Himmel und sah noch eine Weile dem Gelenk beim Anschwellen zu. Äußerst selten so was, äußerst selten.

„What the ...!" Ali geriet in Panik. Sie ging nervös zwischen Küche und Balkon auf und ab, zündete sich eine Zigarette an und fing an, einen Kaffee aufzustellen. Sie hatte sich noch nicht entschieden, ob sie sich geschmeichelt fühlen oder die Welt für völlig verrückt halten sollte. Ihre Gedanken überstülpten sich förmlich. Kaffee. Das Kaffeemachen stellte sich als schwierig heraus, Ali verschüttete das gesamte Wasser inklusive Kaffeepulver über den Gasherd und sich selbst. Sie konnte nicht anders, als das Missgeschick sofort mit Bedeutung zu belegen, und das Unternehmen schien ihr keine gute Idee mehr. Kaffee würde sie ohnehin noch nervöser machen. Egal. Tee war noch nie eine Alternative gewesen. Am Laptop war die E-Mail von Hannah noch offen. Ali überflog noch einmal die Nachricht und klappte dann vollkommen übertrieben den Laptop zu, sodass es einen Knall gab. Wie lange war sie nun schon hier? Drei Jahre?! Ihre Großmutter war letzten Herbst gestorben. Selbstaufgeberisch hatten es ein paar von Alis Freund_innen genannt, als sie von einem Tag auf den nächsten ihre Zelte in London abgebrochen hatte. Sie hatte aus deren Augen ablesen können, dass sie vordergründig Mitleid mit ihr hatten, dass sie London mit Sciacca ersetzte, ihr ach so aussichtsvolles Leben damit tauschte, ihre Großmutter in diesem Kaff zu pflegen. Kaum jemand aus ihrem aktivistischen und universitären Umfeld konnte verstehen, warum Ali praktisch ihre Karriere hinwarf. Doch für Ali war es ein willkommener Grund gewesen, all das hinter sich zu lassen. Sie war sich beinahe egoistisch vorgekommen, dass sie London nicht aufgrund einer fürsorglichen Liebe zur Großmutter verließ, sondern aus einer ganz egoistischen Motivation heraus, der Flucht. Aber das behielt sie lieber für sich. Sie hatte nicht mehr arbeiten wollen. Sie hatte keine Lust mehr gehabt, sich zu beweisen. All ihre politischen Anstrengungen, über andere Lebensweisen nachzudenken und mit ihren Genoss_innen zu fantasieren, waren, so schien es, hinter die tägliche Anstrengung der Bewältigung des

Alltags zurückgefallen. Mit jedem politischen Kampf und jeder Bewegung hatte sie mühsam einen Alltag über den Haufen geworfen, hatte versucht, ihn von schlechten Dynamiken und schädlichen Strukturen zu entrümpeln, die Utopie zumindest innerhalb ihrer kleinen Blase zu leben, nur um dann wieder in einem neuen Trott zu landen, der wiederum verworfen werden musste. Ein Alltag, dessen Zweck sich in der Sorge um die Großmutter erschöpfen würde, war ihr als sinnvoll und erholsam erschienen. So einfach war das damals gewesen.

In ihrem momentanen Zustand fühlte es sich so an, als wäre Nonna erst gestern gestorben, die Zeit schien nur so zu verrinnen, nahezu bewegungslos zu zerfließen, auseinanderzufallen. Ali wollte weiter. Dieses monatelange Wegschieben von Entscheidungen, was ihre Zukunft betraf, konnte nun tatsächlich ein Ende haben. Und das fühlte sich gut an. Denn seit letztem Herbst nahm Ali ihr Leben in Sciacca häufig wie durch einen Filter wahr: trist eingefärbt, ein wenig blass und gedämpft. Sie hatte mit diesem Ort abgeschlossen, war, wie sie es anderen gerne erklärte, „gewissermaßen durch mit der Episode“. Dass sie manchmal gerne ein „Na ja, zumindest fast“ in ihre Erklärung einfügen wollte, behielt sie, wie ihr Fluchtgeheimnis aus London, lieber für sich. Es gab ihr das Gefühl, besser am Sprung bleiben zu können. Zum „Na ja, zumindest fast“ gehörte jedenfalls ihre Politarbeit im *Centro Sociale*, das sie neckisch als Sumpf bezeichnete. Daran dachte sie Wehmütig lächelnd beim Aufwischen ihrer Morgenkatastrophe. Das *Centro* war ein Ort, an dem Gedanken nicht erst sprudelten und sich dann verflüchtigen, sondern sich zu ganz konkreten Vorhaben formen lassen konnten, sich zu klugen Interventionen zusammenballten. Da waren die innigen Beziehungen zu den lieb gewonnenen Menschen, die den Polit-Pappnasensprech nicht nötig hatten und Dinge mit bescheidener Erfahrenheit auch tatsächlich durchzogen. Da waren die vielen Erinnerungen an wohlig verstrickte Momente in Diskussionen gemeinsam mit Aziz, Mo und Maya, die sie um nichts in der Welt missen wollte. Neben dem Sumpf gab es also auch die Wahlfamilie, ihr politisches und emotionales Zuhause: Maya, Aziz, Mo – das war Sciacca, Alis Sciacca.

Aber welch ein unwirklicher Vorschlag war das, den diese Hannah ihr da unterbreitete? Diese Hannah! Kennengelernt hatte Ali sie nach einem langweiligen politikwissenschaftlichen Symposium in Wien. An das Thema konnte sie sich nicht mal mehr erinnern, sondern nur daran, dass sie Flug und Logis hatte bezahlt bekommen, um als okzidentalismuskritische Migrationsforscherin einer schicken englischen Uni letztendlich wieder mal nichts anderes als die Quote zu erfüllen. Danach hatte es das obligatorische Get-together beim Heurigen mit einigen Kolleg_innen gegeben. Vermutlich hatte es auch denselben Smalltalk gegeben wie immer.

„Es ist mir so unangenehm, dass ich beim Lesen Ihrer Texte sofort den Rückschluss gezogen habe, Sie wären ein Mann. Das zeigt mir gleich meine eigenen Stereotype auf ... Spannend, oder? Sie heißen nun eigentlich Alice, richtig?"

Von wegen spannend. Immer dasselbe und warum zur Hölle teilten diese Menschen immer ihre Gedanken auf eine Art mit, als gäbe es gar keinen Zweifel, dass ihr Gegenüber sie interessant fand? Diese Uni-Nasen ...! Scheiße, waren die alle weltfremd. Ali wusste genau, warum sie vor einigen Jahren der Uni den Rücken gekehrt hatte. Sie hatte überhaupt kein Interesse mehr an dieser ganzen Ohrensesselphilosophie gehabt, keine Kraft mehr für diesen selbstbeweihräuchernden Wettbewerb, keine Lust mehr,

Papers rauszuwürgen, die lediglich eine kleine Jury las, einen kleinen Workshop zu provozieren, aus dem dann die meisten Teilnehmer_innen um einen Millimeter sensibilisierter ausstiegen und sich dabei wie die moralische Speerspitze kritischer Wissenschaft fühlten. Ein Graus! Und dann diese Hannah ... Diese unaufgeregte, farblos aussehende Person mit ihren übervorsichtigen Thesen, die diesem zynischen, aufgeblasenen alten Sack von Professor nach der Veranstaltung doch tatsächlich ein Glas Rotwein ins Gesicht geschüttet hatte.

Ali musste ein wenig schmunzeln. Ihre damals so abgebrühte und ebenfalls schon zynische Art hatte sie zu sehr gelähmt, um auch nur ansatzweise irgendwas zu unternehmen, obwohl sie direkt am Nebentisch gesessen hatte. Ihr Bedauern darüber hatte sie damals einige Nächte lang nicht einschlafen lassen, bis sie aus einem psychohygienischen Moment heraus Hannah ein E-Mail schrieb. Hannahs Antwort einige Tage später hatte Ali immens beeindruckt. Hannah schrieb davon, wie schade sie es fand, dass niemand von diesen vermeintlich reflektierten Leuten eine solidarische Geste von sich gegeben hatte, davon, wie sehr sie das frustrierte, aber auch davon, wie sehr sie das gleichzeitig als konstitutiv für diese angepasste unsolidarische Gesellschaft empfand und wie wenig sie das eigentlich überraschte. Ali war dieser Moment, an dem Hannah den Vorfall auf eine politische Metaebene hob, beinahe wie eine versteckte Einladung erschienen, den E-Mail-Verkehr aufrechtzuerhalten.

Ali hatte diesen Kontakt mit einer ihr so ernsthaft erscheinenden Person unheimlich genossen. Sie hatten einander Argumente für und wider kritische Wissenschaft und Forschung, eingebettet in aktuelle Hochschulpolitiken und gesellschaftspolitische Entwicklungen in Europa, hin- und hergeschickt und dabei hatte sich aus diesen

E-Mail-Diskussionen so etwas wie ein kritisches Tagebuch entwickelt. Die beiden hatten aus ihren jeweiligen politischen Analysen und Erfahrungen heraus ganz unterschiedliche Interventionsfelder im Blick. Hannah hatte sich mit ihrem Aktivismus ganz stark im universitären Bereich bewegt, während Ali dies als beinahe schon völlig aussichtslos und Tropfen auf den heißen Stein betrachtet und ihren damaligen Aktivismus, so gut es ging, in bildungsfernen Bewegungen ausgelebt hatte. Nichtsdestotrotz hatte Ali jedes Wort von Hannah unheimlich inspirierend und furchtbar schlau gefunden und diesen Austausch fernab von akademischer Kontrolle genossen. Ali hatte gewusst, dass dies typischerweise eine unmittelbare kribbelige Anziehung auf sie ausüben würde, und tatsächlich hatte sie nicht lange ruhig bleiben können und Hannah unter dem Vorwand einer Aktionswoche der *Precarious Workers Brigade* nach London zu sich eingeladen.

Hannahs Elan hatte Ali angesteckt und ihr damit gezeigt, wie lustlos sie schon geworden war. Doch die neu erwachte Begeisterung und vor allem ihre Vorhaben, Hannah zu verführen, waren ihr schrecklich banal vorgekommen. Sie hatte sich geschämt, selbst zu einer der Figuren geworden zu sein, die sie hasste. Der Wunsch, Hannah als Gegenpol und ruhiges klares Gegenüber besitzen zu wollen, hatte sie zum Verzweifeln gebracht. War sie zu einer oberflächlichen Vollidiotin geworden, die sich über ihre Partner_innen definierte? War sie in die Falle der Quarterlife-Crisis gefallen, die jeglichen widerständigen Gedanken in ihr abgetötet hatte? Oh Gott, ging es ihr nur mehr um Selbstdarstellung? Darum, Aufregung woanders zu finden und nur bloß nicht dem Mainstream zu entsprechen? Scheiße, war sie einfach nur ein Kind ihrer Zeit? Fuck! Wie erbärmlich! Wie egomanisch! War sie nicht vielmehr ein Snob?

Dann war Hannah in London angekommen und hatte Alis Selbstzweifel in erfrischender Weise aufgebrochen, die Rouleaus hinaufgezogen und ihren Kopf gelüftet. Es war kein Raum mehr dafür geblieben, sich und Hannah als irgendetwas zu fantasieren, stattdessen waren ihrer beider Gedanken ineinandergefallen und ein ganzes Wochenende lang nebeneinander her spaziert, als hätten sie nie etwas anderes getan. Hannah zu verführen hatte für Ali jede Dringlichkeit verloren. Ihr davor so übermächtig scheinendes Begehren war einer Gewissheit gewichen, jede Zeit dafür zu haben, Hannah auf unterschiedliche Arten nahe sein zu können. Seitdem hatten sich die beiden nicht oft gesehen, aber jedes Mal hatte Ali sich ruhig darauf eingelassen. Sie hatten miteinander exzessiv gegessen, getrunken, hatten Drogen genommen, diskutiert und gelacht oder waren nur erschöpft nebeneinander eingeschlafen, als es keinen Raum für mehr gegeben hatte. Irgendwann würden sie einander verführen. Ihre Lust miteinander teilen. Hannah gegenüber musste Ali sich nicht erklären. Als sie vor drei Jahren mit Sack und Pack nach Italien übergesetzt war, hatte sie einen intensiven Zwischenstopp bei Hannah in Paderborn eingelegt, um sich auszusortieren, und Hannah hatte verstanden.

Die Idee, in Wien politisch aktiv zu sein – und nichts anderes bedeutete für Ali wissenschaftliches Arbeiten –, war reizvoll. An ihre Zeit in Wien erinnerte sie sich zwar gerne, dennoch hielt sie die Linken dort für sehr subkulturell geprägt, für zu akademisiert und zu stark an Traditionen festhaltend. Nicht wirklich ihr Stil, dieser schwerfällige Habitus, der aus Kontaktscheu heraus Gesellschaftsanalysen dann doch nie konkret werden ließ. Abstraktionsgedunse. Sie fragte sich, wer die anderen Leute im Kollektiv waren. Würden es akademische oder individualisierte Pappnasen sein, die romantisierende Nächstenliebepolitik machten und dachten, das sei links? War der zynische Geldgeber Thema für die anderen? Ging es den Leuten um Prestige? Ali würde trotz all ihrer Vorstellungen versuchen, niemanden vorzuverurteilen. Sie nahm sich vor, auch ihre eigenen Positionen nicht vorschnell offenzulegen, sondern die übrigen Leute als Inspirationsquellen zu betrachten. Ali würde sich ruhigen Gewissens abgrenzen, sollten schnöselige Milchbubis versuchen, ihre Ideen als Wahrheit zu verkaufen, und würde ihre eigene Energie einfach auf die Umleitung der Gelder fokussieren. Sie wollte diese Möglichkeit bis zum Letzten ausschöpfen, sie konnte einfach den größten Teil der Kohle dem *Centro* und dem damit verbundenen *No Border*-Netzwerk zuleiten. „Der gold'ne Papp soll dorthin fließen, wo's wirklich was zu kitten gibt!", summte sie vor sich hin. Sie wollte Maya, Aziz und Mo fragen, wie sie das am besten umsetzen konnten. Schließlich hatten sie sich erst gestern einige Stunden lang den Kopf über die längst ausstehenden Renovierungsarbeiten für die Kursräume und Übergangswohnungen für neu angekommene *Refugees* unterhalten. Kein Geld da, oder gerade so viel, um den Laden am Rotieren zu halten. Immer alles mühevoll zusammenkratzen mit den Soli-Partys und Spendenmobilisierungen. Aber halt – ! Alis Hand schlug vor Begeisterung auf dem Küchentisch auf, sodass ihr Wasserglas nur so wackelte. Nein, viel besser noch, sie würde sie einladen mitzukommen! Das war es doch, was Hannah geschrieben hatte. Sie klappte den Laptop wieder schwungvoll auf, um sich zu vergewissern. Ganz genau, hier stand es, bis zu drei Personen konnten mitkommen, deren Aufenthalt würde ebenso ausfinanziert werden wie der ihre. Warum also nicht ihre Wahlfamilie? Ihr Kopf hämmerte wild. Es gab eine Aussicht, so viele Probleme auf einen

Schlag zu lösen. Drei Jahre rundum finanziell abgesichert, genügend Zeit, um sich aus der aufenthaltsrechtlichen Prekarität und ihren arbeitsrechtlichen Folgen hinauszumanövrieren, ohne behördliches Rumgeschubse. Gemeinsam wären sie bestimmt in der Lage, in der Zeit etwas auf die Beine zu stellen, um sich weiterzubewegen, weiterzukommen ohne Einschränkungen, Einbrüche und Einschnitte, ohne über Grenzen, Visa und Zulassungspapiere nachdenken zu müssen. Auf Hannahs Unterstützung konnte sie sich bestimmt verlassen. Also, Nägel mit Köpfen!

Der Fuchs

Was hat sich Manfred eigentlich dabei gedacht, derartig sein Geld zu verschwenden? Und das, obwohl er doch so geizig sein konnte. Und ich muss es ja wissen, denn obwohl ich zu den Besserverdienern gehöre, kaufe ich meistens beim Discounter ein. Was hat er sich davon versprochen, diese Langweiler für drei Jahre zu versorgen? Mit dieser Melange aus Minderheitenpolitik-Aktivisten, Elitedenkern, Akademiker-Spießern, Mit-viel-Leistung-von-der-Leistung-Abweichlern, Narzissten, Öffentliche-Förderungs-Nutznießern, Österreich-Institutslern, Distinktionsperfektionisten, Dadaisten, Spontaneisten und Verantwortungslosen ist doch kein Blumentopf zu gewinnen.

Ja, ja, ja, ja, ja, ich höre schon auf mit meinen Tiraden – zumindest kurzzeitig. Ich muss mich wohl kurz einmal vorstellen: Mein Name ist Hans-Paul, Dr. Hans-Paul Fuchs, um es ganz genau zu nehmen. Meines Zeichens bin ich Notar. Und wenn ich ein Typ wäre, der die Menschen mitreißen könnte, dann wäre ich sehr gerne Politiker geworden. Aber leider bin ich nicht so ein Typ, der andere Menschen unbedingt vom Hocker haut. Schon mein Aussehen ist ein Hinderungsgrund. Meistens werde ich für sehr viel älter geschätzt. Dabei bin ich doch erst dreiundfünfzig Jahre alt. Eigentlich besitze ich Humor, aber leider teilen nicht so viele meine Einschätzung in dieser Hinsicht. Und ein kerniger Amigo-Typ bin ich auch nicht. Also ist es nichts geworden mit meiner Polit-Karriere.

Für welche Partei hätte ich kandidiert? Also zurzeit bin ich Mitglied in der ÖVP. Ich bin zwar Atheist und wegen des Kirchenbeitrags aus der Kirche ausgetreten, aber wirtschaftsliberal. Irgendwo bin ich auch wertkonservativ. Ja, einige Jahre lang habe ich auch die FPÖ unterstützt. Ja, ja, ja, ja, ja, machen Sie es sich jetzt nicht so einfach und schalten an diesem Punkt ab. Ich kann Ihnen das genau erklären. Im Prinzip haben genau solche Leute wie Manfred diese Protesthaltung bei mir ausgelöst. Schon in der Schule habe ich die gesinnungslinken Lehrer unerträglich gefunden. Für Gleichheit einstehen, aber im Prinzip elitärer, blasierter, konkurrenzieller, autoritärer, staatstreuer und habgieriger sein als alles, was sie kritisieren: „Was machst du eigentlich hier? Möchtest du nicht lieber eine Lehre machen?“ Schon wenn ich darüber nachdenke, kocht mein Blut: „Linke Lehrer stoppen. Denn sie foppen!“ Diese ganze Revisionismusgeschichte hat mir nie gefallen, aber ich mag Populismus. Denn er bringt die Hilflosigkeit und Harmoniesucht unserer liberalen Gesellschaft zum Tragen. Mein Feindbild? Weder Kopftücher, Flüchtlinge, Juden, Frauen, Arbeitslose noch Homosexuelle. Ich hasse verlogene Salon-Linke, die nicht merken oder merken möchten, dass ihr ständiger Abgrenzungszwang genau das Schmiermittel ist, das den Karren, den sie doch ach so bekämpfen, am Laufen hält. Aber das soll nicht mein Problem sein.

Denn zurück zur ÖVP. Ja, ich bin wirtschaftsliberal. Ich glaube an den Kapitalismus als Staatsform. Ach nein, das ist ja immer noch die Demokratie. Ich glaube an Wachstum und Produktivität. Bin ich wertkonservativ? Ja, schon aus dem Grund, dass ich aus einem unsäglichen Hippie-Haushalt komme. Ich habe mich mein Leben lang nach einer Einbauküche, einer Schrankwand und emotionaler Geradlinigkeit gesehnt. Meine friedensbewegten Eltern waren meistens lieb, aber völlig überfordert, überarbeitet, grenzenlos und chaotisch. Das Haus, die Einbauküche und die Schrankwand habe ich. Emotionen? Na ja, daran arbeite ich – im wahrsten Sinne des Wortes – noch. Ich arbeite seit einigen Jahren so viel, dass ich das Gefühl habe, dass mein Partner im Notariat meine wahre Liebe ist. Es könnte wirklich sein, dass ich, wie mein Bruder immer scherzt, homosexuell bin. Aber so richtig wichtig ist mir das nicht. Denn ich möchte nur in Ruhe arbeiten. Meine Frau hält mir dafür den Rücken frei. Nach meiner ersten Ehe habe ich in Nigeria meine derzeitige Frau kennengelernt. Unsere Ehe und die Besuche bei der Fremdenpolizei haben mir meine rassistische Provokations-Rhetorik aus der Vergangenheit vergällt. Ich kenne keine schlimmen Orte, aber die Fremdenpolizei zählt bestimmt zu ihnen.

Meine Geschichte erzähle ich Ihnen, damit Sie verstehen, warum ich so herumgrantle, wenn ich an die künftige Institutsbelegschaft denke. Ich habe mit den meisten telefoniert, auch ein paar Lebensläufe erhalten und mir den Rest ergoogelt. Ja, ich gehe mit Manfred völlig d'accord, dass diese Truppe nichts auf die Beine stellen wird. Dafür brauche ich keine zigtausend Euro plus Kost und Logis zu verschleudern. Es reicht völlig aus, wenn ich ein Wochenende lang einen Parteitag der Piraten besuche. Das finde ich allerdings noch nicht einmal so schlimm. Schlimmer finde ich, dass die Truppe ihrem Gönner gar nicht so unähnlich ist. Zwar haben sie wahrscheinlich alle die Widersprüche unserer liberalen Gesellschaft erkannt, aber schlägt sich das auch in ihrer Praxis nieder? Noch ketzerischer gefragt, welche materiellen Unterschiede zeitigt ihre Kritik? Die Einzige, die wahrscheinlich nicht von der Verbeamtung mit vollen Bezügen unter ihren eigenen Vorzeichen träumt, ist die winzig kleine Figur. Den anderen nehme ich ihre Andere-Gesellschafts-Haltung definitiv nicht ab. Das macht sie eben auch so harmlos.

Die werden schön die nächsten drei Jahre unter vollstem Körper- und Geisteseinsatz daran arbeiten, dass sie etwas ganz Besonderes produzieren. Na ja, und kurz vor dem Schluss werden sie selbstverständlich wieder ihre Beziehungen spielen lassen, um in die nächste öffentlich geförderte Institution hineinzurutschen. Während ihrer Institutszeit werden sie nicht merken, wie kraftaufwendig und bedeutungslos ihr Tun ist. Kraftaufwendig wird es, weil jeder Schritt basisdemokratisch durchgekaut werden muss. Bedeutungslos wird es, weil sie zwar – aufgrund ihrer Leistungsbereitschaft – Exzellentes produzieren, aber es im Grunde genommen niemand von Bedeutung interessiert. Sie müssen einfach merken, dass sie nicht mehrheitsfähig sind. Und eigentlich stört sie das auch überhaupt nicht. Denn im Prinzip fühlen sie sich ganz wohl darin, sich in ihrer Besonderheit und vermeintlichen Widerständigkeit abgrenzen zu können. Ich habe den Eindruck, dass außer Distinktionszwang nichts passieren wird. Wie war das noch einmal mit dem Unterschied zwischen Gesinnungs- und Verantwortungsethik? Manchmal habe ich den Eindruck, dass ich in meiner Mittelmäßigkeit widerständiger bin. Aber widmen wir uns doch einmal den einzelnen Kandidaten.

Fangen wir mit Hannah an. Diese Nervensäge ist nicht einmal in der Lage, einfach ihren Namen zu bestätigen. Gut, bei unserem ersten Zusammentreffen habe ich vergessen, mich vorzustellen, aber das bedeutet doch nicht, dass sie mein freundliches Gesprächsangebot mit rechthaberischer Arroganz abblocken muss. Wie mein post-irgendetwas Bruder: „Wer ruft mich an?" Oder was hatte sie gefragt? „Wer will das wissen?" Puh, da gleite ich sofort in ein Beraterdeutsch ab. Gut, das Wort „abwickeln" ist grässlich, aber manchmal hilft Aggressivität einfach. Ich kann sehr bockig sein. Und dann bekomme ich doch glatt einen von diesen übergriffigen Anrufungs-Tees: „Komm zur Ruhe". Da geht mein Puls gleich auf 180. Das ist dem „Sei doch einfach einmal spontan" ziemlich ähnlich. Worin ich mit Hannah übereinstimme, ist ihre Einschätzung von Manfred. Er war mein Mandant und ich habe ihn durchaus respektiert. Vor allen Dingen habe ich gut an ihm verdient und er hat mir andere wohlhabende Mandanten zugespielt. Allerdings ist er auch einer der Gründe, warum ich nicht links sein kann.

Dazu gehört auch die Causa Elisabeth. Bei diesen Eltern ist es kein Wunder, dass ein derartiges fragmentiertes Etwas herauskommt. Die Dame mag recht feinsinnig sein, aber, um es in ihrer Muttersprache zu sagen: „Paralysis by analysis!" Die ist völlig handlungsunfähig. Wenn ich der Dame einen persönlichen Tipp geben dürfte, dann würde ich ihr raten, einfach ganz schnell wieder nach New York zurückzufliegen. Denn in Wien könnte es passieren, dass sie merkt, dass nicht New York, sondern sie selbst völlig zerfasert ist. Mit ihrem stattlichen Erbe könnte sie aufhören zu kellnern und sich zudem auch noch einen ordentlichen Psychoanalytiker leisten. In New York sind ohnehin die meisten Leute, die nicht in *Advertisement*, *Corporate Law* oder *Finance* sind, *Trustfund Babies*. Dort kann sie sich gut in die Riege aus durch Erbe, Ehemänner oder europäische Kulturinstitutionen gegenfinanzierten Lebensweisen einfügen. Da ist die Berufsbezeichnung Writer-SLASH-Artist durchaus sozial anerkannt. Mensch, braucht New York nicht noch ein privates *Gender Lab*? Das könnte Elisabeth bei jeder Ausstellungseröffnung anbringen: „Ich betreibe das einzigartige *Gender Lab* an der Lower East Side!"

Worauf ich etwas gespannt bin, ist, wie sich Miša und Elisabeth verstehen werden. Ich glaube, dass es da Stunk geben wird. Denn Elisabeth ist pathologisch verantwortlich und ich kann mir vorstellen, dass Mišas larifari Art ihr richtig auf die Nerven gehen wird. Sie fragen sich, wie ich es überhaupt geschafft habe, mit Miša in Kontakt zu kommen? Das ist eine durchaus berechtigte und ziemlich gute Frage. Ich kann nur sagen: Warten, warten, warten ... Die können alle nur froh sein, dass ich so gut bezahlt werde. Ansonsten wäre ich ausfallend geworden. Ich bin schon ein offener Typ, aber selbst ich mag nicht drei Stunden lang in einem heruntergekommenen Punk-Schuppen mit kryptischen Textnachrichten bei Laune gehalten werden. Als Miša dann endlich völlig verpeilt in den Laden geschlurft ist, hat diese Person sich durchaus unzählige Male entschuldigt. Nicht nur weil es so spät war, sondern auch weil er, sie, es, oder was auch immer, den Ort verwechselt hatte. Diese Person besitzt zwar etwas sehr Mysteriöses, aber für den alltäglichen Umgang ist sie eine Zumutung. Allerdings wird sie sich wunderbar in die basisdemokratische Zuckerwatte-Kultur einfügen: Oh nein, das ist mir einfach zu viel Druck. Ich möchte zurück zu Mama auf den Arm. Bloß keine Entscheidungen treffen. Dann würde ich mir die Finger schmutzig machen. Dann müsste ich mein Tun auch noch verantworten.

Aber kommen wir zum Schwanz. Sie wissen nicht, wer der Schwanz ist? Dann ist Ihnen wohl der Katholnig Peter noch nicht über den Weg gelaufen. Beim Schwanz gilt die Leistung. Der Schwanz ist der Hans Dampf in allen Gassen. Mit Hochleistung wird rebelliert, geschrieben, gereist, aufgerissen und gevögelt. Immer hyper, hyper, hyper. Sinnlichkeit, Genuss, Hingabe, Selbstaufgabe? Doch nicht beim Schwanz. Es kursiert das Gerücht, dass ein Liebhaber vom Schwanz derartig gelangweilt von dessen Ego-Gefické war, dass dieser statt seiner Person dem Schwanz einen Spiegel untergeschoben haben soll. Der Schwanz soll vor Glück gejuchzt haben. Aber dabei handelt es sich nur um ein Gerücht aus dem Internet. Im Internet habe ich den Schwanz dann auch gleich beim Cum-Shot mit dem anderen Schwanz erleben dürfen. Was dieser durchaus charmante Mensch mit dem Schwanz will, ist mir ein Rätsel. Entweder liegt es an seinem ausgeprägten Masochismus oder an Schwanzens Schwanz oder wahrscheinlich an beidem. Wenn ich vom Liebhaber vom Schwanz spreche, stößt mir übrigens die ziemlich weiße und akademische Zusammensetzung der Truppe auf. Aber klar, von der Kanzel lässt sich Diversität schön predigen. Als bunter Hintergrund ist Vielfalt auch in Ordnung, aber wie würden unsere honorigen Institutsler reagieren, wenn die Vielfalt bei ihnen in geballter Form ins Institut zöge?

Vielfalt ist auch bei Jeanette kein Thema. Auch digitale Freizügigkeit konnte ich bei Jeanette nicht entdecken. Aber ich zweifele auch ernsthaft daran, ob es bei Jeanette überhaupt irgendetwas zu entdecken gibt. Die ist *plain and simple* langweilig. Sie ist im Prinzip die Traumfrau eines jeden Juristen. Diese sehen Jeanette schon mit mindestens drei kleinen – ebenso hübschen und langweiligen – Kindern. Im Prinzip ist sie für mich die typische Germanistin oder Romanistin. Schön und schön langweilig. Immer schön brav alles richtig machen. Niemals zu schwermütig, aggressiv, gestresst, dumm, heiß, animalisch, laut oder dreckig. Weshalb wurde sie noch einmal ans Institut eingeladen? Ach ja, die brauchen für ihren Parteitag ja auch jemand, der Protokoll führt.

Wie komisch ist da hingegen die kleine Figur. Die macht mir Freude. In dieser Gestalt steckt Potenzial. Ich verstehe gar nichts. Und trotzdem oder gerade deshalb habe ich da den Eindruck, dass es vorwärts, rückwärts, seitwärts, ran geht. Das ist Poesie. Das ist gaga. Das ist anders. Das ist unproduktiv. Das ist sinnlos. Das ist Auflösung. Die purzelt und kullert durch die Welt. Sie nimmt einem den Atem und raubt einem den Verstand. Sie erzeugt bei mir Lust, auf den Dachboden zu gehen und meine alten Gedichte herauszuholen. Was sage ich, ich fange auf einmal wieder an, selbst Gedichte zu schreiben: Ooo eee, ooo ah ah, ting tang, walla walla, bing bang! Gut, das ist schon dagewesen. Aber wen interessiert das schon? Ist das konstruktiv? Ist Freude destruktiv? Und geht es im Leben nicht auch um Glück? Die kleine Figur schafft es, dass ich als ausgereifter Workaholic meinen Griffel fallen lasse und denke, dass es doch noch mehr geben könnte als Arbeit, die Frau-die-den-Rücken-frei-hält, Haus, Einbauküche und Schrankwand.

Eine ähnliche poetische Wirkung hat Jeanne auf mich. Sie ist eine Person, bei der ich das Gefühl habe, dass ich mich völlig entspannen könnte. Sie wirkt so klug, humorvoll, freundlich und relaxt. Ich mag solche Menschen. Sie ist nicht weltfremd, aber sie hat ihre Kämpfe gekämpft. Schade, eigentlich wäre es schön, wenn Menschen wie sie mehr Einfluss hätten. Allerdings würde nichts funktionieren, wenn alle so wären wie sie. Aber was funktioniert denn zurzeit schon? Was rede ich hier eigentlich? Wir haben den größten Wohlstand seit Menschengedenken erreicht. Wir wachsen und produzieren. Was ich in Bezug auf Jeanne meine, ist, dass sie mir persönlich sehr gut gefällt. Und ich kann die Qualität von solchen Menschen durchaus wertschätzen. Ich glaube, dass sie auf eine bestimmt Art durchaus einen großen Einfluss hat. Sie scheint mir die schönen Dinge im Leben zu genießen und sucht sich dafür andere, mit denen sie dies verwirklichen kann. Schnell zu jemand anderem, denn ich höre meine Hippie-Eltern aus mir heraussprechen. Sind das nicht die großen Geschichten? Unerfüllte Liebe und Rebellion gegen die Eltern!

Wer ist dieser Achim? Zumindest ist er sehr attraktiv und ziemlich gut gekleidet für einen Linken. In Bezug auf den Kleidungsstil haben sich die Linken auch ganz schön verändert – zumindest die postmoderne Linke, wie mir mein Bruder die heutigen Codes erklärt hat. Sahen sie früher aus wie ein Terrorkommando, so sind einige von ihnen heutzutage überhaupt nicht vom urbanen Hipster zu unterscheiden. Ich finde es gut, wenn man sich ordentlich anzieht. Und dabei meine ich Mann und Frau. Und diese sollen das auch ihrem Geschlecht angemessen tun. Ich mag es, wenn sich Frauen klassisch anziehen und eine gepflegte Frisur besitzen. Kaschmir-Rollkragen mit Perlenkette, das finde ich todschick. Aus diesem Grund hat Achim auch gleich Pluspunkte bei mir gesammelt. Kaum jemand in meinem Umfeld ist so gut gekleidet wie dieser Mann. Eine rundum ästhetische Erscheinung ist er. Er trägt schöne Anzüge und hat zudem ein gutes Benehmen. Das lässt einen doch etwas für den Institutsalltag hoffen. Denn Niveau bringt dieser Mann mit. Das hat auch Frau Kerbler schon sehr wohlwollend bemerkt. Das ist mir äußert wichtig. Denn ich möchte, dass das Personal gut behandelt wird. Und gerade Linke sind immer besonders unfreundlich zu Dienstleistern. Ja, ich weiß, dass das schon eine arbeitgeberfreundliche Yucca-Palmen-Geschichte ist: „Neulich in der 1. Klasse saß Sahra Wagenknecht mit dem teuersten Rotwein und hat die Bedienung mies behandelt ..."

Wenn wir hier schon bei der Hoffnung sind, dann komme ich am Schluss zu Sina. Diese Frau, die hat Power. Mir gefällt gar nicht unbedingt ihre Spontaneität und Impulsivität, denn das wäre mir zu romantisierend. Dann könnte man auch mit Kleinkindern versuchen, Politik zu machen. Die sind auch so schön ungeformt und authentisch und machen, was sie wollen. Nein, ohne dass ich als anti-intellektuell gelten möchte, aber ich finde es gut, dass Sina nicht einer von diesen Wasserköpfen ist. Sina kennt das Leben. Sina spricht nicht nur von Widersprüchen. Sina lebt ihre Widersprüche. Was mir auch – als altes intrigantes Schwein – gefällt, ist, dass ich bei unserem Telefonat kleine Animositäten gegenüber Hannah meine gespürt zu haben. Sina scheint Hannahs blasierte Art ganz schön gegen den Strich zu gehen. Das wird noch Zoff geben. Da prallen Welten aufeinander. Sina ist eben für unsere Elite-Einheit etwas zu proletarisch. Ihre Lebenslust und Energie nimmt man gerne mit. Man lässt auch gerne einmal, wenn es niemand aus dem wichtigen Netzwerk sieht, die Sau mit ihr raus. Aber wirklich zu ihr stehen, das werden die meisten Institutsler nicht. Dafür ist sie zu bodenständig und pragmatisch.

Ich habe nur so ein Gefühl, aber wer mich auch im positiven Sinne reizt, ist diese Alice. Ihre Spuren verlaufen nicht nur für mich im Sand. Anscheinend hat sie bis vor drei Jahren auch so ein Post-Studium absolviert. Und dann? Nichts! Die Nummer, die ich von ihr bekommen habe, hat eine italienische Vorwahl. Und ich habe einen Aufruf zur Unterstützung der Lampedusa-Flüchtlinge im Netz gefunden, für den sie sich anscheinend verantwortlich zeichnet. Interessant, interessant ...

„Du könntest auch ganz was anderes tun und deinen Platz am Freien Institut einem überlassen, der ihn nötiger braucht.“ Achim gab sich entrüstet: „Aber Hannah hat mich eingeladen, bestimmt aus gutem Grund.“

Vermutet sie. Es gebe ja keinen anderen Grund, sie einzuladen, einzuladen an ein Forschungsinstitut. Vielleicht würde es ja eher darum gehen, dass sie sich und ihre Erfahrungen einbringe, einbringe in eine neue Form wissenschaftlichen Arbeitens. Hat Marie gemeint. Das Ganze klinge ja irgendwie nach einem Kollektiv, das sich gründen solle. Das sich aus Menschen zusammensetzen solle, die sich eben nicht kennen aus jahrelanger gemeinsamer Arbeit, die sich noch nicht kennen und also auch eine gemeinsame Basis aufbauen können. Kollektiv. Das klinge nach den sogenannten autonomen Gruppen, die einen Teil ihrer Studienzeit damit verbringen, billiges Essen zu kochen. Fahrräder zu reparieren. Zeitungen zu machen. Demos zu organisieren. In

Wohngemeinschaften zu wohnen. Ihre Lebensformen neu zu erfinden und dabei zu glauben, den Lauf der Welt, die Ordnung der Dinge neu zu erfinden.

Elisabeth setzte ihre Hoffnung in das Freie Institut. Vielleicht würde sie dort auf eine neue Art, zu leben und zu arbeiten, stoßen.

Aber in der Wissenschaft.

Elisabeth wünschte sich für das Freie Institut Grenzerfahrungen intellektueller, emotionaler und körperlicher Natur.

Aber in der Wissenschaft.

Damit es nicht nur bei ihren Erwartungen blieb, hatte sie Richard schon den Auftrag erteilt, ein Portfolio illegalisierter Substanzen mit nach Wien zu bringen. Denn ohne Nachhilfe war sie einfach zu verklemmt und kontrolliert. | Hat Jeanette entgegnet. | Ihre Fantasie schlug Purzelbäume.

Die anderen interessieren sie nicht. | Wer würde noch alles in dem Freien Institut logieren? | Die würden, so sie vernünftig und ein wenig bei Trost sind, diese drei Jahre für ihre eigenen Arbeiten nutzen. | Zumindest waren nicht nur Katholnig und Lorenzo, sondern auch Richard und Simone für einiges offen. | Ohne sich mit Weltverbesserungsfantasien aufzuhalten.

Immer noch bekam sie ein wohliges Kribbeln in der Bauchgegend, wenn sie an die sommerliche Rooftop-Party dachte, bei der sie alle außer Rand und Band gerieten. | Sie werde ja sehen. Hat Marie geschmunzelt.

Im letzten Sommer war Richard zu Besuch in New York gewesen und zusammen mit Simone sind sie dann zu einer Party nach Bushwick geradelt. Es war ein lauer Sommerabend und es waren sehr lustige Gäste auf dem Dach. | Marie, die sie gefragt hat, was sie sich denn erwarte vom Team, von diesem Team. Und was sich die anderen wohl von ihr, Jeanette, erwarteten. Komische Frage.

Je später es wurde, umso mehr Gäste verließen die Party. | „Wir werden ja sehen". Hat Jeanette ergänzt. | Es blieb nur noch ein harter Kern um die aparte Gastgeberin Anne. | Wir. Sie. Jeanette und Marie. Marie.

Diese kam dann mit einem vielsagenden Lächeln und meinte, dass sie jetzt, wo sie in einem so intimen Kreis wären, die neueste Droge aus London ausprobieren sollten. | Ohne Marie. Mit Marie. Das wird sich zeigen. Das wird sich ergeben. In diesem Institut zusammen arbeiten, zusammen wohnen. Marie und sie. Die anderen. Das Team.

Die übriggebliebenen Partygäste lümmelten auf dem von Anne arrangierten Matratzenlager | dort, auf dem Institutsgelände. | Nach und nach ließen sie im wahrsten Sinne des Wortes alle Hüllen fallen. | Vielleicht würde es ja eher darum gehen, dass sie sich und ihre Erfahrungen einbringe, einbringe in eine neue Form wissenschaftlichen Arbeitens. | Gesagt – getan.

Das Ganze klinge ja irgendwie nach einem Kollektiv, das sich gründen solle. | Gut, sie wusste, dass so etwas nicht alle naselang geschah. | Die anderen. Das Team. Die machen ihre Sachen. | Es war einzigartig. | Kollektiv. | Hingegossen zwischen den verschiedenen Leibern geriet sie in ihrem Schwelgen derartig in sexuelle Ekstase, dass es sich anfühlte, als würden ihre Grenzen vollkommen aufgelöst. | Dieses Wir, das sich immer öfter eingeschlichen hat, je näher der Zeitpunkt ihrer Abreise nach Wien gekommen ist. Wir. Sie. Jeanette und Marie. Marie.

Zum Glück war es so warm, da sie sich ansonsten etwas geholt hätten | dort, auf dem Institutsgelände. | Elisabeth konnte sich daran erinnern, dass sie mit ihrem Mund und ihren Händen verschiedenste

Körper verwöhnte. | Menschen, die sich entsprechend zu verhalten wissen. Die Distanz wahren können. | Sie gab sich derartig hemmungslos hin, dass sie sich irgendwann vor Lust zuckend die Dachpappe liebkosend wiederfand.

[ein Datum ein halbes Jahr zuvor]

Gerade meinen dritten Kaffee getrunken, jetzt ist mir übel. Gestern wahrscheinlich zu viel Bier. Muss irgendwie zu Geld kommen. Nichts am Konto, nichts in der Geldtasche. Ich hasse es, mir darüber Gedanken machen zu müssen. Fehlt nicht viel und ich muss zum Standard zurück, Zeitungsabos verschenken. Macht nichts. Scheiß drauf. Wenn das jemand lesen würde, diese dilettantische Art, Dinge aufzuschreiben. Bei dem Gedanken daran wird mir noch übler.

Okay, Fakten: Habe endgültig beschlossen, die Soziologie sein zu lassen.

Außerdem: Mit S. seit über einem Monat nicht kommuniziert. Mir ist so kalt und ich wünsche mir manchmal, sie würde mich wärmen, so wie früher. Wie kann m* denn einer Leidenschaft den Rücken zukehren? Wie geht das? Eigentlich ist es keine Leidenschaft, es ist ein Fluch, getarnt im Leidenschaftspelz. Die Soziologie, das Studieren. Das Beobachten menschlichen Verhaltens. Das Hinterfragen und Kritisieren von Strukturen und im besten Fall auch irgendeinen praktischen Schluss daraus ziehen zu können. Feministische Theorie. Zu merken, dass es doch Leute gibt, die anders denken, die mir zugänglicher sind, ähnlicher denken. Ich brauche die Theorie nicht auswendig zu können, um sie zu verstehen, sie aufzusaugen wie ein ausgetrockneter Schwamm und sie zu leben. Mir fallen Prüfungen schwer, mündliche sowieso, aber auch schriftliche, und deswegen hat sich das, glaube ich, auch als Studium nicht geeignet. Oder ich bin einfach ganz allgemein zum Studieren nicht geeignet. Ich habe wohl auch nie den Mund aufgemacht, habe mich selten an Diskussionen beteiligt. Habe oft Dinge einfach auf mich wirken lassen, und dann war der Moment schon vorbei. Habe mich schon auch oft an eigene Erfahrungen erinnert, aber es meist nervtötend gefunden, wenn andere von ihren erzählt haben. Also bei manchen Leuten habe ich es schon auch spannend gefunden. Aber oft habe ich mich gefühlt wie in einer Selbsthilfegruppe. Ohne überheblich sein zu wollen. Ich erinnere mich ja an ein Leben vor dem Studium, aber gibt es ein Leben nach dem Studium? Ich kann nicht genau sagen, wie der Prozess der Veränderung vonstattengegangen ist. Aber ich erinnere mich noch gut an meinen ersten Tag in Wien. Ankommen. Der Westbahnhof ist ja jetzt ganz anders, aber auch an diesem Tag war der, wie ich jetzt sagen würde, alte, gewohnte Westbahnhof total fremd. Ich habe die Art gemocht, wie die Leute dort auf ihre eigene Art ungewöhnlich ausgesehen haben – zum Beispiel beim Laufen, um einen Zug zu erwischen oder schnell ein Taxi oder die U-Bahn zu finden. Die Leute laufen selten. Und damit meine ich nicht joggen. An der Uni habe ich dann hauptsächlich Schlendern beobachtet. Schlendern oder Herumstehen. Kann auch meine selektive Wahrnehmung gewesen sein. Menschen, die sich von Joghurtdrinks ernähren, können sich wohl nur langsam fortbewegen. Das war aber noch auf der TU. Anfangs habe ich mich total eingeschüchtert gefühlt von diesem riesigen Gebäude mit dieser verdammten zwanzig Meter hohen Eule an der Fassade. Von den vielen Menschen, fast so, als wäre ich wieder vierzehn und müsste alles von Neuem herausfinden. Habe zu der Zeit leider kaum was aufgeschrieben, vielleicht weil so viele neue Eindrücke, so viel zu schnell, ums festzuhalten. Jedenfalls hab ich damals beschlossen, dass es diesmal nicht um die anderen gehen sollte, sondern um mich und darum, wie ich mich wohlfühlen kann. Leider, glaube ich, hat das nicht funktioniert.

Ich habe sehr schnell gemerkt, dass ich mich wieder nur daran orientiere, was um mich herum geschieht, habe versucht, mich einzugliedern, und als das nicht funktioniert hat, mich davor zu schützen. Ich war nicht in der Lage, mich ernsthaft auf das Studium zu konzentrieren. Habe quasi nichts, also höchstens die Hälfte der Seminare, die ich besucht habe, wenn überhaupt, abgeschlossen. Auf der Soziologie dann mehr, da habe ich aber auch schon S. gekannt, war bisschen mehr eingebunden. Aber da haben sie den Studienplan, während ich studiert habe, drei Mal geändert. Dieser ganze bürokratische Müll, echt. Und dann habe ich eben Leute kennengelernt, bin auf den Geschmack gekommen von politischem Aktivismus. Obwohl ich mich dort auch nie völlig zugehörig gefühlt habe. Weil's da so war, dass Leute oft ganz schnell dafür verurteilt worden sind, wenn sie etwas „Falsches" gesagt haben. Da habe ich mich nicht wohlfühlen können. Geschweige denn zugehörig. Dafür identifiziere ich mich zu sehr mit „etwas Falsches". Ich habe aber in Wien dann doch auch Menschen kennengelernt, bei denen habe ich mich wohlgefühlt und die haben nicht wie ich nur heimlich und für sich allein gesprochen, sondern in einer Sprache, die nur wenige zu verstehen scheinen: Feministisch. Wider Erwarten hat in dieser Sprache „Sie" wenig mit „Frauen" zu tun. Das hat mir gefallen.

Mit der Zeit ist aber das Gefühl, für meine Eltern eine Enttäuschung zu sein, immer größer geworden. Ich wollte ihnen nicht sagen, wie es mir geht, da war zu viel Druck. Ich habe ja nie so ein enges Verhältnis zu ihnen gehabt, habe ja sowieso nie viel erzählt, also war es einfach, ganz damit aufzuhören. Ich habe fast das Gefühl gehabt, dass sie irgendwie erleichtert waren, meine Schwierigkeiten nicht mehr mitbekommen zu müssen. Ich kann das gut verstehen.

Irgendwann habe ich mich jedenfalls in S. verliebt. Also schon. Ich habe einen Mann geliebt, der eine Frau war – oder war es umgekehrt? Ich habe mal ein SMS geschrieben, ich war gerade auf dem Weg zu ihr: „Schatz, schreib mir was mit *liebe*!“ Und als Antwort ist gekommen: „*beeil* dich.“ Das hat mich fertiggemacht. Damals habe ich mir den Anfangsbuchstaben ihres Namens ins linke Handgelenk geritzt: S. Sie sich den meinen auch: M. Wir haben das nicht kindisch gefunden, haben es als Zeichen unserer großen körperlichen Zuneigung füreinander gesehen. Jetzt ist das alles längst verheilt, aber manchmal, wenn das Licht in einem bestimmten Winkel auf meinen Unterarm fällt, sehe ich sie noch: eine zarte Narbe, die an früher erinnert, an die *Counting Crows* und an Nachmittage in den Weinbergen. Schweigend in der Sonne liegen. Wenn ich so darüber nachdenke, habe ich meine komplizierten Liebes- und anderen Beziehungen immer vor mein persönliches und berufliches Weiterkommen gestellt. Es hat Zeiten gegeben, da hat mich das gestört und ich habe die Anderen dafür verantwortlich gemacht. Mittlerweile weiß ich, dass das meine eigene Struktur ist, dass ich Vorwände gefunden habe, um eben das alles nicht zu tun: zu studieren, zu arbeiten, mich um mich selbst zu kümmern. Aber ich sehe es auch als eine Sache der persönlichen Prioritätensetzung und bereue nicht, wie es gewesen ist. Ich habe eingesehen, dass ich so nicht bin: erfolgsorientiert. Und ein bisschen so: masochistisch.

Oft kommen alte Erinnerungen hoch. Und ich frage mich: Was hab ich falsch gemacht? Woran kann ich es festmachen? Hätte ich nur mehr so, oder mehr dieses oder jenes. Als ich zum Beispiel etwa sechs oder sieben Jahre alt war, hab ich einmal bei einer Schulfreundin übernachtet. Ihre Mutter hat uns eine kalte Platte zum Abendbrot gemacht und da hat es Dinge gegeben, die es bei uns zu Hause nie gegeben hat. Meine Mutter hat Fleisch nicht besonders gemocht und das hat sich auf unsere Mahlzeiten ausgewirkt. Diese mir unbekannten Lebensmittel haben auf mich einen gewissen Reiz ausgeübt, und so hab ich mir also eine Semmel mit Leberpastete geschmiert. Aber nachdem ich einen Bissen davon gemacht hatte, habe ich gemerkt, dass ich das Zeug nie im Leben essen kann. Also habe ich beschlossen, aufs Klo zu gehen, die Semmel heimlich mitzunehmen und dort verschwinden zu lassen. So weit hat der Plan ja noch ganz gut funktioniert. Aber als diese riesige, aufgequollene Semmel sich nicht und nicht hat wegspülen lassen, bin ich langsam in Panik geraten. Immer wieder warten, bis der Spülkasten sich von Neuem gefüllt hat, immer verzweifelter mit jedem Mal, bei dem es nicht geklappt hat. Ich muss eine Ewigkeit da drin gewesen sein. Irgendwann hat die Mutter meiner Freundin an die Tür geklopft und ich habe aufgeben müssen und wieder zu Tisch kommen. Ich weiß noch, dass ich mich nicht getraut habe, es zu erzählen, und so ist der Abend eine Zeit lang weitergelaufen, bis ich die Mutter meiner Freundin, während wir schon einige Zeit im Zimmer gespielt hatten, aus der Ferne schreien gehört habe: „Wer war das?! Das darf doch nicht wahr sein!!" Sie hat mich ziemlich zur Sau gemacht, das weiß ich noch. Ob ich zu Hause keine Manieren gelernt hätte und so. Ich habe geweint und mich auf dem Bett unter einer Decke verkrochen. Heute macht es mich traurig, dass ich nicht auf die Idee gekommen bin, die Semmel in Stücke zu zerbrechen.

Ich muss jeden Tag die Augen aufmachen. Jeden, aber auch wirklich jeden, Tag weiterzuleben ist für mich eine große Anstrengung. Ich muss das Maß halten zwischen sozialer Interaktion und Rückzug. Weil es mir sonst schnell zu viel wird und ich dann, weil komplett überfordert, nur noch verschwinden will. Und ich darf nicht denken „ich muss“, weil ich mich ja jeden Tag aufs Neue dafür entscheide, meinem Leben kein Ende zu bereiten. „Ich will“, und das ist noch viel furchtbarer als „ich muss“. Und ich muss auch immer mitbedenken, wie es anderen Leuten damit geht, was ich tue. Nein, ich will das immer mitbedenken, mein Gott. Wenn es um die scheinbar einfachen Dinge geht, kann ich nicht erwarten, von irgendwem verstanden zu werden, nachvollziehbar zu sein. Weil es ja eigentlich so einfach wäre: Was ist schon dabei, aufzustehen, Dinge zu erledigen, an der Uni zu sitzen und am Ende des Semesters ein paar Prüfungen zu schreiben? Was ist schon dabei, morgens aufzuwachen, immer noch da zu sein?

Ich: Dazu habe ich nicht das Zeug.

Du: Was brauchst du denn für Zeug?

Ich, so: Na ja, das gehört irgendwie zum Problem, dass ich das nicht weiß.

Die Erinnerung an einen Freund, der in einer großen Familie aufgewachsen ist. Wenn im Wohnzimmer alle Ablageflächen mit Krimskrams bedeckt waren, sind einfach Decken darübergelegt worden, auf denen dann wieder Zeug abgelegt worden ist. Die Erinnerung an einen Bach, an dem wir als Kinder oft gespielt haben. Ein großes Schild: „Das Aufstauen des Baches ist bei Strafe verboten.“ Am anderen Ufer ein großer Haufen handlicher Steine. Dann: älter werden und versuchen zu verstehen. Eine mir so entfernt scheinende Zeit. Es war eine, in der ich selten ohne mentales Diktiergerät das Haus verlassen habe. Ich habe im Kopf aufgezeichnet, was die Leute gesagt haben, zu Hause habe ich es analysiert, versucht,

Muster herauszufiltern, versucht, herauszufinden, wie es funktioniert. Herauszufinden, was erlaubt und was nicht erlaubt ist, aber das Kriterium war eigentlich: ob etwas gut ankommt oder nicht. Was gut ankommt, ist erlaubt. Was nicht gut ankommt, ist nicht erlaubt. Ich habe immer das Gefühl gehabt, die Leute wollen unterhalten werden; nur habe ich nicht gewusst, weshalb, und schon gar nicht, wie ich das anstellen soll. Die Frage, die ich mir nie erlaubt habe zu stellen: Wieso ist es nicht erlaubt, unzusammenhängende Dinge zu sagen? Dinge, die womöglich gar nicht ankommen.

Mit vierzehn habe ich angefangen, den Leuten Fragen zu stellen. Wie heißt du? Wie geht es dir? Mir ist aufgefallen, dass das Gefallen findet. Nur nicht zu viele verschiedene Fragen hintereinander. Im Frühling beginnt m* also zu fragen, was m* denn im Sommer so vorhat, im Herbst erkundigt m* sich nach den Plänen für die Winterferien. Die Antworten sollten möglichst simpel sein, und auch was darauf folgt, soll immer nach dem gleichen Muster funktionieren. Bei Gegenfragen also nicht zu schnell zu viel Persönliches preisgeben, sonst werden die Leute nervös. Aber auch nicht mit zu wenig Informationen herausrücken, sonst kennen sie sich nicht aus. Am besten während des Sprechens nicht selbst nervös werden. Jeder – in meinen Augen – missglückte Kommunikationsversuch hat mich in Panik versetzt, hat Stacheln in meinem Kopf hinterlassen. Ich hatte die Angewohnheit, mich, wenn ich allein war, mit diesen unangenehmen Situationen selbst zu quälen. Ich habe sie im Kopf immer und immer wieder abgespielt, mir vor Augen gerufen, was ich Peinliches gesagt hatte, und mir vorgestellt, wie unheimlich daneben mich mein Gegenüber gefunden haben muss. Vielleicht war meine Absicht, mich dadurch irgendwie abzuhärten. Wenn ich das

Gefühl gehabt habe, eine Kommunikation war geglückt, war ich erleichtert. Ich hatte es geschafft, mich innerhalb des gegebenen Referenzrahmens verständlich auszudrücken. Ich bin endlich im Gleichschritt mit jenen Leuten gegangen, die mir auf der Straße entgegengekommen sind.

„Ich bin Vera. Gehst du mit mir in den Speisewagen?"

„Hallo, Achim."

Er ging zum Platz schräg gegenüber und streckte ihr seine Hand entgegen. Ihr kühler Händedruck überraschte ihn, die Berührung war flüchtig. Sie schien zugleich schon dem Weg zum Speisewagen zu folgen. Achim bestellte ein Mineralwasser und Vera so ziemlich alles, was die Karte an vegetarisch Essbarem zu bieten hatte.

„Du warst ohnehin unkonzentriert, oder solltest du noch eine wichtige Entscheidung treffen?"

„Ich habe mich bereits entschieden", Achim konnte ihre Stimmung nicht wirklich fassen und wählte offensive Zurückhaltung.

„Das ist gut. Ich habe meine Geduld bereits für die Entscheidungsschwäche alter Männer verbraucht."

„Eine berufliche Herausforderung?"

Achim fand Gefallen an ihrem Stakkato und überließ Vera gerne die Themenhoheit. Während sie Suppe, Nudeln und Apfelstrudel sichtlich genoss und mit dem letzten Stückchen im Mund einen weiteren Espresso bestellte, hatte sie ihm von ihrer Suche nach 50er-Jahre-Kunstleder-Kaffeehausmöbeln in den Farben Gelb, Rot und Blau erzählt. Letztlich habe sie das Gewünschte bei einem alten Freund im Burgenland gefunden und nach Berlin bringen lassen, die Restaurierung würden zwei Handwerkerinnen übernehmen. Die wüssten, was zu tun sei, ohne jeden Schritt diktiert zu bekommen. Vera besaß offenbar Organisationstalent und genoss die Annehmlichkeiten ihrer Selbständigkeit, die Unentschlossenheit vieler Auftraggeber*innen konnte sie hingegen immer weniger ertragen. Achim schätzte sie auf Anfang fünfzig.

„Je weniger ich für ihre vagen und zugleich extravaganten Wünsche zur Verfügung stehe, desto ergebener passen sie sich meinem Zeitplan an und umso mehr sind sie bereit, jeden Preis zu bezahlen."

„Ich gratuliere. Ein traumhaftes Konzept, dessen Umsetzung kaum jemand gelingt."

„Es beweist nur, dass Tauschwert und Gebrauchswert in meinem Geschäft so gut wie nichts miteinander zu tun haben. Aber danke, mir geht es gut. Ich kann das Spiel genießen und gebe das Taschengeld aus, sobald es auf meinem Konto ist."

„Aber du magst, was du tust?", Achim schenkte ihr bereitwillig seine ganze Aufmerksamkeit.

„Als Kind habe ich gerne Schatzkarten gezeichnet. Ich war immer mit zwei Buben unterwegs, die waren ein Jahr jünger als ich – im Vorschulalter ergibt das einen beträchtlichen Vorsprung. Ich habe nicht nur die Karten gezeichnet, sondern auch über ihre Interpretation entschieden. So habe ich früh gelernt, worum es geht: Es geht um minimale Vorgaben und meine Präsenz. Für mich zählt die Möglichkeit, mich in die Stimmung gespannter Erwartung und Begeisterung versetzen zu können. Es ist der heilige Ernst des Spiels und die Abgrenzung zu allem Profanen."

„Das genügt?"

Achim wollte Details, die Flucht in die Abstraktion war ihm ohnehin wohlbekannt.

„Ach, gerade suche ich nach einem neuen Spielgefährten.“ Vera sagte das ganz nüchtern und war bisher offenbar nicht näher an ihm interessiert.

„Ich kann mich für Spiele kaum begeistern.“

„Dann musst du den Einsatz erhöhen, wir sind schließlich nicht mehr fünf.“

„Wir haben noch ein paar Stunden Zugfahrt vor uns und mein Vorstellungsvermögen ist enden wollend. Also bin ich vielleicht doch für eine Ablenkung bereit.“

„Hier geht es bestimmt nicht um Ablenkung. Ein gutes Spiel erfordert absolute Konzentration. Du betrittst das Spielfeld, um dich für die Zeit des Spiels zu verlieren. Was immer sonst noch geschieht, verliert seine Bedeutung.“

„Woran denkst du? Weder Tischtennis noch Sex sind hier möglich. In anderen Disziplinen habe ich keine Erfahrung.“

Vera lachte.

„Zumindest habe ich es mit einem intelligenten Wesen zu tun. Spielen ist vor allem freies Handeln. Es spielt sich innerhalb bestimmter Grenzen von Zeit und Raum ab und hat seinen Sinn in sich selbst. Ein gutes Spiel zieht dich in seinen Bann – es bezaubert. Und mitunter umgibt es sich mit einem Geheimnis. Das Wichtigste daran ist, dass es dich aus dem gewöhnlichen Leben nimmt. Spielen ist keine gewöhnliche Tätigkeit und schon gar kein Arbeiten. Um dich nicht mit langen Erklärungen zu langweilen, will ich mit dir ein ganz einfaches Spiel spielen.“

Achim wusste, dass er Veras Sätze so oder so ähnlich auch bei Huizinga gelesen hatte, und ließ sie geraume Zeit auf sich wirken. In diesem charmelosen Bordrestaurant waren bestimmt schon viele ernsthafte wie belanglose Gespräche geführt worden. Die Situation mit Vera blieb für ihn uneindeutig. Nach einer Weile meinte er: „Okay, ich bin bereit.“

„Es ist ein Würfelspiel und es geht um Gewinnen oder Verlieren. Bei ungeraden Zahlen gewinnst du, bei geraden gewinne ich."

„Die Regeln sind klar. Wie hoch ist der Einsatz?"

„Der Einsatz ist denkbar hoch. Ein Vermögen."

„Ich besitze leider kein Vermögen."

„Du besitzt das Vermögen, dich rasch in einer Situation bewegen zu können. Das ist eine wertvolle Fähigkeit."

„Was könntest du mit meiner Fähigkeit anfangen?"

„Du gehst also davon aus, dass du verlierst?", Vera schien enttäuscht.

Achim hatte Mühe, sich zu erklären: „Ich muss doch die Konsequenzen des Verlierens bedenken!"

Vera hob skeptisch eine Augenbraue: „Wie viel Sicherheit brauchst du? Ich habe nicht den Eindruck, dass du viele Verpflichtungen hast."

Achim war nun wirklich froh, dass er die drei Jahre am Freien Institut ins Treffen führen konnte. Vera zeigte sich beeindruckt: „Du bist ja ein wahrer Glückspilz. Drei Jahre an einem Freien Institut, mit Gleichgesinnten sozusagen. Was hast du vor in der hübschen Villa im Grünen?"

„Darüber habe ich gerade nachgedacht, als du mich gerettet hast. Es ist ein Geschenk und noch weiß ich nicht, was damit anzufangen ist."

Vera war offenbar nicht leicht zu irritieren, seufzte nur und meinte: „Der selbstgefällige Mewald hatte also doch recht. Der akademische Nachwuchs verlernt seit den 90ern konsequent seine wesentliche Aufgabe: Du kannst keine eigenen Fragen formulieren, weil du in der Logik der Verteidigung gefangen bist. Dir fehlen Erfahrungen der Progression und damit die Zuversicht in die Möglichkeit des Gewinnens. In den letzten zwei, ach, beinahe drei Jahrzehnten sind nur solche Kämpfe geführt worden und jetzt sind alle ängstlich darauf bedacht, dass ihnen nicht noch ein weiteres Stückchen der verordneten und verwalteten Freiheit genommen wird."

Achim war erleichtert und fühlte sich sofort wohlwollend verstanden, auch ein bisschen entschuldigt, denn er war es gewohnt, seine Ansprüche und Rituale kritisch zu beobachten.

„Ich freue mich auf die Gruppe und bin neugierig, welche Dynamiken entstehen. Zugleich ist mein Zutrauen in dieses Kollektiv beschränkt, wir haben keinen gemeinsamen Plan. Zwar werden einige mit individuellen Vorhaben ankommen, doch diese Ziele lassen sich beliebig gegen andere tauschen. Vielleicht verlernen oder vergessen wir immer mehr, mit welchen Absichten wir eingezogen sind. Und vielleicht bleibt es auch nicht bei diesen drei Jahren."

„Die Stiftungsquelle ist dann jedenfalls versiegt und das bargeldlose Forschen ist noch nicht eingeführt worden, wäre aber ohnehin ein Widerspruch in sich."

„Woher kennst du Manfred Mewald?"

„Wir haben vor vielen Jahren ein paar Leidenschaften geteilt. Er war klug und in seinen Analysen präzise. Seine zynische Distanz hat mich bald gelangweilt. Er war es gewohnt, recht zu haben, aber das ist ein einsames Geschäft."

Achim liebte Zufälle oder überraschende Zusammenhänge. Er könnte sich wieder mal mit Netzwerktheorie beschäftigen, dachte er. Vielleicht war die Wahrscheinlichkeit, dass irgendjemand in diesem Zug Mewald gekannt hatte, sogar ziemlich hoch. Dass er aber von genau dieser Person angesprochen wurde, konnte damit noch nicht erklärt werden.

„Und du glaubst jetzt, dass das Zeitlimit das zentrale Problem ist?"

Achim nickte, ohne wirklich zugehört zu haben.

„Voilà. Wenn du gewinnst, wünsche ich dir ein langes Leben. Du bekommst eine Leibrente mit Wertabsicherung gegen die Inflationsgefahr, das sollte selbst deinen hohen Sicherheitsstandards genügen."

„Du willst mir ein Vermögen schenken, wenn ich beim Würfeln gewinne?"

„Wenn dir eine andere Anordnung lieber ist – der Würfel ist eine hübsche geometrische Form, aber ich bestehe nicht darauf."

„Das ‚alles oder nichts' erstaunt mich viel mehr."

„Nun, *nichts* würde ich nicht sagen. Wenn ich gewinne, begleitest du mich in den nächsten zehn Jahren. Du stehst rund um die Uhr zu meiner Verfügung. Ich möchte einen Privatsekretär."

„Ich würde dich bestimmt ebenso bald langweilen. Das klingt nach zusammen leben und arbeiten, das würde dir bestimmt zu eng werden."

Vera lächelte verschmitzt und antwortete überlegen: „Dir scheint das Prinzip nicht wirklich vertraut. Ich entscheide, sofern ich gewinne, über Nähe und Distanz."

Da Achim noch immer überfordert schien, fügte sie hinzu: „Denk an Maxwell Sheffield und den Butler Niles oder an Phileas Fogg und seinen Diener Passepartout. Ich reise gerne, ich hoffe, du auch."

Achim versuchte es mit einem naheliegenden Einwand: „Reiche Männer und ihre Diener, ich verstehe. Aber zwischen uns könnte sich doch bald auch eine erotische Anziehung entwickeln. Das würde unser Arrangement gehörig durcheinanderbringen."

Vera mimte übertriebenes Bedauern: „Darin muss ich dich enttäuschen. Ich kann mich so gar nicht für junge Männer begeistern und wären sie auch noch so charmant und reizend."

„Wirklich schade. Auch jenseits dieses Spiels."

„Es schadet nichts, wenn du mich anziehend findest. Es wird deine Jahre an meiner Seite versüßen."

„Okay, okay. Ich könnte ebenso gut gewinnen. Dann würde ich trotzdem drei Jahre am Freien Institut verbringen, aber es wäre nicht mehr dasselbe. Ich wäre dann der Einzige, für den die Unbeschwertheit kein definiertes Ende hätte."

„Du könntest auch ganz was anderes tun und deinen Platz am Freien Institut einem überlassen, der ihn nötiger braucht."

Achim gab sich entrüstet: „Aber Hannah hat mich eingeladen, bestimmt aus gutem Grund."

Vera stimmte ihm zu.

Die Tatsache, dass Hannah und Vera sich vorstellen konnten, Jahre mit ihm zu verbringen, machte ihn glücklich.

„Weißt du", hob Achim offenherzig an, „das zentrale Problem sind nicht die drei Jahre oder auch nicht deine zehn. Gerade bin ich einfach nur zufrieden, mir fehlt nichts und ich kann darauf vertrauen, dass die Gruppe eine gute Zeit miteinander verbringt."

„Du bist berauscht vom Gedanken, erwählt zu sein. Der Eindruck erfasst dich reichlich spät, aber du hast damit bestimmt einigen am Institut was voraus. Ein zweiter Blick auf die Situation wird dir verraten, dass das für dich nichts Neues ist. Immer wieder begegnen dir Leute, die dich mögen und gerne mit dir Zeit verbringen. Du drückst dich gerade vor der Entscheidung, ob du den wesentlichen Zwang im Kapitalismus loswerden willst. Wenn du dich nicht länger verkaufen musst und deine Zeit wirklich dir gehört, was machst du dann?"

Achim blickte sich um, er schämte sich, fühlte sich ertappt, auch wenn sein Verbrechen als Zeitdiagnose gelten konnte.

„Vielleicht bin ich depressiv? Oder faul? Bequem jedenfalls."

„Ich habe keine Lust, dich zu trösten. Du jammerst gekonnt auf hohem Niveau, ein gelernter Wiener also."

Achim lächelte, dankbar für die kurze Unterbrechung. Als er Vera in die Augen sah, seufzte er beinahe unmerklich und versuchte sich noch einmal in den wirren Fäden des Gesprächs zu orientieren.

„Ich verdiene mehr als genug für ein angenehmes Leben, aber ich bin gezwungen und manchmal sogar froh, die Gedanken anderer zu formulieren. Architekt*innen, Künstler*innen, manchmal eine Laudatio auf einen Kollegen, der gerade emeritiert, das sind im Wesentlichen meine Aufträge. Sie haben keine Zeit und keine Übung, ihre Vorstellungen in einen zusammenhängenden Text zu gießen. Ich habe keine eigenen Vorstellungen, bin aber geübt, einen Jargon zu imitieren, und verfüge über genügend Verständnis, um ihre Skizzen auszumalen. Ich bin eher der Handwerker, ein Kopist. Ich schreibe eine vielstimmige Partitur, aber die Idee kommt nicht von mir und zu Recht wird mein Name nirgends erwähnt."

„Und wovor hast du Angst?"

Veras Blick ruhte wohlwollend auf Achim.

„Dass mir nicht genügend Zeit bleibt, etwas Eigenes zu machen", flüsterte er.

„Aber du hast keine Vorstellung, was das sein könnte?"

„Ich versuche es nicht einmal, das ist vielmehr das Problem. Es ist, als wäre ich in einer Zeitschleife gefangen – *Hotel California* – erinnerst du dich an den Song?"

Vera schenkte ihm schon wieder ein bezauberndes Lächeln und Achim bedauerte in diesem Moment aufrichtig, dass sie ihn offenbar nicht als Liebhaber in Erwägung zog.

„Vielleicht bin ich in einem banalen Sinne verspielt. Ich versuche jedenfalls, niemand zu schaden."

„Du versuchst, dich möglichst wenig zu involvieren, und Verantwortung ist dir ein Gräuel."

„Die allermeisten Sachen mache ich am liebsten allein. Ich bin nicht auf Facebook und Second Life hat mich auch in seiner Hochphase kein bisschen fasziniert, ich bin von der Inszenierung eines Lebens schon überfordert. Langweilig ist mir nur, wenn ich krank bin und einfach warten muss, bis eine Erkältung vorüber ist. Ich konzentriere mich gerne auf eine Person. Ich bin irrsinnig gerne verliebt."

„Und jetzt willst du dich auf das Abenteuer Kollektivität stürzen? Du scheinst mir nur mäßig gut vorbereitet."

„Diesmal will ich mehr. Ich bin ungeduldig, ich habe seit Langem wieder das Gefühl, ich könnte was verpassen."

Achim blickte nach draußen und erkannte den Zentralverschiebebahnhof Kledering, der Zug würde bald in Wien ankommen. Sie standen gleichzeitig auf, Achim trottete leicht benommen hinter Vera zurück ins Abteil. Beide kramten ihre Sachen zusammen. Wenig später warf er eine leere Wasserflasche in den Müll und blickte sich suchend am Bahnsteig um. Vera stand nur einige Meter vor ihm. Wieder ein kühler Händedruck und eine kryptische Verabschiedungsformel: „Wir sehen uns im Park. Der Baum mit dem bequem gebogenen Ast ist einer meiner Lieblingsplätze."

Achim zog sein Telefon aus der Tasche und verschob das Abendessen mit Sonja auf den nächsten Tag. Die einzige Person, mit der er diese Zugfahrt detailliert besprechen konnte, war Alex und sie wohnte unweit vom Bahnhof

Meidling. Zehn Minuten später läutete er an ihrer Tür. Eine der beiden Katzen begrüßte ihn freundlich. Alex war wieder mal geneigt, ihm ihr Ohr zu schenken. Sie war besser als jede Therapeutin, ihre Geschwindigkeit beim Denken beeindruckte ihn seit ihrer ersten Begegnung.

„Alex, Darling, du musst mit mir an dieses Freie Institut kommen. Allein bin ich verloren."

„Gute Güte, Achim, du siehst ziemlich mitgenommen aus. Ich bin ja zu manchem Unfug bereit, aber: Vergiss es. Der Wissenschaftsbetrieb interessiert mich nicht. Und ein Haufen ehrgeiziger Versager*innen hat mir gerade noch gefehlt."

Achim lachte gequält und begann selbstverliebt von Vera zu schwärmen. Alex ließ ihn einige Zeit geduldig gewähren. In der Wohnung über ihnen wurde es still, die beiden Kinder hatten offenbar ihre Laufspiele für heute beendet. Ein Gemeindebau aus den 50er-Jahren erlaubt den Bewohner*innen, am Leben der anderen zu partizipieren.

Achim bediente sich mit einem weiteren Espresso und Alex meinte ganz unaufgeregt: „Mein Lieber, du bist und bleibst mein bester Tischtennis-Freund. Ein so ausgewogenes Verhältnis von Spaß und intensivem Spiel trifft man nicht sehr oft. Aber ehrlich, seit du dich auf drei Jahre im Kollektiv vorbereitest, gehst du mir ein bisschen auf die Nerven. *It is what it is*, ein Stipendium, eine weitere Episode in deinem auch sonst recht unbeschwerten Leben. Du wirst darin weder die Welt noch dich retten. Und dass dir immer wieder schöne Frauen begegnen, in denen du dich spiegeln kannst, ist nun wahrlich nichts Neues."

Achim nickte und war schon deutlich ruhiger, als er abschließend sagte: „Und dass ich zu meinem Glück niemand zwingen kann und ich bestimmt nicht alle kriege, die mir gefallen, weiß ich auch. Darf ich es mir wieder mal auf deinem Sofa bequem machen? Und achte gar nicht auf mich, wenn du morgen aufstehst, ich bin rechtschaffen müde und denke an zehn Stunden Tiefschlaf."

„Ich werde lautlos fluchen. Morgen um zehn Uhr treffe ich die Frau Vizebürgermeisterin. Die Grünen sind wirklich zu gar nichts nütze. Die neue Ottakringer Straße bekommt weder Straßenschwellen noch eine Geschwindigkeitsbeschränkung, schließlich fährt die Straßenbahn auch schneller als 30 Stundenkilometer. So viel konsensuale Blödheit müsste man andernorts lange suchen. Also: Gute Nacht, John-Boy."

„Gute Nacht."

In der ersten Woche nach seiner Rückkehr aus Minnesota vor einem Jahr hatte er sich bei seiner Schwester Hilde in Wien einquartiert. Schnell hatten die Leute ihn zu nerven begonnen. Nach einigen Jahren in Minnesota war ihm die Umstellung auf die wienerische Unfreundlichkeit besonders schwergefallen. War er in Minneapolis mit seinem Fahrrad unterwegs gewesen, waren ihm manchmal Sachen wie „Nice bike!" oder „I like your glasses!" zugerufen worden. In Wien riefen Leute ihm eher Sätze wie „Aus'm Weg, du Damischa!" oder „Host kane Augn im Kopf, Deppata?" nach. Hatte ihn in Minneapolis ein freundlicher Kellner gefragt: „What would you like to drink, honey?", stand in Wien nur ein mürrischer Kellner vor ihm, der überhaupt nur kam, wenn man ihn bat. Und als Peter auch in Wien versuchte, Busfahrer_innen beim Einsteigen zu grüßen, hielten ihn alle für verrückt.

Als er nach ein paar Monaten in Wien feststellen musste, dass weder hier noch sonst irgendwo in Europa jemand auf einen jungen Genderforscher gewartet hatte, und er seiner Schwester nicht mehr zumuten wollte, für seinen Lebensunterhalt aufzukommen, blieb ihm nichts anderes übrig, als „vorerst" wieder nach Südkärnten zurückzukehren und in seinem Elternhaus Quartier zu nehmen. Dort waren die Leute zwar etwas freundlicher und in Friesach grüßte man sich sogar auf der Straße, aber dafür empfand er die dortige lustfeindliche Uniformität als umso bedrückender. Alles, was nicht heterosexuell, weiß, deutschkärntnerisch oder sonst wie konform war, war verdächtig.

Friesach. Dort war er gleich nach seiner Rückkehr seiner Jugendliebe Linda Pototschnig begegnet. Sie war die erste Person gewesen, mit der er je Sex gehabt hatte. Bei ihr fühlte er sich auch heute noch wohl, denn er wusste, dass sie an ihm schon damals das Verrückte, Starrsinnige und Unangepasste geliebt hatte. Wenn er jetzt allerdings an diesen Beginn seiner sexuellen Erfahrungen dachte, erschien ihm alles wie aus dem Leben eines anderen zu sein. Das erste Mal hatten sie in einer Vollmondnacht nach einem Fest am See miteinander geschlafen. Das Erlebnis hatte in Peter etwas erweckt und er verstand sehr schnell, dass er für eine monogame Beziehung nichts übrighatte. Linda hatte es irgendwann nicht mehr ertragen, dass sich ihr Liebster weigerte, nur mit ihr zu schlafen, und so endete diese Beziehung, noch bevor Peter sein Studium in Wien begann. Er hatte es damals nicht verstanden und er verstand es heute im Grunde auch noch nicht. Die Neugier war es, die ihn immer getrieben hatte, sowohl an der Uni als auch in der Liebe. Die Neugier war das Verbindende. Er war neugierig darauf, wie die Menschen tickten, wie sie dachten, wie sie rochen, wie sie handelten und wie sie sich anfühlten. Neugier trieb ihn in seine Abenteuer und zu seinen Recherchen. Für ihn gab es zwischen diesen

Bereichen keinen Unterschied und es dauerte eine Weile, bis er begriff, dass es für die meisten Menschen, und so auch für Linda, völlig anders war.

Die Beziehung mit Linda war Peters einzige längere Beziehung zu einer Frau geblieben. Schon in Wien hatte er während seines Studiums seine Bisexualität entdeckt, hatte seine ersten Affären mit Männern und oft parallel dazu kurze Beziehungen mit Frauen laufen gehabt. Besonders gern erinnerte er sich an einige leidenschaftliche Nächte, als er zu Beginn seines Studiums mit dem Kommunistischen Student_innenverband auf ein Jugendcamp in der Sozialistischen Volksjamahiriya Muammar al-Qaddafis nach Libyen eingeladen worden war. Dort hatte er Marie, eine Französin, kennengelernt.

Sie waren damals im Camp mit einem riesigen Spruchband empfangen worden, auf dem „The Jamahiriya is the paradise on earth!" gestanden hatte, und einige der Jugendlichen hatten tatsächlich den Anschein gemacht, als würden sie dem „Großen Bruder" diese Show auch abnehmen. Peter war das Theater aber schon nach einigen Tagen zu öde geworden und auch Marie, die damals in einer antiimperialistischen Jugendgruppe aktiv gewesen war, hatte ihre Stunden am Strand verbracht, statt mit langatmigen, aber wenig substanziellen Diskussionen über den Imperialismus, den Zionismus und alle möglichen anderen Feinde des arabischen Volkes.

Dort am Strand waren sich die beiden dann auch nähergekommen. Marie war die erste Frau gewesen, die ihn dominiert hatte. Sie hatte ihn nach einem gemeinsamen nächtlichen Bad im Meer in den Sand gedrückt, sich auf ihn gesetzt und ihm eine Ohrfeige verpasst. Peter musste lächeln, als er an sein armes früheres Selbst dachte, das davon so verwirrt gewesen war, dass es einen Moment lang tatsächlich befürchtet hatte, etwas Falsches getan zu haben. Aber Marie hatte ihm schnell gezeigt, was sie wollte, und genauso kompromisslos, wie sie es sich genommen hatte, war er bereit gewesen, es ihr zu geben. Zurück in Wien war er zunächst von seiner eigenen Lust verstört gewesen, Sexualität hatte für ihn bis dahin nur etwas mit Zärtlichkeit zu tun gehabt.

Wahrscheinlich hatte er deshalb ihren Brief, den er einen Monat später aus Paris erhalten hatte, nie beantwortet. Nach Marie war er zunächst jeder Lust auf Unterwerfung und Schmerz aus dem Weg gegangen. Erst in Minneapolis hatte er sich dann frei genug gefühlt, sich auf alles einzulassen, was ihm Lust bereitete. Zuerst bedeutete das für Peter, seine erste wirkliche Beziehung mit einem Mann zu leben. Nach einiger Zeit hatte sich dieser allerdings als selbstgefälliger Egomane erwiesen, der sich sogar selbst als Nebenfigur in einen Roman einarbeitete, an dem er gerade schrieb. Solche Selbstdarsteller hatte er nie leiden können. Wirklich berührt hatte ihn erst Fernando, der ihn später auch am meisten verletzt hatte. Mit ihm hatte er sogar eine Zeit lang zusammengewohnt. Und dann? Hätte er sich darauf nur nicht eingelassen, vielleicht wäre er nicht dermaßen verzweifelt gewesen. Alles, nur keine Abhängigkeiten!

July, die wie er in Minneapolis gewesen war, um ihren PhD zu machen, war eine seiner „friends with benefits" geworden. Sie brachte ihm den lustvollen Umgang mit Schmerz, Dominanz und Unterwerfung bei. Peter hatte sich zwar noch nie, vor allem nicht beim Sex, ausschließlich in die dominante Rolle begeben, dazu war er sich dieser Zuschreibung von Männlichkeit zu sehr bewusst. Was es jedoch bedeutete, seinen Körper, mit Haut und Haaren, ohne Kompromisse und mit vollem Vertrauen in das Gegenüber in dessen Hände zu geben, eröffnete sich ihm erst jetzt und es überwältigte ihn. Er verstand es sehr schnell als Luxus, sich auf nichts anderes konzentrieren zu müssen, als die unmittelbare Erfahrung von Anspannung und Lust, wie sie sich auf seinem Körper entluden. Es fühlte sich an, als könne er plötzlich Farben sehen. Wie eine Revolution.

July machte ihn zum ersten Mal mit dem Zusammenfallen von Schmerz und Erregung bekannt. Daraus entstand später auch Peters Vorliebe für große Schwänze. Natürlich ging es ihm dabei nicht um einen Wettbewerb, aber er liebte es, wenn Männer mit großen und dicken Schwänzen, die herrlich fleischlich waren, seinen Mund ausfüllten, wenn er sie zwischen seine Lippen nahm und sie ihn diese einzigartige Mischung aus Lust und Schmerz erleben ließen. Der Schmerz, wenn sie in ihn eindrangen, und gleich darauf die ihm davor unbekannte Lust, wenn sie rhythmisch über seine Prostata strichen. Nur mit Fernando und Hüsseyin hatte Peter solche Orgasmen erlebt.

Die ersten Schmerz-Lust-Erlebnisse mit July fanden ungefähr zu der Zeit statt, als er Elisabeth Dublinski kennengelernt hatte. Sie hatten sich auf der *Gender Development Research Conference* in San Francisco kennengelernt, auf der Peter seine Dissertation vorgestellt hatte. Nach einem abendlichen Empfang waren die beiden mit einigen anderen Kolleg_innen noch um die Häuser gezogen. Die beiden hatten sich schließlich als die Trinkfestesten der Runde erwiesen und waren gegen vier Uhr morgens allein übrig geblieben, bis sie schließlich völlig betrunken in Elisabeths Hotelzimmer gelandet waren. Niemand von ihnen konnte sich am nächsten Tag erinnern, ob sie miteinander geschlafen hatten. Peter bezweifelte es einerseits deshalb, weil sie beide ohnehin viel zu viel getrunken hatten, andererseits war er in dieser Phase so besessen von den neuen Erfahrungen, die er mit July machte, dass er nicht viel Interesse an konventionellem Sex hatte. Das kam erst später wieder. Immerhin aber wachten die beiden nebeneinander im Bett auf, überspielten diese etwas peinliche Situation mit einem Lachanfall und begannen eine Freundschaft, die seither zwar nur zu zwei weiteren Treffen geführt hatte und ansonsten eher darin bestand, gelegentlich zu chatten oder zu skypen, aber trotzdem mehr war als nur eine lose Bekanntschaft. Wann immer sie miteinander sprachen, stellte sich rasch eine Vertrautheit ein, die über ein Interesse an den Themen des oder der jeweils anderen deutlich hinausging.

Elisabeth fand, dass sich Manfreds Angst, sich anderen Menschen zu öffnen, auch immer in seiner Forschung widergespiegelt hatte. Aus diesem Grund waren sie fachlich das eine oder das andere Mal aneinandergeraten, bis sie für sich entschieden hatten, derart ermüdende Diskussionen ganz zu lassen. Als sie wieder einmal die immer gleichen Argumente austauschten, hatte Elisabeth ihn gefragt, ob sie es nicht einfach bleiben lassen wollten. Sie wüssten doch langsam, was der oder die andere denke, und bräuchten keine pseudo-engagierte Diskussion zu führen, um dann doch danach einvernehmlich ein Bierchen zusammen trinken zu gehen.

„Lass uns diskutieren, wenn wir Themen finden, bei denen die Reibung für echte und neue Erkenntnisse bei uns beiden sorgt."

Manfred war mit der Welle des wissenschaftlichen Mainstreams mitgeschwommen. Elisabeth interessierte sich zwar für ähnliche Themen, aber sie erforschte diese mit abseitigen Methoden und Theorien. Vor seiner Krankheit hatte Manfred versucht, sie zu einer guten Politikwissenschaftlerin zu erziehen, aber Elisabeth war die Art und Weise der Wissensproduktion, wie etwas untersucht und präsentiert wurde, wichtiger als das Ergebnis. Trotzdem hatte Manfred für seinen Sprössling eine wissenschaftliche Karriere gewollt. So hatte er während einer Konfrontation mit Elisabeths Mutter, die provozierend gemeint hatte, dass das Resultat ihrer Affäre im Gegensatz zu seinen ehelichen Kindern doch ganz ansehnlich sei, geantwortet, sie sei ein tolles Mädchen und er werde eine Professorin aus ihr machen.

Das hatte er allerdings bis zu seiner schweren Krankheit nicht geschafft. Elisabeth hatte alles daran gesetzt, ihm einen Strich durch die Rechnung zu machen. Sie fand die meisten wissenschaftlichen Arbeiten einfach einfallslos. Tagtäglich wurden Gerichte nach altbewährten Rezepten gekocht. Bei den meisten Fragestellungen wusste man schon vorher, was später dabei herauskam. Nur in wenigen Arbeiten und Personen des sozial- und geisteswissenschaftlichen Wissenschaftsbetriebes waren die Widersprüche menschlichen Zusammenlebens sichtbar. Die meisten reproduzierten Hierarchien und Privilegien.

Manfred hatte allerdings gewusst, dass Elisabeth sich mit einem weinenden Auge von der Wissenschaft abgewandt hatte. Im Prinzip wäre es ihr Traum gewesen, wenn dort nicht die Konventionen und Strukturen geherrscht hätten, die ihr so unangenehm waren. Ihr fehlte einfach der nötige Biss, um sich im Haifischbecken Akademie durchzusetzen. Zudem war sie nicht unbedingt die Person für Kompromisse. Ihr war bewusst, dass sie an eine Universität in der Walachei hätte gehen müssen. Dafür hätte sie nicht nur die geliebte Großstadt, sondern auch die ihr lieb gewonnenen Menschen wie ihre Freundin Simone hinter sich lassen müssen. Diese war zwar sehr unterstützend und dachte zumindest darüber nach, dass sie auch in Wien ihrer derzeitigen Tätigkeit als Journalistin nachgehen konnte, aber trotzdem war sie skeptisch. Zudem war Simone weitaus pragmatischer veranlagt als Elisabeth. Warum sollte sie einen äußerst gut bezahlten Job in einer aufregenden Stadt aufgeben, wenn ihre Freundin ihr nicht einmal glaubhaft versichern konnte, dass die angestrebte Tätigkeit sie genügend ausfüllen werde.

Elisabeth wollte einfach alles und das gleichzeitig. Obwohl sie eigentlich das machte, was sie wollte, hatte sie doch dabei den Eindruck, dass sie viel zu viele Kompromisse einging. Für ihren Job war sie einfach nicht bereit, ihre wie auch immer geartete Freiheit aufzugeben. Warum sollte sie Jahre kostbarer Lebenszeit in katatonischer Starre verbringen, darauf hoffend, dass sich eine für sie bessere Stelle ergab. Zumal ihr nicht einmal ganz klar war, wie eine bessere Stelle aussehen konnte. Dabei kam ihr das Zitat des New Yorker Fotografen Bill Cunningham in den Sinn: „Money is cheap, freedom is expensive!“ Da es bei ihr noch nicht einmal Geld zu verdienen gab, musste man das Zitat wohl in „Privileges are cheap, freedom is expensive!“ umdichten.

Da Manfred um die dilemmatische Situation seines Sprösslings gewusst hatte, hatte er einen Zusatzparagrafen in sein Testament eingebaut. Er hatte in seinem Testament geschrieben, dass er sich vorstellen könne, dass Hannah Elisabeth mögen würde, und sie sich doch überlegen solle, sie in den auserlesenen Kreis der freien Wissenschaftler_innen im Institut aufzunehmen.

Elisabeth war bis zu Manfreds Tod in Wien geblieben und hatte auch seine Beerdigung besucht. Der Testamentseröffnung war sie jedoch ferngeblieben. Der Tod hatte sie mehr mitgenommen, als sie erwartet hatte, und ihr war einfach nicht danach zumute gewesen, der Verteilung von Manfreds materiellen Gütern beizuwohnen. Zudem hatte sie sich vor den Reaktionen von Manfreds Kindern gefürchtet. Manfred hatte schon angekündigt, dass er Elisabeth großzügig im Testament bedenken würde. Sie war sowohl Manfreds beiden Kindern als auch seiner Schwiegertochter schon über den Weg gelaufen. Die Begeisterung hatte sich bei denen allerdings ziemlich in Grenzen gehalten. Schließlich bedeutete die Existenz der neuen Halbschwester, dass Manfreds Vermögen auf eine weitere Person aufgeteilt werden würde. Außerdem waren sie zu Recht eifersüchtig auf die Zuwendung ihres Vaters gegenüber der neuen Halbschwester gewesen, denn dieser hatte sich bei jeder möglichen Gelegenheit dazu geäußert, wie sehr ihm die Karrieren seiner Kinder missfielen. Diese hatten sich Berufe gewählt, die für einen Alt-68er als einfachstes Feindbild herhalten konnten. Klaus war im Bank- und Sandra im Immobiliengeschäft. Elisabeth konnte verstehen, dass Manfreds Kinder empfindlich auf Manfreds Zuneigung ihr gegenüber reagierten. Denn sie hätte wahrscheinlich auch einen ganz anderen Weg eingeschlagen, wenn sie bei ihm aufgewachsen wäre. Darüber, dass Manfred sich mit den fremden Federn ihrer anarchistischen Mutter schmückte, ärgerte Elisabeth sich außerdem.

Einmal hatte Manfreds Tochter, Sandra, es sich auch nicht nehmen lassen, bei einem von Manfred anberaumten gemeinsamen Familienessen eine spitze Bemerkung fallen zu lassen:

„Ach, du bist also die Wunschtochter, die an Manfreds Stelle zukünftig die Welt retten wird?! Erst verkorkst er mit seinem Selbstverwirklichungszwang unser Leben, um uns dann seine Lobeshymnen auf unsere Halbschwester vorzusingen …“, zischte sie zwischen zwei Gängen.

Nun hatte Manfred seine Unterstützung für Elisabeth bis über seinen Tod hinaus organisiert. Obwohl sie es einerseits als repressive Hilfestellung empfand, war sie andererseits recht dankbar, dass sie von jemand an der Hand genommen und in eine Richtung gedrängt wurde. Hannah und Elisabeth kannten sich eigentlich nicht. Sie waren beide einmal zu der gleichen Konferenz eingeladen gewesen. Dort hatten sie allerdings nicht viel miteinander zu tun gehabt. Elisabeth hatte etwas Angst vor Hannah, da diese so bedacht und klug erschien. Außerdem hatte Elisabeth den Eindruck, dass diese viel mutiger sei, als sie selbst es war. Ihr wurden von verschiedenen Seiten etliche Situationen geschildert, in denen Hannah bei den Koryphäen der Wissenschaft angeeckt war. Auch Manfred hatte ihr amüsiert und zugleich beeindruckt ein Zusammentreffen mit Hannah geschildert.

„Schau, Elisabeth, das ist das Hemd, das ich an dem Abend getragen habe. Der Rotwein, den sie mir ins Gesicht geschüttet hat, ist nicht herauszubekommen. Diese Hannah, die hat Schneid! Warum bist du eigentlich so angepasst?“, hatte Manfred sie gefragt, während er ihr das mit Rotwein besudelte Hemd unter die Nase gehalten hatte.

Damit hatte er einen wunden Punkt bei ihr getroffen. Einerseits war Elisabeth nicht angepasst genug, um als lustlose Pflichterfüllerin den richtigen Leuten zu dienen. Andererseits war sie nicht rebellisch genug, um sich über diesen Weg ihre Karriere zu pflastern. Denn ihr war durchaus bewusst, dass in der Pose revolutionärer Potenz genügend Geld und Anerkennung steckten. Sie war allerdings durch ihre Zerrissenheit profillos. Gleichzeitig nervten sie Menschen wie Manfred, die meinten, sie hätten den Standpunkt echter Kritik gefunden, und die es sich darin gemütlich machten. Darüber hinaus sahen sie sich dazu berufen, allen anderen Menschen das Gefühl geben zu müssen, ihre ethische Bürger_innenpflicht zu versäumen, wenn sie nicht dieselbe politische Klarheit und Stoßkraft besaßen.

So hatte sie Manfred etwas müde entgegnet: „Manfred, ich finde es nun einmal schwierig, mich in einer hochkomplexen Welt wie der unsrigen als Widerständlerin aufzuführen. Ja, mein Perpetuum Mobile der Kritik kannst du angesichts sozialer Missstände als unpolitisch bezeichnen. Aber in meiner widersprüchlichen Art und Weise beziehe ich durchaus Stellung."

Nach Manfreds Tod hatte Dr. Hans-Paul Fuchs Elisabeth gefragt, ob es für sie in Ordnung wäre, wenn Hannah mit ihr in Kontakt treten würde. Für Elisabeth war das mehr als in Ordnung gewesen, denn sie empfand es als Ehre, wenn Hannah mit ihr arbeiten und leben wollte.

Eines Morgens hatte Hannah dann tatsächlich bei Elisabeth in New York angerufen.

„Hallo Elisabeth, mein Name ist Hannah Wolmut. Ich habe deine Telefonnummer von Herrn Fuchs bekommen und ich würde es schön finden, wenn du an unser Freies Institut kämst", hatte Hannah als Eröffnung gesagt.

„Ach, das ist toll! Ich habe so gehofft, dass dich die Empfehlung von Manfred nicht so sehr abschreckt", hatte Elisabeth atemlos hervorgepresst.

„Na ja, obwohl ich deinen alten Herren nicht besonders leiden konnte, sind wir doch noch ein wenig von der Sippenhaft entfernt. Selbst wenn wir uns nicht verstehen, kann dies nur zu produktiven Widersprüchen in unserer Gruppe führen. Denn allzu große Homogenität führt sehr leicht zu Langeweile. Und damit reproduzieren wir das, was wir mit unserem Institut an der Akademie kritisieren möchten. Damit würdest du quasi als Stachel im eigenen Fleisch in Form des Sprösslings unseres nicht allzu verehrten Gönners in unseren Institutsalltag integriert werden. Und falls du dich als die höhere Tochter entpuppen solltest, die ich erwarte, dann kannst du eventuell für die anschlussfähige Kommunikation unseres Instituts nach außen sorgen. Auch habe ich einige von deinen – zugegebenermaßen für mich kryptischen – Texten gelesen. Grundsätzlich sehe ich erst einmal kein Problem für ein Zusammenleben und -arbeiten“, hatte Hannah klargemacht.

Elisabeth hatte schlucken müssen. Eine derartig beeindruckend harte Ehrlichkeit und Offenheit war ihr lange nicht begegnet. Obwohl sie Menschen, die ihr Herz auf der Zunge trugen, grundsätzlich schätzte, hatte sie es in diesem Moment nicht ertragen können. Sie vermisste Manfred und sie war traurig, dass sie nicht mehr in der Lage waren, ihre Beziehung weiter zu intensivieren, falls dies mit ihm überhaupt möglich gewesen wäre. Gleichzeitig hatte sie es Hannah nicht wirklich verübeln können, dass diese nicht in den höchsten Tönen von ihm sprach, denn sie wusste, wie sie Manfred bei ihren ersten Zusammentreffen empfunden hatte. Er war als gönnerhafter Macho aufgetreten und hatte ihr gegenüber schlüpfrige Bemerkungen gemacht. Sie war damals schockiert gewesen, dass das ihr Erzeuger sein sollte.

„Hannah, unter normalen Umständen schätze ich Menschen, die sagen, was sie denken. Ich weiß, dass Manfred durchaus sehr unangenehm sein konnte. Gerade ist mir das allerdings etwas zu hart. Ich bin sehr traurig über Manfreds Tod, denn er hatte durchaus auch seine liebenswerten Seiten“, hatte Elisabeth geschluchzt.

„Elisabeth, es tut mir leid. Ich wollte dich nicht verletzen. Ich muss gestehen, dass ich etwas Angst vor unserem Gespräch hatte. Denn Mewald hat es doch geschafft, mich auf die Palme zu bringen. Mir ist schon klar, dass er auch seine guten Seiten gehabt haben muss."

„Nein, es ist schon in Ordnung."

„Puh, da habe ich ja gleich einen schönen Start hingelegt. Möchtest du trotzdem noch zu uns kommen? Im Prinzip kann es jetzt nur noch besser werden", hatte Hannah dann gestammelt und Elisabeth hatte geantwortet: „Selbstverständlich möchte ich immer noch kommen. So schnell kann man mich nicht abschrecken."

III. Abreisen / Your Way

„*Madame? Votre billet s'il vous plaît.*" Sie muss kurz eingenickt sein. Der Nacken etwas steif und ein Speichelfaden im rechten Mundwinkel. Das Bahnticket aus der Tasche ziehen. Die Schaffnerin wartet. Lächelt unverbindlich freundlich. *Voilà.* Sie müssen bereits an Lyon vorbei sein. Die Sitzreihe neben ihr ist vorhin noch leer gewesen. Jetzt sitzt ein Monsieur mit aufgeklapptem Laptop am Fensterplatz. Mitte vierzig, Anfang fünfzig. Grau meliert. Die Hemdsärmel offen. Das Sakko auf dem Sitz neben sich. Er arbeitet. Wahrscheinlich. Sie sollte auch. Vielleicht die Bibliografie durchgehen, die sie erstellt hat im Laufe der letzten Wochen. Überprüfen, welche Titel es in Wien gibt und welche sie wird bestellen müssen. Wien. Wie weit entfernt das liegt. Von hier aus gesehen. Von ihrem Fensterplatz aus. Gerade noch ist Marseille ihr zu Füßen gelegen. An ihr vorbeigeglitten. Und jetzt. Auf dem Weg nach Wien. Erst *Strasbourg*, dann München. Dann Wien. Vor zwei Jahren ist sie das letzte Mal in Wien gewesen. Diese Jahrestagung an der Österreichischen Akademie der Wissenschaften. Migrations- und Integrationsforschung. Aus Montreal ist sie damals angereist und es hat einige Schwierigkeiten gegeben bei der Rückerstattung der Reisekosten. Die Tagung. Die Panels und Vorträge. Karin ist auch dort gewesen und hat zum hundertsten Mal einen Auszug aus ihrer Habil präsentiert. Als wäre das der neueste Stand ihrer Forschung. Damals hat sie nicht so viel gesehen von Wien. Die Tagungsräume in der Akademie. Die Abendessen in den umliegenden Lokalen. Einzwei Spaziergänge durch den ersten Bezirk hat sie unternommen. Auf eigene Faust einen Kaffee im Prückel getrunken. Das ist es dann auch schon gewesen. Doch dieses Mal. Dieses Mal wird sie sich tatsächlich aufhalten in Wien. Leben und arbeiten in Wien. Karin, die es nicht hat glauben wollen, dass sie, Jeanette, direkt von Marseille nach Wien reisen werde. So kurzfristig. So ins Blaue hinein. Was das überhaupt für ein Institut sei? Von dem habe sie noch nie etwas gehört. Eine schöne Gelegenheit, in Ruhe an ihrer Habil zu arbeiten, sei das, hat Jeanette entgegnet. Und ob sich Karin nicht an Hannah erinnern könne. Hannah Wolmut, die bei ihnen in Paderborn am PoWi-Institut gesessen habe. Die Konferenz, die sie gemeinsam mit der Politikwissenschaft ausgerichtet hätten. Und Hannah, bei der man sofort gemerkt habe, dass sie in Wien studiert, in Wien promoviert habe. Ihr Sprachduktus, ihre Vortragsweise. Der Vortrag sei interessant gewesen, habe zu einer breiten und grundsätzlichen Diskussion geführt. Einige Zeit her sei das schon. Aber Hannah habe eben dieses Institut gegründet. Es sei neu, aber hochkarätig besetzt. Drei Jahre Zeit, um den Theorieteil fertigzustellen, das Forschungsdesign auszuarbeiten, vielleicht schon mit den ersten Untersuchungen und Auswertungen zu beginnen. Sie wäre dann noch nicht vierzig. Und hätte reale Chancen, ihre Habil noch vor vierzig abzuschließen. Wie Karin das Gesicht verzogen hat. Wie sie, wie Jeanette, meine. Jeanette bringe ja ohnehin alles immer so schön auf die Reihe. Und nach Paderborn müsse sie ja nicht mehr unbedingt zurück. In Wien ergebe sich bestimmt etwas. Wenn an diesem Institut so hochkarätige Leute säßen. Eigentlich hat Karin sie gekündigt. Indirekt. Implizit. Die Sache mit der Habil vor vierzig, die hat getroffen. Die hat Karin getroffen. Karin, die weiß, dass es für sie nicht mehr weitergeht. Dass ihr nichts anderes, nichts Besseres mehr übrig bleibt, als ihren Lehrstuhl zu halten. Aber schlecht ist das nicht. Nur eben der Endpunkt dieser Karriere, der Punkt, von dem aus es nur noch abwärts gehen kann. Deshalb gilt es, sich so lange wie möglich an diesem Punkt zu halten. „Freies Institut". Was für ein Name. Marie hat sofort gefragt, was der Name bedeute. „Frei". „Frei" wovon? Sie hat nicht so recht gewusst, was antworten. Zugeben, dass sie es nicht so genau wisse, nicht so genau verstanden habe, was Hannah in der kurzen Mail gemeint haben könnte, wollte sie nicht. Das Freie Institut sei eben ein von der Wiener Universität unabhängiges Institut. Über Drittmittelförderung. Institutionell nicht eingebunden in den Uni-Betrieb. Ein außeruniversitäres Forschungsinstitut. Davon gebe es in Deutschland und Österreich einige. Über Stiftungen oder Fonds finanziert. Das sei nicht wie in Frankreich, wo es die großen nationalen Forschungseinrichtungen gebe. Wie Marie die Augenbraue hinaufgezogen hat bei diesen Ausführungen. Dann geschmunzelt.

„*Alors, toi* – du wirst also an einem Freien Institut arbeiten, von dem du nicht so genau weißt, wie es finanziert wird und wie die Arbeitsbedingungen dort sind?“ Jedenfalls sei ihr Aufenthalt dort durchfinanziert. Ganze drei Jahre lang. „Na dann ...“ Dass Hannah sie explizit aufgefordert hat, auch andere Forscherinnen und Forscher zu nennen, die sie, Jeanette, gerne an diesem Institut sehen würde, davon hat sie Marie nichts erzählt. Damals nicht. Später ... Dieses Damals ist gerade zwei Monate alt. Vor zwei Monaten ist diese Mail von Hannah gekommen. Kurz und knapp. Dass sie sich von Paderborn her kennen. Dass sie dieses Freie Institut gründen werde. Dass sie Jeanettes Arbeiten verfolgt habe. Dass ihr besonders die Studie über die Perspektivierung von Bildungs- und Berufszielen von Einwanderinnen der zweiten Generation gefallen habe. Dass diese Studie ein wichtiger Beitrag zur Durchbrechung der Illusion der Chancengleichheit sei. Und ob Jeanette nicht Zeit und Lust habe, ans Freie Institut zu kommen. Ein paar Sätze noch zu den Rahmenbedingungen. Dass der Aufenthalt zur Gänze finanziert sei, dass es die notwendige Infrastruktur gebe, dass diese und jene auch ans Institut kommen. Und dann dieser kryptische Satz darüber, worum es beim Freien Institut gehe. Dass die eingefleischten Vorstellungen und Voraussetzungen akademischer Forschungsbetriebsamkeit außer Kraft gesetzt werden sollen. Dass alle Institutsmitglieder frei wären, frei zu tun, was sie wollen, frei, sich ihren Forschungsgegenständen zu widmen, frei, gemeinsam neue Forschungsmethoden und -gegenstände zu entwickeln, frei auch, das zu lesen, zu untersuchen, wofür sie im alltäglichen Betrieb keine Zeit hätten. Schließlich würde Hannah sich freuen, wenn Jeanette zusagen würde. Und seltsam, wie schnell sie sich entschlossen hat, zuzusagen. Zwei Tage später hat sie Hannah geschrieben, dass sie kommen werde. Dass sie momentan noch am EHSS sei, dass in zwei Monaten aber ihr Aufenthalt in Frankreich beendet sein werde. Und sie sich auch freue, am Freien Institut arbeiten zu können.

Ins Blaue hinein. Wie Karin das genannt hat. Sie fährt nun tatsächlich ins Blaue hinein. Mit vierhundert Stundenkilometern. An diesem frühen Nachmittag. Ins Blaue, durchzogen von ein paar Wolken. Freundlichen Wolken. Schäfchenweiß. Zum Träumen einladend. Der Monsieur in der Sitzreihe neben ihr ist eingenickt. Der auf die Brust gesunkene Kopf wippt leicht im Rhythmus der Bahn. Der Laptop noch aufgeklappt. Ein Nickerchen. Während der Arbeit. Die heißen Wochen in Marseille. Sehr früh ins Büro. Die lange Mittagspause. Am Abend der *Apéro*, im alten Hafen oder bei Anne auf der Terrasse. Das eine oder andere Mal mit Marie ans Meer. Der Felsenstrand in der Stadt. Eine Flasche Rosé. Baguette. Käse. Oliven. Beim ersten Mal die aufgeschlitzten Fußsohlen. Beim zweiten Mal dann die Plastikschuhe. Sommerliche Leichtfertigkeit. Der Arbeit gegenüber. Der großzügige, ja verschwenderische Umgang mit der Zeit. Im Schatten beim Essen. Auf den Terrassen am Abend. Pastis. Rosé. Am Meer. Rosé. Die ausufernden Gespräche, die Gesprächsweisen. *À la vie. À la mort.* Eine gewisse Anziehung hat das schon gehabt. Auf sie. Auch auf sie. In Marseille leben. Unter Umständen. Vielleicht unter diesen Umständen. Aber arbeiten. Niemals. In dieser Stadt lässt es sich nicht arbeiten. Egal, was Marie dazu sagt. Gesagt hat. An einem dieser Sommerabende das Gespräch über Arbeit, über Arbeiten. Auf der Terrasse mit dem Blick über den alten Hafen. Mit Blick auf die Kathedrale, zur riesigen goldenen Marienstatue auf dem Turm. Sie haben heftig diskutiert. Sogar gestritten. Marie und sie.

Marie, die gefragt hat, ob das, was sie so in ihrem Leben schon gemacht habe, denn in ihren, in Jeanettes Augen, keine Arbeit gewesen sei. Keine richtige Arbeit. Keine ernsthafte. Keine einer Akademikerin würdige. Ob sie wirklich behaupten wolle, dass sie, Marie, den Großteil ihres Lebens damit verbracht habe, Zeit zu vergeuden. Zu verschwenden. Dass sie es einfach nicht ernst genug gemeint habe in dieser Zeit. Dass sie nicht richtig und also konsequent ihre Ziele abgesteckt und dann verfolgt habe. Ob es das sei, was sie, Jeanette, sagen wolle, damit sagen wolle. Damit – das sind Jeanettes Erzählungen aus ihrem Leben gewesen. Beispielgebend. Sie hat sich selbst als ein Beispiel für die konsequente Arbeit am eigenen Lebenslauf herangezogen. Hat Marie vom Umzug von Wien nach Köln erzählt. Vom Schulwechsel. Davon, dass schon nach einem Jahr in Köln niemand mehr gehört hat, dass sie aus Österreich komme. Vom Abitur. Den Leistungskursen an der Uni. Dem glücklichen Zufall, unmittelbar nach der Promotion die Stelle in Paderborn zu bekommen. „Zufall" hat sie Marie gegenüber bestimmt nicht gesagt. Eher, dass sie aufgrund ihrer raschen und ausgezeichneten Promotion für die damals gerade ausgeschriebene Stelle besonders geeignet war. Dass sie eben ihr Ziel verfolgt habe und deshalb darauf vorbereitet war, zum richtigen Zeitpunkt am richtigen Ort zu sein. Sich nicht aufgehalten habe mit anderen Dingen, mit Nebensächlichkeiten oder anderen Möglichkeiten. Genau an dieser Stelle hat Marie sie unterbrochen. Und ihre Fragen gestellt. Herausfordernd. Bohrend. Jeanette hat darauf nur geantwortet, dass das doch nichts mit ihr zu tun habe. Mit ihr. Marie. Mit ihr. Jeanette.

Wie wenig sie die Geschwindigkeit spürt, hier, auf ihrem Sitzplatz, in diesem Abteil. Dieser Zug rast mit über 400

Stundenkilometern gen Norden und sie, hier, auf ihrem Platz, gleitet ruhig durch die Landschaft. Eigentlich ist es die Landschaft, die ruhig an ihr vorbeigleitet. Nur an den dem Fenster nächstgelegenen Pfosten und Strommasten lässt sich die Geschwindigkeit ablesen. Die Pfosten und Masten, sie schlagen mit hoher Frequenz in ihr Blickfeld ein. Die Wiesen, Felder, Siedlungen und Hügel dahinter breiten sich aus, ziehen gemächlich vorüber. Ausschweifungen. Die gemächlichen Ausschweifungen ihrer Blicke, die die Landschaft bewegen. Alle sind sie unbewegt, die Landschaft vor dem Fenster, sie in ihrem Abteil, unbewegt in Ordnung. Unbewegt in ihrer jeweiligen Ordnung. Nur die Fensterscheibe und die Schienen, die lassen sie aneinander vorüberziehen, die führen sie einander zu, aneinander vorbei. Sie drückt ihre Nase an die Fensterscheibe. Stellt sich vor, dass sie den in ihr Blickfeld preschenden Pfosten und Masten ausweichen muss. Versucht, immer rechtzeitig den Kopf leicht zurückzuziehen. Im Takt. Im Takt der einschlagenden Pfosten und Strommasten. Obwohl sie einander nicht berühren. Nicht berühren können. Die Nase. Die Pfosten und Masten. Wann hat sie zum letzten Mal ihre Nase an einer Scheibe platt gedrückt. Als Kind wahrscheinlich. Im Auto ihrer Eltern. Von Köln aus an die Mosel fahren. Ausflugsschiffe. Die Ungeduld, aus dem Auto zu steigen und in die Weinhügel zu laufen. Oder aufs Schiff zu kommen. Dass sie während ihrer Studienzeit für den alten Kranz gearbeitet hat, unentgeltlich die Tutorien abgehalten, die Prüfungen und Hausarbeiten korrigiert, das hat sie Marie nicht erzählt. An diesem Sommerabend auf der Terrasse mit Blick über den alten Hafen nicht. Vorher nicht. Nachher nicht. Der alte Kranz, Institutsvorstand und kurz vor der Emeritierung, der hat einfach keine Lust gehabt, das Geld für seine Tutorien zu beantragen. Der hat gewusst, dass sich immer Leute finden werden, die. In so knappen Zeiten wie diesen, so knapp mit Doktoratsstellen, mit Assistenzstellen. „Es wird sich schon lohnen für Sie", hat er immer gesagt. Und sie, sie hat das ihren Eltern weitergegeben. „Es wird sich schon lohnen für mich." Ihre Eltern, die partout nicht einsehen wollten, dass sie, dass ihre Jeanette, gratis arbeite. Zehnelf Stunden in der Woche sind es ungefähr gewesen, die sie für die Arbeit für Professor Kranz hat aufbringen müssen. In Prüfungszeiten mehr, in den Ferien weniger. Ihre Eltern, die ihr zugesetzt haben. Dass sie das nicht mit sich machen lassen solle. Dass Arbeit immer bezahlt gehöre. Ihre Eltern, was haben die schon davon verstanden. Was verstehen die schon. Ihr verstaubtes Proletarierethos. Immerhin hat sie, Jeanette, dann sofort ihre Doktoratsstelle bekommen. Hat sich promovieren können, während viele der anderen warten mussten. Sich mit Nebenjobs über Wasser halten. Einige haben sich mit diesen Nebenjobs von ihrem Dissertationsvorhaben abgebracht. Sind abgezweigt in andere Berufe, sind von der Uni in andere Berufszweige gewechselt. Und Marie. Die ist zu dieser Zeit, als Jeanette studiert und für den alten Kranz gearbeitet hat, in Drancy gewesen. Gedenkdienst. Die kleine Gedenkstätte und das Institut. Archiv-Arbeiten, die Marie erledigt hat. Wochenlang ist sie die Listen durchgegangen und hat Namen, Nummern, Transportwege verzeichnet, aufgearbeitet. Mit anderen Gedenkstätten und Instituten in Europa korrespondiert. Die Namen verglichen. Die wenigen Besucher. Marie hat sie zum Denkmal und durch die kleine Ausstellung geführt. Dann der Bruch mit dem Institutsleiter. Er hat gehört, wie Marie den Besuchern erzählt hat, dass auch Frankreich noch sehr viel aufzuarbeiten habe. Vichy. Die Kollaboration. Nicht ganz Frankreich sei damals bei der *Résistance* gewesen, wie gerne vorausgesetzt, manchmal sogar behauptet werde. Wie er, der Institutsleiter, Marie zur Rede gestellt hat. Dass das hier nicht Thema sei. Dass es nicht ihre Aufgabe sei, die Besucher über die Rolle Frankreichs im Zweiten Weltkrieg aufzuklären. Dass sie lediglich das Denkmal und die Ausstellung zu erklären habe. Punkt. Marie hat das nicht eingesehen. Einsehen können. Sie hat fristlos gekündigt. Warum. Warum sie gekündigt habe. Und überhaupt. Warum sie in Drancy gearbeitet habe, zu einem Hungerlohn. Wo sie doch ihren *concours* in Paris vorzubereiten gehabt hätte. Das ist das erste längere Gespräch zwischen ihnen gewesen. Zwischen Marie und Jeanette. Jeanette hat Marie, Marie als eine ihrer neuen Kolleginnen am EHSS, gefragt, wo sie studiert habe. Und Marie hat von ihrem Weg erzählt. Die abgebrochene *classe préparatoire* für die ENS, den geschmissenen *concours*, die Arbeit in Drancy, die Inskription an Paris 8. Die Frage habe sie nicht verstanden. Die Frage, warum sie gekündigt habe. Das sei doch keine Frage. Da gebe es doch keine Frage. *Il n'y a pas de question*. Wenn der Leiter eines Instituts, das sich mit der Aufarbeitung der Deportationen während des Zweiten Weltkrieges befasst, nicht einsehe, dass seine Arbeit mit der Gegenwart in Frankreich und den darin noch immer herrschenden Vorstellungen, Erzählungen, Dispositionen zu tun habe, dann. Dann habe sie, Marie, dort nichts zu suchen. Ganz einfach.

Sie hält ihre Nase an die Scheibe gedrückt. Versucht, die ins Blickfeld preschenden Pfosten und Strommasten auszublenden. Versenkt ihren Blick in die ruhig vorüberziehende Landschaft. Hügel. Waldsaum. Flussbett. Ein Telefon läutet. Irgendwo in den Sitzreihen vor ihr. Der Klingelton irgendein Gassenhauer. Jeanette erkennt die Melodie nicht sofort. Weiß nur, dass es eine sehr bekannte Melodie ist.

Europaweit. International. Die *Internationale* ist es, die da von einem Telefon, wahrscheinlich von einem iPhone, gespielt wird. Lächerlich. Eine Farce. Der smarte Linke sitzt im TGV und ist auf die *Internationale* als Klingelton seines sündteuren Smartphones konditioniert. Gleich wird er abheben. Hoffentlich. Ein lautes *Oui* bricht die blecherne, klingeltönende *Internationale* ab. Endlich. Sie zieht ihre Nase, ihre Stirn von der Fensterscheibe ab. Lehnt sich zurück. Ein paar Sitzreihen vor ihr das Gemurmel am Telefon. Gedämpft. Das habe doch nichts mit ihr zu tun. Mit ihr, Marie. Hinzufügen wollte sie noch, dass ihr Leben, dass Maries Leben, eben anders verlaufen, dass das eben ihr Weg gewesen sei. Dass sie nicht sagen wollte, dass Maries Leben vor allem Zeitverschwendung gewesen sei. Dazu ist sie aber nicht gekommen. Marie hat sie angesehen. Mit diesem, mit ihrem Blick. Dem Grenz-Blick. Jeanette ist verstummt. In diesen Augen hat es nichts mehr zu sagen gegeben. Für sie. Für Jeanette. Wie sie dann so dagesessen haben. Minutenlang schweigend. Einander gegenüber. Zuerst die Blicke ineinander verkeilt. Verzahnt. Dann den Blick auf die Tischplatte geheftet. Dann die Fluchtversuche. Den Blick heben. Über den alten Hafen segeln lassen. Ins Abendlicht hinein. Flaute jedoch. Der Blick wieder zurück an den Tisch. Ihn verankern. Auf der Tischplatte. In der kleinen Schüssel mit den grünen Oliven. Im Glas mit dem milchig-gelben Pastis. Am Rand der Wasserkaraffe. Ob sie denn irgendwann schon einmal das Gefühl gehabt habe, dass irgendetwas in ihrem Leben mit ihr, mit ihr – Jeanette – zu tun habe. Irgendwann. Einmal. Irgendetwas. In ihrem Leben. Die Frage hat sie unvermittelt getroffen. Ein Giftpfeil. Der Blick, der sich eben am Rand der Wasserkaraffe gehalten hat, bricht. Bricht durch. Stürzt ins Wasser. Geht unter. Läuft auf Grund. Verstärkter Glasboden. Was sie denn schon wisse. Sie habe ja keine Ahnung. Eigentlich sei das der Part von Marie gewesen. Doch diese ist ruhig sitzen geblieben. Hat Jeanette im Auge behalten. Während Jeanette ihr Sätze gezischt hat. Während sie aufgesprungen ist. Und dann. Zum ersten Mal das dringende, das drängende Gefühl, nicht mehr zurück zu können. Zurück an den Tisch. Zurück in ein normales Gespräch. Nicht mehr ausweichen zu können. Kein Ausweichmanöver mehr möglich. Sie ist davongelaufen. An diesem Abend ist Jeanette zum ersten Mal wirklich davongelaufen. Die Stufen hinunter. Aus dem Gebäude hinaus. Am *Quai du Vieux Port* entlang. Hinauf in das *Quartier du Panier*. In ihre Wohnung. Nach diesem Abend hat sie sich einige Tage lang von Marie ferngehalten. Hat sich nicht gemeldet. Hat im Büro nur die Vormittage verbracht. An den Nachmittagen in der Bibliothek oder zu Hause gearbeitet. An den Abenden immer in der Wohnung. Die Fensterläden geschlossen. Die Sommerabende nicht sehen. Nicht riechen. Nicht hören. Die Stimmen von den Gassen, sonnentrunken, pastistrunken, roségefärbt, die haben nichts mit ihr zu tun gehabt. Die sind ihrer Wege gezogen. „Deinen Weg, *ton chemin*, ich bewundere ihn sehr. Lass uns reden. *Il faut que je te parle.*" Nach vierfünf Tagen hat sie Marie die SMS geschrieben. Am Abend. Als die Stimmen von den Gassen durch die Fensterläden hindurch. Als sie sie doch gehört hat, die Stimmen von den Gassen.

Louise zwickte Jeanne in den Bauch und nickte ihr zu, der kecke Ausdruck war einem fragenden Blick gewichen. Schließlich platzte sie mit der Frage heraus, von wem denn der Brief sei und was an seinem Inhalt denn so schockierend sein könne, dass Jeanne sich seit gut einer Stunde nicht von der Veranda bewegt habe. Jeanne antwortete, mit einem leichten Anflug von Genervtheit und etwas ausweichend, dass Hannah eine Einladung ausgesprochen habe, nach Wien zu kommen. Ihre Hände nestelten nervös an dem Brief.

„Wien, für ein paar Tage Lipizzaner schauen, Schnitzel essen und die Zuckergussfassaden der Ringbauten mit Operettensound unterlegt auf sich wirken lassen. Vielleicht ein Besuch im Kunsthistorischen Museum, die alten Meister ansehen, und im Anschluss eine Imperiaaaaltorte. Klingt doch super!"

Das „a" hatte Louise gedehnt und nasal ausgesprochen, das hatte sie von einem Gästepaar aufgeschnappt, mit dem sie sich gut verstanden hatte, vor allem wenn es darum ging, sich über die kulturellen Highlights des jeweiligen Lebensmittelpunktes lustig zu machen.

„Sehr witzig, Louise. Nein, es ist nicht so eine Einladung, zumal du ja weißt, wie viel Hannah auf solche Dinge hält. Es hat sie im Übrigen selbst unter mehr oder weniger verwirrten Umständen aus Paderborn dorthin verschlagen. Die Einladung ist ein Angebot für einen Umzug, mit anderen Worten: eine Einladung, die Zelte hier abzubrechen und drei Jahre lang an einem *Freien Institut* zu leben und zu arbeiten, freie Wissenschaft zu betreiben, ohne disziplinäre Grenzen, ohne thematische Einschränkungen, ohne Erfolgs- oder Profitvorgaben. Ich kann auch wen mitnehmen, wenn ich möchte, und andere Leute sind auch noch dazu eingeladen, aber davon weiß ich nichts Näheres."

Louise scharrte betreten in der Erde unter dem Treppenvorsatz der Veranda herum, kramte nach einer Packung Tabak und drehte sich eine Zigarette. Sie wirkte nachdenklich und ein wenig geknickt. Sie konnte sich noch vage an Hannah erinnern, zumindest daran, dass sie Jeannes enthusiastische Haltung gegenüber Hannah nicht so recht hatte nachvollziehen können. Oder sich vielleicht ein wenig ausgeschlossen gefühlt hatte, in der Zeit, als sie hier in Jeannes und Louises Campinglodge mit zwei Freund_innen Urlaub gemacht hatte. Es passierte selten, dass Jeanne sich zu so viel Nähe zu ihren Gäst_innen hinreißen ließ. Sie hielt sich sonst eher im Hintergrund und Louise schmiss die Show, das ganze Gelabere über sanften Tourismus, die liebevoll zusammengestückelte Platten- und Büchersammlung im gemeinschaftlichen Wohnzimmer der Campinglodge, die Essenszutaten von lokalen Kooperativen und der restliche Kram, den Bobo-Tourist_innen, die einen auf alternativ reisen machten, so hören wollten. Mit ihrem geschäftstüchtigen Witz war Louise bei Hannah nicht durchgedrungen. Sie war ihr unnahbar erschienen und Louise gegenüber sogar ein bisschen arrogant oder zumindest desinteressiert distanziert. Jedenfalls in Louises verschwommener Erinnerung. Sie hatte Jeanne und Hannah einmal abends belauscht, als die beiden in ein Gespräch miteinander vertieft gewesen waren. Es war um die Frage nach der Rolle von Wissenschaft in der Gesellschaft gegangen und sie hatten über die Verschleierung von politischen Zielsetzungen in den Wissenschaften gesprochen. Louise hatte keine Ahnung, wie sie auf das Thema gekommen waren. Jeannes Frust über die Abwesenheit gesellschaftsbezogener Reflexivität in den Naturwissenschaften in Frankreich war in dem Gespräch recht offenkundig geworden. Sie finde es gefährlich, wie das Objektivitätsgetue als Immunisierungsinstrument gegenüber gesellschaftlicher und politischer Verantwortung eingebracht werde. Hannah hatte Jeanne ermutigt, darüber zu schreiben, es gebe einen ganzen Wulst an Literatur, an dem sie anknüpfen könne. „Vergiss es! Das ist schon bei meiner Dissertation schiefgelaufen“, hatte Jeanne geantwortet. Dann hatte sie lange über den folgenreichen Konflikt mit ihrem Doktorvater gesprochen. Louise war irritiert zusammengezuckt, auf diese Geschichte hatte sie jahrelang warten müssen und Hannah wurde sie auf dem Silbertablett präsentiert. Das klang schon ein wenig elitär, diese ganze Diskussion, hatte Louise verächtlich gedacht. Sie fand es immer anstrengend, wenn Menschen, die unendlich viel Zeit und unendlich wenig Sorgen hatten, davon ausgingen, dass jede_r sich mit Politik zu befassen habe, und diesen Anspruch selbst, wenn überhaupt, immer nur in der trauten Mikro-Utopie erfüllen konnten. Im Gespräch hatte Hannah immer wieder angesetzt, Jeanne zu politischem Engagement zu ermutigen.

Und jetzt das, dachte Louise. Jetzt plötzlich, durch diese Fügung – absurd, gewollt oder wieauchimmer – erdreistete sich Hannah doch tatsächlich, ihren elitären Dünkel hinter einem scheinbar freien Angebot zur politischen wissenschaftlichen Arbeit zu verschleiern. Kleine intellektuelle Spielwiese. Witzlos und nicht weiter überraschend. Hatte denn überhaupt irgendwer diese Heuchelei registriert, geschweige denn infrage gestellt? Es würde den Beteiligten schon noch klar werden, worauf das Ganze hinauslaufen würde. Ein kleiner spitzer Finger bohrte sich in ihre Brust, als Louise erneut daran dachte, dass Jeanne jemand nach Wien mitnehmen konnte. In deren Tonfall hatte nichts darauf hingedeutet, dass sie vorhatte, Louise an diesem Experiment teilhaben zu lassen.

Alles, nur keine Abhängigkeiten!

Verpflichtungen, sich selbst, anderen gegenüber, waren immer hinten angereiht. Sie sind dann keine Verpflichtungen mehr, sie werden | zu Themen, die ihn vielleicht interessierten, vielleicht aber auch nicht, | zu Variablen, die, je nach Gemütsverfassung, stattfinden oder eben nicht. | tragikomische Verbindungen totaler und/oder subtotaler Art entstehen.

Sie fragen sich, wie ich es überhaupt geschafft habe, mit Miša in Kontakt zu kommen? | Sie waren nahe aneinander gestanden, als sie mit ein paar Hundert anderen eine Menschenkette ums Parlament gebildet hatten.

Ich glaube, dass es da Stunk geben wird. Denn Elisabeth ist pathologisch verantwortlich und ich kann mir vorstellen, dass Mišas larifari Art ihr richtig auf die Nerven gehen wird. | Das Parlament hatte ein Gesetz auslaufen lassen, ohne sich auf eine Novellierung geeinigt zu haben, und die Leute wollten die Parlamentarier_innen nicht rauslassen, ehe das nicht geregelt war.| Ich kann nur sagen: Warten, warten, warten ...

Weitere soziale Beziehungen: steht in losem Kontakt zu Figuren und Personen aus anderen Welten, | Diese Exotik mag ein Grund für die ursprüngliche Anziehung gewesen sein, | Und dann? Hätte er sich darauf nur nicht eingelassen,| Diese Person besitzt zwar etwas sehr Mysteriöses, aber für den alltäglichen Umgang ist sie eine Zumutung.

Hüsseyin kam aus einer anderen Welt, die für Peter zunächst fremd und exotisch wirkte.| Da ist die Berufsbezeichnung Writer-SLASH-Artist durchaus sozial anerkannt. | Das Selbstherrliche von Hannah und ihrer Clique-Critique hatte Sina angezogen | „Ich betreibe das einzigartige Gender Lab | außerhalb des Komischen Universums,| Nach anfänglicher Sympathie stellte sich dieser allerdings als selbstgefälliger Egomane heraus, der sich sogar selbst als Nebenfigur in einen Roman einarbeitete, an dem er gerade schrieb. | („hardcore autoreferenziell“ hatte Sina das gegenüber Nadina benannt), | Solche Selbstdarsteller konnte er nie leiden. | – halbsatte Ärsche allesamt!

Im Laufe der ersten Wochen zeigte sich aber auch, dass Hüsseyin mit seiner völlig anderen Politisierung | eigentlich seine Professur in der Tasche hätte. Der Preis dafür wäre jedoch | ein selbstgerechtes Versorgungssystem, | systemkonformes Publizieren in englischsprachigen | durch Erbe, Ehemänner oder europäische Kulturinstitutionen gegenfinanzierten | auf diversen Indizes hoch gerankten peer-reviewten Journals zu Themen, die ihn vielleicht interessierten, vielleicht aber auch nicht,

Warum sollte ausgerechnet er mit drei Jahren freien Forschens belohnt werden? Das ist eine durchaus berechtigte und ziemlich gute Frage. | Ich glaube, dass es da Stunk geben wird. | Und dann?

Das ist eine durchaus berechtigte und ziemlich gute Frage. | Warum sollte sie einen äußerst gut bezahlten Job in einer aufregenden Stadt aufgeben, wenn ihre Freundin ihr nicht einmal glaubhaft versichern konnte, dass | der dunkelhaarige Mann mit seinen fast schwarzen Augen | sie genügend ausfüllen werde.

Das ist eine durchaus berechtigte und ziemlich gute Frage.

Miša ist nie richtig erwachsen geworden. Verpflichtungen, sich selbst, anderen gegenüber, waren immer hinten angereiht. Sie sind dann keine Verpflichtungen mehr, sie werden zu Variablen, die, je nach Gemütsverfassung, stattfinden oder eben nicht. Miša ist selbstsüchtig – auf eine sehr eigene Art. Nicht können ist meiner Meinung nach nur eine Ausrede für nicht wollen. Ich habe noch nie eine Person getroffen, die nicht aufstehen kann für etwas, das sie will, das ihr wichtig ist. Das kann mir niemand erzählen. Es gehört einfach zum Leben, sich nicht immer zu drücken. Und ein Maß an Disziplin und Routine gehört auch dazu. Das ist ja nur logisch, du kannst nicht den ganzen Tag im Bett liegen und erwarten, dass es dir dann einfach so von selbst gut geht. Oder jahrelang von einem schlecht bezahlten Scheiß-Job zum nächsten greifen und glauben, du wirst jemals das Gefühl haben, etwas erreicht zu haben. Das Einzige, was Miša mit einer gewissen Regelmäßigkeit betrieben hat, war dann diese Radiosendung. Eine Radiosendung mit völlig unbrauchbaren Inhalten, gesendet über irgendeine freie Frequenz. Das nenn ich mal vergeudete Energie. Aber das geht dann auf einmal – viel Arbeitsaufwand für, wörtlich fürs *Nichts*. Das ist wie SMS schreiben, an *irgendeine* Nummer. Das kann ich nicht verstehen. Wenn Miša nach dem Rückzug zu den Eltern nach Paderborn bei den unzähligen Malen, die S. angerufen hat, einmal abgehoben hätte, hätte das so geklungen:

S.: Wieso hast du mir nicht Bescheid gegeben, dass du zurück nach Deutschland ziehst?

M.: Ich hab nicht gewusst, dass du das wissen wolltest.

S.: Das hast du schon.

M.: Nein.

S.: Okay, dann nicht. Wie geht's dir denn?
M.: Geht so.
S.: Aus dir ist echt nichts herauszukriegen.
M.: Ich muss jetzt los, hab noch einiges zu erledigen.
S.: Ach ja, was denn?
M.: Hab ein neues Projekt, an dem ich arbeite, aber das kann ich dir jetzt nicht erklären. Wir hören uns, ja?

Aber Miša hat eben nicht abgehoben, hat nicht einmal ein SMS geschrieben im ganzen letzten halben Jahr. Und somit hat sich der letzte relevante Bezugsmensch für Miša in Wien in Luft aufgelöst, zu Erinnerungen verwandelt.

Nach so vielen Jahren an einem Ort kein soziales Netz aufgebaut zu haben, das eine in solchen Lebensphasen auffängt – ist das nicht der Inbegriff von traurig? Ich will hier nicht gemein werden, ich fühle mich mit Miša sehr verbunden. Aber wenn so viele Dinge immer wieder so schiefgehen, sollte m* dann nicht etwas grundlegend ändern *wollen*? Miša ist so veränderungsresistent und manipulierbar zugleich. So leicht aus dem Gleichgewicht zu bringen. Ich weiß, wie wichtig meine Meinung für Miša ist. Wenn ich von mir erzähle, von meinen Wünschen, Vorstellungen im Leben, wird das immer bejaht. Dann kommt immer: „Ja, bis zu einem gewissen Grad will ich das eh auch so." Und wenn ich frage: „Und warum machst du es dann nicht auch so?", dann kommt: „Weil ich nicht anders kann. Ich versuch's ja." Dieses ständige Versuchen, das ist kein Zustand. Wenn Miša mir versucht zu erklären, wie es ist, in so einer Haut zu stecken, erweckt das in mir Mitleid. Ich habe dann das Gefühl, helfen zu wollen, und spüre diese Ohnmacht dann auch. Miša helfen zu wollen ist aber eine ganz schlechte Idee, das schießt allerhöchstens ins Gegenteil. Auch das ist etwas, das ich nicht verstehe. Manchmal würde ich Miša gerne einen Arschtritt verpassen. Ich will strampeln und trampeln, ich will husten und prusten und Mišas Haus zusammenpusten. Aber auch das würde wohl wenig helfen.

Einmal waren wir zusammen auf der Donauinsel. Wir haben einfach im Gras gesessen, am Ufer, und haben geschwiegen. Eigentlich haben wir uns heftig auseinandergesetzt, nur nicht miteinander. Ich glaube, wir haben beide irgendwie verstanden. Als wir dann mit der U-Bahn nach Hause gefahren sind, ist uns gegenüber eine Frau gesessen, die eine Semmel mit Ei-Aufstrich gegessen hat. Und obwohl wir die ganze Zeit nichts miteinander gesprochen gehabt haben, waren wir uns in dem Moment so einig wie noch nie: Das war ekelhaft. Nicht nur die Art, *wie* sie gegessen hat, allein die Tatsache, dass es *Ei-Aufstrich* war und dass sie es hier direkt vor unseren Augen getan hat, dass wir haben zusehen müssen, wie diese stinkende gelbe Masse auf allen Seiten gleichzeitig aus der Semmel herausgequollen ist – das hat uns fertiggemacht. Und wir sind, ohne ein Wort zu sagen, gleichzeitig aufgestanden und ans andere Ende des Waggons gegangen. Aber solche Momente des Einverständnisses haben wir selten.

Miša im Zug blätterte weiter zur nächsten freien Seite und schrieb das aktuelle Datum.

[das aktuelle Datum]

Ich führe mit mir selbst Gespräche, ganz allein und nicht laut, sondern ganz leise: in meinem Kopf. Manchmal spinne ich mich in eine Gedankenschlaufe. Ich habe dann das Gefühl, jedes Gespräch schon geführt zu haben.

Darüber, wer im Winter weniger raucht, weil's da kälter ist, oder wer genau deswegen im Winter mehr raucht und im Sommer weniger, weil's da zu heiß ist. Darüber, was sich besser anfühlt, mit oder ohne. Und trotzdem wird von mir erwartet, ständig etwas Neues zu erzählen. Und ich erwarte es auch von den anderen. Am liebsten möchte ich alles, sobald ich es ausgesprochen habe, sofort wieder zurücknehmen.

Ich möchte jeglichen Kontakt zu allen abbrechen. Ich will nicht verantwortlich sein. Nicht dafür, wie du dich fühlst, nicht dafür, wie sie sich fühlt, oder er, oder wer, und nicht für das, was die Leute denken oder eben nicht denken. Denk mir, ich mach einfach eine Radiosendung und niemand weiß davon. Niemand sieht mich, niemand hört mich, niemand muss ich Rechenschaft ablegen. Niemand gefällt's, niemand findet es gut. Ich hab mein erstes Stofftier „Niemand" genannt. Ich hab damals Einladungen für mein Geburtstagsfest geschrieben und bei einem Namen einen Buchstaben verwechselt oder vergessen, ich weiß es nicht mehr. Also hab ich den Namen durchgestrichen und als ich dann nicht mehr gewusst habe, was ich mit der Einladung machen soll, sie aber auch nicht hab verschwenden wollen, hab ich kurzerhand „Niemand" darauf geschrieben. Kurz davor hatte ich von meiner Tante schon ein Stofftier geschenkt bekommen (es war ein Eichhörnchen in einer Latzhose), also habe ich beschlossen, es „Niemand" zu nennen und es zur Party einzuladen. Ich mochte „Niemand". Es hatte Klettverschlusshände und hat Körperteile/Tiere/Pflanzen/Dinge umarmen können.

In meiner Sendung hab ich immer einfach alles sagen können. Was mir grad in den Kopf gekommen ist, was ich mir vorher ausgedacht habe, was ich beobachtet hab. Ich hab sie trotzdem nicht abstellen können, die

Anderen. Ich hab jede Sendung aufgezeichnet, sie mir immer und immer wieder angehört und mir Leute und das, was die wohl dazu sagen oder denken würden, vorgestellt: S., meine Mutter, meine Geschwister oder ehemalige Professor*innen. Die kritischen Stimmen. Und das hat sicher auch meine Inhalte geprägt.

Und dann das: Sie hat mich an der Stimme erkannt. Sie hat mich tatsächlich an der Stimme erkannt. „Die Radiostimme!", hat sie gesagt, ja fast ausgerufen, obwohl wir schon eine ganze Weile an der Bar nebeneinander gesessen hatten. Dabei bin ich in meiner Zeit in Paderborn vielleicht drei-, viermal in diese Bar gegangen. Und geredet habe ich dort auch nur deshalb, weil ich müde war und einen Kaffee wollte und weil die Kaffeemaschine in der Bar kaputt war und ich mich mit wahrscheinlich übervielen Worten entschuldigt habe, überhaupt Kaffee zu wollen, und mit wahrscheinlich ähnlich vielen Worten erklärt habe, wie okay für mich auch ein Bier ist. Und mitten in den Stress hinein ruft sie neben mir: „Die Radiostimme!".

Das Problem ist: Manchmal verwechsle ich Dinge. Ich glaube dann zum Beispiel, das echte Leben sei das Fernsehen und die Serien, die ich täglich stundenlang schaue, oder die Bücher, die ich lese, seien das echte Leben. Ich gehe im Sommer die Straße entlang und alles erscheint so hell und in Farbe. Ich sitze den ganzen Tag zu Hause und die Handlung im Computer verschmilzt mit meiner Lebenszeit. Manchmal erscheint mir auch das sonst so selbstverständliche Auseinanderdividieren von binären Oppositionspaaren unmöglich. Zum Bespiel:

Ich: Ich hab gesagt, wir müssen bei der Taborstraße links abbiegen.

Du: Du meinst rechts!

Ich: Ach ja.
Du: Wir müssen jetzt also die Nächste rechts abbiegen.
Ich: Du meinst links.
Du: Nein, rechts!

Es verwirrt mich, zu genau über Dinge nachzudenken. Sie werden immer größer und größer, bis sie so unendlich groß sind und sich in so viele verschiedene Richtungen und Möglichkeiten ausbreiten, dass ich irgendwann den Überblick verliere. Es fällt mir schwer, mich auf etwas festzulegen. Zu behaupten, etwas „sei" etwas. Vielleicht ist es das nämlich gar nicht und woher soll ich das wissen? Vielleicht ist es das nicht mehr. Vielleicht ist es schon was ganz anderes. Okay, sagen wir, es ist nicht mehr. Ja, es ist nicht mehr. Sagen wir, es ist nicht mehr Paul Celan oder Ingeborg Bachmann. Es ist etwas ganz anderes. Und doch ist es noch immer. Nur anders. Oh, ich hätte so gerne zuweilen eine Stunde mit ihnen in die Schwere gesenkt.

Vielleicht habe ich den Fehler gemacht, als Kind – oder war ich jugendlich? – zu viele Bücher zu lesen, in der Hoffnung, dadurch die Welt besser verstehen zu können. Dabei ist es nie so, wie es in den Büchern ist. Vielleicht weigere ich mich immer noch, das zu verstehen. Vielleicht komm ich darüber einfach nicht hinweg. In der Literatur ist so viel Platz für Gedanken, genug Platz, um alles zu sagen, was für Verständnis notwendig ist. Das ist im echten Leben nicht so, da muss m* sich diesen Platz erkämpfen. Und wenn m* es nicht gleich oder nicht gut genug oder gar nicht schafft, kommen immer welche, die „helfen" wollen. Ich bin es schon so leid, diese Position zu haben. Als ob das irgendetwas besser machen würde. Es wird sich um mich gesorgt, aber nicht auf meine Art, sondern auf eine, von der angenommen wird, dass sie mir hilft. Ich brauche keine Hilfe, was ich bräuchte, ist Unterstützung, Verständnis, Bestärkung, dass es in Ordnung ist, so zu sein. Ich will schreien: Der Wolf ist tot, der Wolf ist tot, ein Ende hat die große Not.

In mir kocht es, aber ich will es nicht aus mir heraussprudeln lassen, will es geheim halten, beschützen vor den Augen/Ohren/Gedanken anderer. Es soll auch außerhalb von mir sicher sein. Es soll das bleiben können, was es ist. Und wenn es nicht mehr ist, soll es nicht mehr sein. Ich glaube, hinter den Ohren verbirgt sich, was noch keiner gehört. Die Leere soll Leere sein dürfen. Deswegen habe ich die Radiosendung gemacht. Ich habe gedacht, so könnte es sicher sein vor den Anderen, aber sie hat mich trotzdem gehört. Diese Hannah.

Wir haben nicht den ganzen Abend miteinander verbracht, vielleicht ein paar Stunden. Irgendwann hat sie mich nach meiner Telefonnummer gefragt, und ich hab sie ihr gegeben. So einfach. Einfach so.

Und sie hat mich angerufen und mich an ein Freies Institut eingeladen. Aber ich trau mich fast nicht, wirklich an dieses Freie Institut zu glauben. Ganz abgesehen davon, dass ich mir das auch nicht wirklich zutraue. Ich kenn ja den Wissenschaftsbetrieb, zumindest ein bisschen, und diese Einladung, das ganze Projekt, das klingt echt alles so, als hätte sich das wer bei „Verstehen Sie Spaß?“ ausgedacht. Haha, voll reingefallen. „Und du hast wirklich gedacht, du könntest einfach drei Jahre lang forschen, was du willst, Projekte machen, ohne Ziel und Grund, und dafür auch noch viel Geld bekommen?! Du glaubst, das kann im Leben echt passieren? Ich hab selten so gelacht! Die längste Zeit kriegst du einfach nichts auf die Reihe, weißt nicht, was du willst, und dann wirst du dafür auch noch belohnt? Genau. Zu viel ferngesehen, gell?“ Und das läuft dann im Fernsehen unter dem Titel „Die naivsten Menschen Europas" oder so.

Oder ich hab jetzt tatsächlich die Möglichkeit, selbst zu bestimmen, was und vor allem wie ich Ideen verwirkliche, und dafür auch noch bezahlt zu werden. Der Gedanke an die anderen Leute dort macht mich nervös. Aber die Möglichkeit mitzumachen heißt auch die Möglichkeit zu haben, zu gehen, wenn es nicht passt. Ich kann mir schon vorstellen, in so einem Kollektiv zu arbeiten. Kommt echt auf die Leute an. Zumindest Hannah scheint meine Ideen ja zu schätzen. Ich muss nur aufpassen, muss darauf achten, was ich will, wie ich es will, darf nicht komplett in der Gruppe auf- bzw. untergehen. Darf nicht anfangen, etwas für irgendwen leisten zu wollen, aber auch nicht nur auf mich achten. Das Maß halten. Das wird mir schwerfallen. Weil ich ja gar keine Ahnung hab, was da von mir erwartet wird, und auch keine Ahnung, was ich mir selbst erwarten soll.

Ich stelle mir vor, ich komme dort an: ein Schloss. Die ersten Begegnungen. Lauter wichtige Leute. Alle kennen sich total gut und total gut aus, wollen mit mir über Dinge reden, zu denen ich dann eine Meinung haben soll. Zu denen ich dann auch eine Meinung haben werde, ich werde total eloquent und intelligent sein. Nein, ich werde etwas sagen, mir unsicher sein, dann noch etwas hinterhernuscheln und mein Gegenüber wird das entweder überspielen oder „Was?" fragen und dann werde ich es überspielen. Ach.

Miša nahm das zu Beginn der Zugfahrt fertig gelesene Buch noch einmal zur Hand und fing von vorn an: „Eines Tages, als die Runkel im Kinderwagen über die Straße geführt wurde, überkam sie eine solche Verzweiflung über ihr elendes Leben, daß sie nichts anderes wünschte, als ein schwerer Lastwagen, ein Viehwagen, eine Tausend-Kilo-Walze oder eine vierfache Straßenbahn möge über ihren fürchterlichen Körper fahren und ihn zermalmen."

Die Gelegenheitsdiebin

Da der Taxifahrer raucht, zündet sich auch Nadina eine Zigarette an und schaut auf die Stadt vor ihrem Fenster. Sina streckt ihre lädierte Hand in den Fahrtwind. Der bamstige Ringfinger biegt sich ein wenig nach hinten. An der Kreuzung auf Höhe des Olympiabads halten sie an der Ampel, Straßenhunde springen ans Auto heran und Sina zieht ihre Hand schnell wieder zurück. Dabei denkt sie an die Kanten der Greiflöcher ihrer bereits gepackten Bananenschachteln – ja, Bananenschachteln, hier wie dort das Grundnahrungsmittel für Übersiedelnde – und ihr fällt ein, dass sie die Packanweisung ihres Großvaters „halb Buch, halb Tuch" wieder einmal nicht befolgt hat. Sina wird nach Wien ziehen. Bald. Das ist mit Hannahs Mail klar geworden. Next exit: das Freie Institut. Aber wie, bitte, soll sie mit diesem Finger siedeln? Das Gelenk und die Fingerkuppe sind mittlerweile zartviolett verfärbt.

„Nobody knows the trouble I have seen", summt Nadina.

Der Finger braucht dringend Eis.

„Glory, glory, *Jebi ga*!"

Sina lächelt, als sie am früheren Café Tito vorbeirollen.

Hannahs Mail war die Gelegenheit, die Sina wieder einmal hatte erwarten können, ohne wirklich nervös zu werden. Es war klar, dass ihr Arbeitsvertrag an der Universität in Sarajevo mit Herbst auslaufen und nicht mehr verlängert werden würde. Fünf Jahre Anstellung waren das Maximum und das hatte sie nun ausgeschöpft. Sie musste weiter, denn ein Zurück gab es nicht wirklich für sie. Den Schwarzwald, wo ihre Mutter wohnte, hasste sie. Die alten Freund_innen buchten mittlerweile jährliche Tauchurlaube auf Bali und hielten nur mehr wenig von Reisen im Kleinbus nach Odessa. Bei der letzten Hochzeit, zu der sie eingeladen gewesen war, war sie die einzige Frau gewesen, die kein Kleid oder einen Rock getragen hatte und eine der Wenigen, die ohne Großraumwagen und Kind angereist und bis zum Ende der Party geblieben waren. Vor ihrer Zeit in Sarajevo hatte es Sina nirgends länger als zwei Jahre gehalten. Frankfurt, Leipzig, Paderborn, Paris, Lyon, Brüssel, Leipzig, Amsterdam. *International Human Rights* an der Pariser „Sciences Po“ forderte flexible Studierende, es wurde ja auch flexibel gebildet. Wirtschaft, Recht, Wirtschaftsrecht, Kunstgeschichte, Philosophie, Politikwissenschaft, Soziologie, Komparatistik, Biologie, Mathematik, Physik. Fast wie in der Schule. Aus Sinas Studienjahrgang waren alle bis auf Anna und sie mittlerweile in Brüssel oder bei irgendeiner Zeitung gelandet. Philippe war beim „Stern“, okay, und Steff gar bei der „taz“. Aber Sina wollte nicht so recht, wollte gar nichts so recht. Und das Angebot für das Lektorat an der Uni in Sarajevo war dann eine Gelegenheit gewesen, die sie annehmbar gefunden hatte. Und nun wartete die nächste. Sie hätte eine Pause brauchen können, bevor sie entschied, was sie danach machen sollte. Ihr war auch vorgeschwebt, sich einmal für ein paar Wochen in ein Schweigekloster zu setzen, um klarer zu sehen, was vorauslag. Hinter ihr lag jedenfalls kein Wohin. Sina wollte aber kein Vakuum entstehen lassen, wenn große Entscheidungen anstanden. Hannahs Mail kam also zur rechten Zeit, es war die Gelegenheit, und Gelegenheiten machte Sina stets zur Diebin. Als sie Hannahs Mail gelesen hatte, hatte sie die meisten von Hannahs Fragen überlesen. Sie hatte nur das Angebot wahrgenommen, die Möglichkeit für ein Weiter. Und sie hatte nur verstanden, dass sie etwas würde tun können, worauf sie sich freuen konnte. Frei verfügbares Budget für jede Menge Projekte mit spannenden Leuten, ohne Antragsschreiberei. Konkreter brauchte sie es nicht. Und in Wien war sie bereits öfter mal gewesen, hatte Wochen in Wiener Altbauten verbracht, Leute aus ihrer Welt getroffen und dann nie wirklich wieder von dort wegwollen, als es Zeit dazu gewesen war. Wien machte ihr ein heimeliges Gefühl. Was Wissenschaft war und sein konnte, das ahnte sie, und freie Wissenschaft? Die Euphorie des Pioniergeists war ihr bekannt. Gruppendynamiken kannte sie auch. Und die Wissenschaftskommune, von der Hannah ihr da vorgeschwärmt hatte, hatte sich ihr angeboten. Wer würde denn da nicht zu wünschen beginnen? Insgeheim hätte Sina das Freie Institut gerne in Sarajevo gehabt. Nicht vorrangig deshalb, weil es in dieser Stadt zu viele Leute gab, die nie wirklich eine Chance bekommen hatten, sondern mehr, weil sie ahnte, dass ihr diesmal der Abschied schwerer fallen würde als bei ihren vorigen Ortswechseln.

In Sarajevo hatte Sina nichts und niemanden vermisst. Und bis auf ihre Mutter und über ganz Deutschland verteilt lebende Freund_innen, die sie als Abwesende schon akzeptiert hatten, vermisste nichts und niemand sie. Das war ein guter Zustand. Das, was da war, gefiel ihr. Was nicht da war? Die Dissertation hatte sie nie begonnen und ein Standbein bei irgendeiner anstellungsversprechenden Institution war ihr auch nie gewachsen, aber sie sah das nicht als Defizit. Wenn sie Bilanz zog, stand sie in puncto Konto, Kerl und Karriere, ihren drei Selbstbefragungs-Ks, bei null. Sie fand das beruhigend. Das Kinder-K musste auch noch nicht gefüttert werden, sie war erst 31. Sina bezog ein gesichertes Gehalt aus Deutschland, sie war versichert und ihr Nervenkostüm hatte es sich in dieser Situation gemütlich gemacht. Im Herbst würde ihr Vertrag auslaufen, ohne dass es ein Folgeprojekt für sie gab. Blöd. Doch Sinas Planungen wurden rollend adaptiert und hatten sich nun mit Hannahs Mail manifestiert. Der Schnäppchenjägerin in großem Stil war Hannahs Freies Institut vor die Füße gefallen. Sina vermutete nicht ganz falsch, dass Hannah sie weniger wegen ihrer wissenschaftlichen Expertise eingeladen hatte, sondern mehr wegen ihrem „Drive", wie Hannah das nannte. „Sina, ich hab Angst, dass das zu verkopft wird hier. Asymmetrische Kräfteverhältnisse sind am Werk, Sina, verstehst du? Ich brauch dich", vermeinte Hannah beim letzten Skype-Date Sina zu überzeugen. Dabei war das wieder mal ein Satz Hannahs, den Sina im Gespräch aktiv überhören musste, diesmal aber mehr, weil Sina ihn als eine Beleidigung empfunden hätte, die Hannah so sicher nicht hatte aussprechen wollen. Als wäre all das, was Sina bisher gemacht hatte, eine einzige Kopflosigkeit gewesen. Aber davon wusste Hannah vermutlich zu wenig, sie war nie nach Sarajevo gekommen, um zu sehen, wovon Sina ein Teil geworden war. Hannah hatte bloß mitbekommen, dass Sina allerlei auf die Beine zu stellen geholfen hatte. Einen Kulturverein mit eigenem Zentrum hatte sie mit aufgebaut und federführend ein Festival für unabhängige Kunst organisiert, bei einer LGBT-Gruppe war sie an etlichen Aktionen beteiligt gewesen, bei der seit den Protesten im Februar 2014 lose organisierten Open University war sie dabei und vor allem hatte sie Nadina unterstützt, ein Suppenlokal samt Volksküche zu eröffnen. Das „Na Kašiku", so hieß das Lokal, war Sinas Homebase und samt der besten „Frozen Margarita" der Stadt irgendwie Nadinas und ihr Baby. Sina hatte nichts ausgelassen und politischen Aktionismus respektierte Hannah nach wie vor. „Komm her und hau rein!", hatte Hannah nachgedrückt. Wieder einmal hatte Hannah Sina allein auf deren Impulsivität und Tatendrang reduziert, sie machte aus Sina damit die dann doch nicht ganz ernst zu nehmende sozialarbeiterische Aktivistin, für die sie das Programm zu schreiben und die Grundlagenforschung zu betreiben glaubte.

In ihrer kurzen gemeinsamen Zeit in Paderborn hatte Hannah, wenn sie mit anderen wilde Diskussionen geführt hatte, Sina geflissentlich ignoriert. Sina hatte sich selbst nur eingeschaltet, wenn sie es für notwendig gehalten hatte, und Hannah war justament nie an Sinas Sätzen interessiert gewesen. Mit Sina wollte Hannah Jäger trinken, sich den Schraubverschluss auf die Nase drücken und mit zugehaltenen Ohren dem Gluckern zuhören. Sina wusste das und fand das nicht sonderlich erhebend. Das Selbstherrliche von Hannah und ihrer Clique-Critique hatte Sina angezogen und gleichzeitig hielt sie es mehr für ein selbstgerechtes Versorgungssystem („hardcore autoreferezielI" hatte Sina das gegenüber Nadina genannt), das sogar sie ausschloss und dem sie manchmal nicht mehr als Weinseligkeit zutraute – halbsatte Ärsche, allesamt! Seit Hannah mehr von Sinas politaktivistischem Engagement in Sarajevo erfahren hatte, schien sie zumindest an diesem *Drive* auch interessiert zu sein. Sina reichte das nicht ganz.

„Was versprechen wir uns von unserem Tun? Was soll uns denn gelingen? Was wollen wir denn anders machen? Wer soll davon profitieren?“, hatte Sina Hannah angeskypt.

„Ich vertraue darauf, dass wir uns was zu sagen haben, dass wir mehr zu sagen und zu tun haben. Und dass es uns gut geht dabei.“

Ein bisschen dürftig hatte Sina das gefunden, zum Jägermeister gegriffen, das Fläschchen süffisant zur Laptop-Cam erhoben und es, ohne sich die Ohren zuzuhalten, runtergekippt. Einen Auftrag würde sie sich wohl selbst geben müssen. Und das war wieder gut, denn Sina liebte ihren Kopf und diesen würde Hannah auch noch richtig kennenlernen.

„In der satten Stadt Wien werde ich meinen Hunger nähren“, tippte Sina zum Gesprächsende in die Skype-Chatleiste. Enter Hannah – Unterhaltung beendet.

Sciacca war ein überschaubarer Ort. Das Auto ihres Vaters zu finden, war für Ali aufgrund der Größe der Stadt nicht schwer. Es gab tageszeitbedingt eigentlich nur drei Möglichkeiten: in der Straße, wo Monica, seine Affäre, wohnte, am Hafen bei den Fischerkneipen oder auf dem Parkplatz des Hauptplatzes, wobei Letzteres bedeuten würde, dass er nur schnell im Rathaus war oder einen anderen kleinen bürokratischen Weg zu erledigen hatte. Sie war froh, den kleinen weißen Fiat gleich beim ersten Anlauf am Hafen stehen zu sehen. Das bedeutete, dass Vito entweder selbst mit draußen beim Fischen war oder seine Kumpel in aller Frühe abgepasst hatte, um sich mit ihnen gleich mehrere hinter die Binde zu kippen.

„Ciao, principessa!"

Oh, wie sehr sie es hasste, immer als Prinzessin, Hübsche oder Süße angequatscht zu werden.

„Ciao, Claudio. Weißt du, wo Vito ist?"

„Klar, unten bei Tommaso."

„Danke, ich muss nämlich schnell nach Agrigento, Fliesen holen für das neue Rolli-Klo im *Centro*, und brauche sein Auto."

Aus irgendeinem Grund fand Ali es passend, eine belanglose Geschichte hinzuzudichten, damit sie nicht verdächtig aussah. Sie holte den Ersatzschlüssel aus ihrer Tasche und fuhr quer durch das Dorf, um schließlich wieder vor der Wohnung ihrer Großmutter anzukommen. Dort hatte sie bereits all ihre Taschen und restlichen Bücher vor der Eingangstür gesammelt. Die Karre war nicht gerade geräumig, aber irgendwie würden sie schon zu viert hineinpassen, sie musste ja schließlich nicht ihren ganzen Hausrat mitschleppen. Und schlimmstenfalls würden die Bücher in den Bibliotheksbestand des Sumpfes übergehen. Auch nicht schlecht.

Ihrem Vater hatte sie einen Zettel hinterlassen: „Vito, habe beschlossen, nach Wien zurückzugehen. Nachdem du deine Schulden bei mir vermutlich nicht bezahlen wirst, nehme ich das Auto. Nein, das hätten wir nicht besprechen können. Ich schick dir eine Mail, wenn ich angekommen bin. Nonnas Klamotten sind jetzt alle im *Centro Sociale*, ihre paar Bücher und das Geschirr habe ich in der Wohnung gelassen. Wenn du sie vermietest, denk daran, dass die Therme im Bad kaputt ist. Bitte ruf mich nicht an, meine italienische Nummer werde ich ohnehin bald aufgeben. Ali."

Auf dem Weg zum Sumpf fiel ihr ein, dass Vito die Autopapiere immer in seiner Geldbörse mit sich trug. Ein wenig Glück würden sie also brauchen.

Wir waren gerade beim Abendessen. Ich hatte – wie immer – einen anstrengenden Tag hinter mir. Meine Mandanten und ihre kleinkarierten | individuell karriereorientierten und eher offenen | Fälle raubten mir seit geraumer Zeit immer mehr den Nerv. | Mit dieser Melange aus Minderheiten-Politik-Aktivisten, Elitedenkern, Akademiker-Spießern, Mit-viel-Leistung-von-der-Leistung-Abweichlern, Narzissten, Öffentliche-Förderungs-Nutznießern, Österreich-Institutslern, Distinktionsperfektionisten, Dadaisten, Spontaneisten und Verantwortungslosen ist doch kein Blumentopf zu gewinnen. | Als bunter Hintergrund ist Vielfalt auch in Ordnung, aber wie würden unsere honorigen Institutsler reagieren, | auch wenn Wien in den letzten Jahren deutlich vielfältiger geworden war, | wenn die Vielfalt in geballter Form bei ihnen ins Institut zöge? | Bestellt auf drei Jahre. Bestellt von einem Toten.

Wenn ich das so flapsig formulieren darf, Frau Kerbler, | Sie sprechen mit und geben gute Tipps aus dem Leben. | Für diesen Aufwand werden Ihre Gehälter befristet auf drei Jahre mit einer Leistungsprämie auf 3000 Euro monatlich angehoben. | Kleine Spielwiese. | Was sagen Sie zu diesem Vorschlag? | Sie reagierte genervt und beleidigt, als | mühsam ein Alltag über den Haufen geworfen wurde, | Und dann noch dazu von diesen Uni-Nasen ... | nur um dann wieder einem neuen Trott Platz zu machen. | „Kann ich mir das übers Wochenende überlegen, Frau Wolmut?"

Sie bestellte ein Frühstück. | Würden es akademische oder individualisierte Pappnasen sein, | Sie alle und dementsprechend eine ganze Menge Arbeit ist da auf Frau Kerbler zugekommen, Papp-Batzer sind sicher nur der Anfang. | Sie fand es immer anstrengend, wenn Menschen, die unendlich viel Zeit und unendlich wenig Sorgen hatten, davon ausgingen, dass jede_r sich mit Politik zu befassen habe, und diesen Anspruch selbst immer nur in der trauten

Mikro-Utopie verwirklichen konnten. | Wie erbärmlich! Wie egomanisch!

Irgendwie schien sie unzufrieden zu sein. Ich war müde. | Sie hatte überhaupt kein Interesse mehr an dieser ganzen Ohrensesselphilosophie, sie hatte keine Kraft mehr für diesen selbstbeweihräuchernden Wettbewerb, keine Lust mehr, Papers rauszuwürgen, die eine kleine Jury | von individuell karriereorientierten und eher offenen Leuten | so gut es ging, in bildungsfernen Bewegungen auslebte. | Sie quakte und wurde von meinem Handy-Klingelton unterbrochen. | Jeanette erkennt die Melodie nicht sofort. Weiß nur, dass es eine sehr bekannte Melodie ist. Europaweit. International. Die Internationale ist es, die da von einem Telefon, wahrscheinlich von einem iPhone, gespielt wird. | Ja, ich weiß, | Eine Farce. | Ein Graus! | Der smarte Linke sitzt im TGV | in der 1. Klasse saß Sahra Wagenknecht mit dem teuersten Rotwein und | ist auf die Internationale als Klingelton seines sündteuren Smartphones konditioniert | und hat die Bedienung mies behandelt ... | Ja, ich weiß, | Eine Farce. | Ein Graus!

Ein lautes *Oui* bricht die blecherne, klingeltönende Internationale ab. | Was spricht der Knabe aus dem Grabe, | Sie schilderte mir, dass sie mit drei Flüchtlingen, die sie im *Centro Sociale* in Sciacca kennengelernt hatte, unterwegs war. Alice hatte sie eingeladen ins Freie Institut. | Sie sind dann, wenn alles gut geht, eine von uns. | eine und noch eine und noch eine und noch eine und wie viele waren das jetzt genau und wo kommen die alle her und wie passen die alle hinein. | Würden es akademische oder individualisierte Pappnasen sein, | Dichter, Anpacker, Hasardeure | Solche, die so sind wie sie, solche, die nicht so sind wie sie? Solche große oder auch winzige? Komische oder beherzte?

Auch wenn ich nicht viel über den Vorfall und den Status wusste, ließ ich mir die Namen der drei geben und setzte für sie einen Arbeitsvertrag auf. | Den

Leuten ist damit schon geholfen. Glücklich sind sie alle, manche unzufrieden. | Natürlich war ihr auch aufgefallen, dass die Dienstverträge für die drei Angestellten – Frau Kerbler, ein Koch und ein Gärtner – kurz vor dem Ableben Mewalds abgeändert worden waren. | Bestimmt waren die drei auch im Vergleich zum Rest in der Lage zu arbeiten. | *Gut so, gut so*, spricht Imker Erblasser mit Zigarre und Melone, | Da nimmt das Projekt doch endlich ein bisschen Fahrt auf. | Da prallen Welten aufeinander. | Dachte ich.

Die nimmermüde Figur nimmt immer wieder immer mehr oder weniger Leute mit, ein Stück. | aus einer ganz egoistischen Motivation heraus, der Flucht. | Genau auf so etwas hatte ich gewartet – einen Grund, nach Italien zu fahren. | „Hier geht es bestimmt nicht um Ablenkung. Ein gutes Spiel erfordert absolute Konzentration. Du betrittst das Spielfeld, um dich für die Zeit des Spiels | nicht nur als | Geldgeber | sondern auch als

Arbeitgeber | zu verlieren. Was immer sonst noch geschieht, verliert seine Bedeutung." | Kaum eine Person aus ihrem aktivistischen und universitären Umfeld konnte verstehen, dass Ali praktisch ihre Karriere | als Wissenschaftsschlampe hinwarf.

In Freiheit stetig tätig sein – das ist | unheimlich inspirierend und furchtbar schlau | Mein Auftrag gefiel mir zunehmend gut. | Das Wichtigste daran ist, dass es dich aus dem gewöhnlichen Leben nimmt. | Sie hatte keine Lust mehr, sich zu beweisen | auf dem Bienenstock, dem Bienenstaat, Aussaat und Ernte, Ausfahrt und Einfuhr, Sammelpunkt und Sammelgut, | Raus hier! | Sie wollte nicht mehr arbeiten. | Spielen ist keine gewöhnliche Tätigkeit und schon gar kein Arbeiten. | Zur Kollekte etwas beizutragen, | für die Zeit des Spiels | ist wohl jedermanns Wunsch und Ziel. | Sie holte den Ersatzschlüssel aus ihrer Tasche und fuhr quer durch das Dorf, | Sich zur Freiheit durchzuschlagen, und sei es motorisiert, auch.

Vito, habe beschlossen, nach Wien zurückzugehen. Nachdem du deine Schulden bei mir vermutlich nicht bezahlen wirst, nehme ich das Auto. Nein, das hätten wir nicht besprechen können. Ich schick dir eine Mail, wenn ich angekommen bin.

Die winzige Figur legt den Leergang ein. Sie fährt eine Runde. Unterwegs steigen diverse Passanten, Passantinnen zu. Ungefragt wollen sie mit, wohin auch immer die Reise geht. Die Figur, beschenkt mit frischer Leerzeit, schneidet ein Stück davon ab. Da hast du. Das spricht sich natürlich herum. Bald stehen die Passantinnen Schlange, auf der Autobahn. Die nimmermüde Figur nimmt immer wieder immer mehr oder weniger Leute mit, ein Stück. Den Leuten ist damit schon geholfen. Glücklich sind sie alle, manche unzufrieden. Die Figur sagt, sie muss sich jetzt konzentrieren und würde gerne allein fortfahren. Nein, nein, sagen die lieben Passanten. Das tut dir sicher nicht gut! Wir begleiten dich! Wie soll die Figur das erklären, die Sache mit der Leerzeit. Sie kennt die Leute nicht. Sie scheinen aber froh und nicht böse zu sein. So fahren sie weiter mit. Sie sprechen mit und geben gute Tipps aus dem Leben. Die Figur hört sich alles an und chauffiert. Wissen gibt es nie genug. Es füllt das Reservoir*. Mit vollem Tank ist gut stinken, so kommt man voran. Die Passant'n'Passantinnen loben die gute Fahrt, es könnte immer so weitergehn. Die Chauffeurin könnte immer so weiterfahren, nie ginge der Spirit* aus. Wer mitfährt, sagt an. Die Chauffeuse lässt sich chauffieren. Zeit ist nicht das Problem. Aber die Abfahrten, jene der Damen, jene der Herren ... Zeit ist vorhanden, gegeben und geschenkt. Also wird eine Ausfahrt gemacht, bei Abfahrten wird diskutiert: Jeder entscheidet nach seiner Erfahrung: Abfahrt der Herren. Jede entscheidet nach ihrer Erfahrung: Abfahrt der Damen. Gemeinsam wird nach Los* gefahren. Zeit ist nicht das Problem. Zeit ist vorhanden, gegeben und geschenkt (vom Erblasser), sie wird geteilt, vermehrt und aufgegessen unter der Beifahrerschaft. Die Zeit ist Proviant*, sie nährt die Belegschaft, die Wissensbruderschaft und die Chauffeurin. Der Beifahrer nährt die Chauffeurin mit seinem Wissen, die Chauffeurin kaut das Essen vor und spuckt es auf die hinteren Ränge wieder aus. Immer zur Wissenszeit kauen alle. Zeit ist nicht das Problem. Sie wird geschlagen und gedehnt, alle profitieren*. Wer weiß was Besseres? Ich nicht. Zur Mitteilungszeit wird die süße Paste* gleichmäßig über die Ränge verteilt. Die Chauffeurin unterhält sich mit dem Beifahrer, die hinteren Ränge wispern untereinander. So wird die süße Paste verteilt. Die Chauffeurin kriegt nur das Beste, sie hält das Steuer in der Hand. Sie wird gefüttert, mit süßem Papp. Mundgerechte Happen werden verteilt. Alle singen.

Die Fahrt steht unter einem guten Stern*. Schließlich geht es voran. Es gibt sogar ein Ziel: Das liegt wohl in weiter Ferne, dennoch verspricht es viel: Freiheit und viel Kollektivität. Zur Kollekte etwas beizutragen, und sei es süßer Brei, ist wohl jedermanns Wunsch und Ziel. Sich zur Freiheit durchzuschlagen, und sei es motorisiert, auch. In Freiheit stetig tätig sein – das ist das Motto auf dem Bienenstock, dem Bienenstaat, Aussaat und Ernte, Ausfahrt und Einfuhr, Sammelpunkt und Sammelgut, *Gut so, gut so*, spricht Imker Erblasser mit Zigarre und Melone, *ohne euch wär ich verloren, meine Wette wär dahin!* Welche Wette? Was spricht der Knabe aus dem Grabe, welche Wette liegt als Kette um das Freie Institut? Freiheit in Ketten? Wetten, dass ... ?

Der Imker sprach: „**Es werde Pflicht**!" Was? Freiheit? Freiheit verpflichtet, meint der wohl, meint einer auf den hinteren Rängen, mir soll's recht sein, murmelt ein Zweiter auf dem Rücksitz, eine Pflichtgestalt pflichtet der anderen bei. Vorn wird chauffiert, es geht was weiter, Lichter markieren den Wegesrand, Dichter, Anpacker, Hasardeure marschieren unter Laternen, Kometen, Wegweisern immer nebenher geradeaus und halten den Daumen raus auf: *bitte* *mitnehmen! bitte mich auch! bitte ich auch!* Woraufhin die Bienenkönigin Chauffeurin *leider nein* nickt *leider nein* und *leider nein* auch den Beifahrer-Assistenten mit seinen Achseln *leider nein* zucken lässt, wir zuckeln weiter, denn wir haben ein ZIEL und etwas VOR, uns nämlich DREI kurze lange Jahre lang zu widmen, zu wem? Zu was? Zu welchem Wohle? Wir verschreiben uns mit Haut & Haaren Forschung & Leere, Wissen & Brei & Fett & Zucker. Mit großen Löffeln füttern wir uns gegenseitig an und zu: Forschung & Leere & Wissen = Brei. Leerbeauftragte aller leeren Länder geben sich die Klinke in die Hand und putzen und kochen und schlagen die Türen auf und zu: Brei, Brei, Brei, Ein- und Auszeit in einem. Im Lauf des Lebens steht: ***Drei Jahre Leertätigkeit am Freien Institut***. Keine lange Zeit im Angesicht der Ewigkeit (im Angesicht der Mitfahrerinnen macht sich angesichts der hinzudrängenden Mitfahrgelegenheitsheischenden zusehends Platzfurcht breit), angesichts des Leergang-Pensums sind drei Jahre igel hasen kurz und wollen wohl geschnitten, wohl gehopst, wohl tailliert und nicht verschustert sein und werden, wohl will die Wette auch gewonnen sein gegen den alten Erblasser, der da testamentarisch meinte, die Schnittmenge aus Freiheit und Forschung sei LEER ...

Q. e. d.

Hopp, die Wette gilt: Unterwegs zum Wettcafé mit angeschlossenem Institut chauffiert sich's lichterloh. Von Zeit zu Zeit wird das Ruder reihum übergeben, die hinteren Ränge rücken vor, die Chauffeurin geht schnarchen und leistet Traumarbeit. Wieder andere leisten Orientierungsarbeit. Noch andere leisten Störarbeit. So entsteht der Weg. Zwischen Pfosten und keinen großen Leuchten hindurch schlängelt sich die Leerzeittruppe, alle tun ihr Möglichstes oder zumindest das Notwendigste für den Fortschritt. Ohne Spirit geht nichts: **Spiritus Rector et Conductor**. Ohne Brei geht gar nichts. Verfeuert wird, was zur Hand ist: Der eine schlägt sein Hirn zu Brei, der andere sucht & findet, schlägt & schleudert das Ei des Columbus bei laufender Fahrt entzwei, dem geifernden Motor in den Rachen: Wohl bekomm's! *Den Motor immer am Laufen halten!* steht auf dem Motor, der bereits unter die Haube gekommen ist. Einbalsamiert mit raffinierten Ölen rotiert der Motor, ein Routinier, vor sich hin. Er reißt das Maul auf, auf dass ihm gebratene oder zumindest heilige Tauben entgegengeflogen werden. Er röchelt und stottert, wenn's mal pressiert, „*T-t-t-t-IRAMISU!*" oder „*M-m-m-m-OUSSE!*" oder „*SCH-sch-sch-sch-NAPS!*", je nachdem. Dann wieselt & wedelt das Wildgeflügel und geht auf Kollekte, wilde Gaben *for His Highness the Holy Motor* gesucht – und es schwirrt & schwärmt, die Federn fliegen, die Flügel schlagen, es wird apportiert: Wissen & Forschung, Weihrauch & Myrrhe, Honig & Gold oder Geld.

Spiritus Motor

Aus den Federn in die Gänge kommen, und sei es in den Leergang, ist gar nicht so leicht. Mit ein bisschen Kuppelei gelingt aber alles: Spiritus Rotor, Tom Tom Motor. Tom Tom? Who the hell? Die hinteren Ränge stellen sich vor: Gestatten – Tom Tom, der Kontingenzfriedrich und: das Motschgerl.

Ist Tom Tom am Ruder oder am Wort, bricht auf den hinteren Rängen ein Gerangel aus. Zwischen: dem Kontingenzfriedrich und: dem Motschgerl. Beide eint die Freude an der Qual der Wahl. Ist eine Ausfahrt passiert, ruft das Motschgerl in höchster Pein ein hohes NEIN! es war die falsche, ebenso der Nebensitzer: ist eine Ausfahrt vorbei: EI! es war die richtige. Hinter jeder nicht genommenen Ausfahrt lauert: der richtige Weg zur echten Freiheit und vollen Glückseligkeit, sagt der unglückselige Fritz: ein Kontingenzfritz vor dem Herrn. Der Kontingenzfriedrich hadert, das Motschgerl weiß es besser; der eine zittert, die andere zetert; die Chauffeurin quält sich nicht, sie fährt geradeaus, Tom Tom, der miteingestiegene mitgenommene Zuständige für EDV, sagt an. Nein, da hinten, sie weiß es nicht besser, sondern genau, lauert die wahre Freiheit hinterm Hügel! Eine Biegung, eine Steigung und dann: der Strand der Freiheit, das Meer des Wissens. Du übertreibst jetzt aber, sagt Tom Tom der Technische, das wäre ja wo verzeichnet! das wär ja wo vermerkt, das hätt ja eine FI-Nummer und einen Eintrag in „Freiheit 2015/16", hat's aber nicht. Da sagt das Motschgerl, so kann man das aber nicht einfach so sagen und stehen lassen, das Reich der Freiheit und das Meer des Wissens seien sicher noch nicht auskartographiert und wie wolle Tom Tom der Technische Dodo alle weißen Flecken kennen, alle blinden Flecken sehen – wie wolle wohl Tom Tom das alles wissen – „*Technik ist nicht alles, Tom Tom! Auch du hast deinen Rost, Tom Turbo, der sich in deine Adern frisst, auch du, Tom Turbo ... –* " da klatscht dem armen Motschgerl der Kontingenzler eine drüber: „*Fahr selber, Motschgerl, ran ans Steuer, getscho – Tom fahr zuwe, lass die Kleine ran!*" Da gab's jetzt erst ein Ungezeter: „Kleine – ", ja hat man das gehört, empört das Motschgerl sich und alle seinen, die so sind wie sie, und alle, die nicht so sind wie sie, und alle Weiteren, Möglichen, Greifbaren, Ungreifbaren ... ja hat man das gehört! Tom Turbo hat nichts gehört, die Chauffeuse: hat nicht gehört, sondern geschlafen, wer noch auf den hinteren Bänken sitzt: hustet sich eins, zwei, drei weg vom Fenster, und dann sagt Tom Turbo: So geht das nicht. Es wird gequietscht, gebremst und ausgestiegen, der Techniker meldet einen Schaden und legt sich in den Straßengraben, aus, fertig. Da stehn betreten triumphal das Motschgerl, rauchend der Friedrich, die Chauffeuse frisiert sich, Beifahrer, Beisitzer, Besserwisser und Unbekannte, von denen keiner weiß, wozu sie noch zu brauchen sein würden, vertreten sich und einander die Beine, Yoga, Massage, spontane Meditation tritt auf.

Spiritus Spector et Inspector

Weiters tritt auf mit den Worten „*Faaahrzeugkontrollle! Ihre Papiere bitte!*" ein Problem: Zur Sicherung der Person wurden Papiere abgestellt, die der Auskunft dienen sollen, wo der Person nur Blasen vorm Mund aufsteigen, so wie hier und jetzt: „*Is des a Massnkarambolagepartie, ha? Wos seids es do? Wos mochts ihr do? Wo kummts ihr her? Wo foats leicht hin? ...*"

Jez hammas. Wos tamma? Wos sogma? Wer samma mia? Wo kumma hea? Wo foama hin? Wos tamma duat? Jessasmariahuachzua: „*Mia homma olle zamm a Eabschoft gmocht: die tamma jetzan brockn gehn. Jo, brockn, oba vom Bam, „der Baum der Erkenntnis", genau, der freien Erkenntnis, zwecks da Genauigkeit, der steht im Goatn von am „Freien Institut", do foa ma hi. Da Bam steht duat, wo ma ihn am wenigsten famutn tatat aund mia samma jetzan grod a wenig nockat aund ibas Kreiz dazua, wia ma do tatatn hinkumma und zwoa nit am schnöstn, oba am bestn, weil des san zwa föllig faschiedane, gaunz föllig faschiedane Dinge, waaßt, schnö samma gschwind, oba guat deshoib no lang nit! Deshoib tamma grod uns a bissale lockan aund uns die Bana fatretn, dos ma schaun, wia ma jetzan am bestn tuan, faschtehst? Und womma do featig san, steig ma olle glei sufuat wieda ein aund tamma scheen weitafoan und nix mehr onholtn, don samma ausdiskutiert und foama nuamehr grod aund ohne Ruckalan!*"

Der Fahrzeugkontrolleur hat bis da her, ohne mit den Ohren zu wackeln, gelauscht, nun schüttelt er seine schlackernden Ohren ordentlich und kehrt zur Eingangsfrage nach den Papieren mit den Worten „*Und die Papiere?*" zurück. Ja, die Papiere der Karre, des Tomte und der Chauffeuse sind flott zur Stelle, werden befingert, beschnuppert und abgeschleckt: „*Gute Papiere ...*", und dann springt die Frage eins weiter: zum Motschgerl, zum Beifahrer-Beisitzer und dann: zum Unbekannten. „*Wos host du fia a Papier?*" Da zieht der Unbekannte einen Kaugummi aus seiner Hosentasche und streckt ihn dem ihm ebenfalls völlig Unbekannten hin. „*A wüst du mi papierln?*", fragt – aufgelegt und eingesackelt – der Kontrolleur und nimmt den extra für ihn aufgelegten Witz dankbar an, wickelt ihn aus und wirft ihn ein, Kaugeräusche, Kaugrimassen folgen.

Man stand da, das war's. Einer kaute, einer schaute, eine frisierte sich, eine pikierte sich, diverse geknetete Leiber lagen im Graben verstreut, ein Techniker (war auch noch da).

Ein kurzer Moment von Freiheit griff um sich, trat ein, nahm Platz. Einer der Leiber aus der Karambolage spuckte einen Kern in weitem Bogen aus dem Mund und aus dem Sinn. Er landete im Straßengraben. „*Do hobts jo eichan Bam! Tats brav giaßn und scheen fuattan, mit eichan Mist! Do hobts nocha in 10, 20 Joar an feschn Bam fia eichana Akenntnis! Pfiat eich da Himmlische Heagott!*", und weg war der, der kam, sah, fragte, der Unbekannte dankte dem Herrgott, das Motschgerl beklagte daran des Letzteren fehlende Existenz, der Unbekannte – man wusste nie, wozu der noch zu brauchen sein würde – dankte dem Herrgott noch einmal, *besonders für seine Weisheit und Güte*, klagte das Motschgerl weiter, *So ein netter Mensch!*, sagte ein Teil der Masse, die schon ganz zu rohem Teig gereift, gedrückt, geknetet und zu Brei geschlagen war, Teig zu Knete, Teig zu Brei – das war das Stichwort für Tom Tom, den Techniker, der doch zuletzt das Handtuch geworfen und sich dazugelegt hatte – *„Fahrma weiter?"*

Spiritus Rector et Conductor

Nun war das Motschgerl an der Reihe, seinen eigenen Gang einzulegen, nicht den Leergang, nicht den kleinen Gang, nein, den Hauptgang ohne Spaß. Tom Tom lag im Fond, übte die REM-Technik (schlief), ein Ohr hielt Wache, das wurde besummt von der Knete-Masse: *„If I had my way, if you had yours, if he had his way, if she had hers, if it had its way, if we had ours, if you had your way and they had theirs ..."*

Das Motschgerl warf Ballast ab und stieg aufs Gas: sch----------------------------------- ... Das Anhängsel ging verloren oder fiel beim Fenster hinaus, das Motschgerl mutierte bei stetig steigender Drehzahl zu Mot, rückläufig Tom, der schlief. Mot Turbo chauffierte den Überbelag sicher voran, ein Übergewicht an Teig & Knete, ein Übermaß, Masse auf Rädern, die wackelte, schwankte, schaukelte, zankte sich dabei aber stetig vorwärts, bewegte unter beständiger Verfeuerung ihrer selbst. Masse zu Teig, Teig zu Knete, Knete zu Brei, Brei zu Stärke, Stärke zu Pferdestärke Spiritus Brei. Jede Ausfahrt ein Zank, Zankapfel zu Zankapfelsaft, Apfelsaft zu Apfelmost, Most zu Brand, Brand zu Spiritus Saft und vorwärts.

Bei jeder Kurve drückte es die Insassinsassinnen zentrifugal seitwärts, bei Haarnadelkurven saßen alle maximal schräg und bekamen es mit dem Schwindel. Schwindel ist keine akademische Tugend und wird deshalb über Bord gekippt und in Seenot gebracht. Schließlich fährt man nicht nur Richtung Freiheit, sondern auch an ein Institut, das wohl, wenn auch freundlich, so doch keine, wenn auch winzigen, so doch schwindligen Leute einlassen würde, schließlich sind dort auch andere Leute. Was für Leute wohl? Solche, die so sind wie sie, solche, die nicht so sind wie sie? Solche große oder auch winzige? Komische oder beherzte? Körnerfresser oder Jäger? Solche, die sich entscheiden konnten, solche, die nicht? Solche, die sagten: Sag mir an oder Ansager, Angeber? Solche, die ihr Feld bestellten und jäteten, also Bauern, oder solche, die Baumeister waren und Handlanger, Handschrauber suchten, oder solche, die einmal angekommen erst mal verschnaufen, dann mal durchatmen und dann mal schauen wollten, bevor sie sagten: Ich bin zu allem bereit – ?

Spiritus Rotor

So zuzelten die Dichtgedrängten im Fond an ihrer Zukunft, das Motschgerl, nunmehr Mot Mot, immer noch am Steuer, bekam Zuckerln zugesteckt und vor die Nase gehalten, die die Vorwärtsbewegung in Gang halten, die Kaubewegung instand halten sollten, ab und zu stieg wieder wer zu, es wurde enger, dichter. Unbekannte setzten sich zu Unbekannten und wurden wohlbekannt. Verständigung setzte ein, Kauverhalten setzte sich fort, Brei war die Folge, süßer Papp entstand, der Papperlapappapparat war an an an an der Pappulatur saß die FI-Companie und ratschte ratschte ratschte voran. Neuer Papp in alten Schläuchen. Und wenn ein alter Papp in neuem Gewand sich durch die Schläuche schwindeln wollte, riefen der wiedererwachte Tomtschek oder der zitternde Fritz oder das Motschgerl, nunmehr Mot: halt halt halt, alter Papp, und markten ihn als Wiedergänger „Papp 17" und kauten das Plagiatspapp – nun mit Nummer – als Wiederkäuer und so ging's immerzu fort fort fort und vorwärts. Im Laufe des Weges, im Zuge der Fahrt entstand ein gar dickes Papp-Nummerar, eine Pappulatur erster Ordnung, bester Güte, wer nummert mehr? Papp 800, Papp 800a, Papp I / 800, Papp I / 800a, so fort, so vorwärts, auch vormals Un- und nunmehr Wohlbekannte kannten sich aus in der Pappulatur, saßen sie doch mittendrin. Ein jeder streute seine Ziffern über den Papp, eine jede würzte den Papp mit Zahlen, Ziffernpapp nummeriert, der Motor fraß das Zeug auch nummeriert, Hauptsache, Papp, und vorwärts.

Aussteigerinsassinsassinnen gab es kaum, Zusteigerinsassinsassinnen aber saßen anfangs still und ohne Schimmer, bis der Kontingenzlerfritz die Nummernmappe für den nummerierten Papp erfand, „zur besseren Ordnung", zur besseren Übersicht. Das war's! Die Pappmappe war geboren, die alle Nummern führte und jeden Papp beim Namen kannte und bei der Nummer nannte. Neuzusteigerinsassinsassinnen wurde nun die Mappe in die Hand gedrückt: „*Führ das Verzeichnis gleich fort, Passagier! Führ an, führ vor, Passagierin! Hopp hopp papperlapapp und getscho!*" Das war Turbo, aber gut, so nummerten sich die Neuen ein, die Alten zifferten in die Luft, die Neuen nahmen zu Protokoll. Hopp hopp papperlapapp und getscho! So instituierte sich ein frei fahrendes Institut, ein Papperlapappinstitut, geführt von Spiritus Motor, gefüttert mit süßem Brei, Papp, Teig, Knete aus Imker Erblassers Vermächtnis:

„Möchtest du allein ans Institut kommen oder bringst du noch jemand mit?“, fragte Hannah.

„Ich würde sehr gerne meinen Freund Richard aus Berlin und meinen Bekannten Katholnig aus Kärnten mit ans Institut bringen. Wenn es in Ordnung ist, fände ich es schön, wenn meine Freundin Simone aus New York eventuell nachkommen könnte. Simone würde allerdings nur am Institut wohnen wollen. Denn sie möchte weiterhin ihrer Tätigkeit als Journalistin nachgehen.“

Was Hannah nicht mitbekommen konnte, war das Schmunzeln, das Elisabeth über die Lippen gehuscht war, als sie den Namen Katholnig erwähnt hatte. Mit Freude erinnerte sie sich an die rauschende Nacht mit ihm. Die beiden hatten so viel konsumiert und dabei so viel Spaß gehabt, dass es ihr völlig gleichgültig war, ob etwas nach gängigen Maßstäben „zwischen ihnen gelaufen war“. Selbstverständlich war etwas zwischen ihnen gelaufen. Sie hatten einander einfach unerhört spannend gefunden.

Elisabeth wunderte sich, dass es immer zwischen so engagierten, dogmatisch-kommunistischen Polittypen und ihr knisterte. Auch von deren Seite merkte sie, dass diese sich fragten, warum sie überhaupt auf Elisabeth abfuhren. Denn Elisabeth war eher der hedonistische Typ. Sie war durchaus politisch, aber sie wollte manchmal auch einfach nur Spaß. Vielleicht war genau das der Appeal, den sie auf Leute ausübte, für die *Fun* ein Stahlbad war. Katholnig entzog sich allerdings noch Elisabeths Kategorisierung, was ihn für Elisabeth so richtig interessant machte. Sie hatte den Eindruck, dass er einfach einen ausgewachsenen Knall hatte.

Nachdem sie alle Formalitäten geklärt hatten, verabschiedeten sich Hannah und Elisabeth. Elisabeth war selig. Insbesondere freute es sie, dass Simone willkommen war, ohne sich wirklich an der Arbeit am Institut beteiligen zu wollen.

Von ihrem Aufenthaltsstatus her stellte der Umzug nach Wien für Elisabeth kein Problem dar. Sie war in Deutschland geboren worden und der Mann, der offiziell ihr Vater war und sie aufgezogen hatte, war Deutscher. Ihre Mutter war US-Amerikanerin und hatte eine Geburtsurkunde für sie beantragt. Denn aus US-amerikanischer Perspektive war sie als Amerikanerin in einem anderen Land geboren worden.

Ihr ganzes Leben hatte Elisabeth in Berlin verbracht, wo sie auch als Ergebnis einer leidenschaftlichen Affäre zwischen Manfred und ihrer Mutter das Licht der Welt erblickt hatte. Vor ein paar Jahren war sie dann aus Berlin geflüchtet, da sie dachte, dass das ambitionierte New York sie zwingen würde, etwas aus ihrem Leben zu machen. Sie wusste auch nicht so genau, was das sein sollte. Leider stellte sich heraus, dass New York auch nur die Kehrseite derselben Medaille ihres Lebens darstellte, von der Berlin die andere Seite war. In Berlin hatte sie sich mit Hartz IV wohl oder übel eingerichtet, in New York kellnerte sie in einem Tourist_innenlokal, in dem es ordentlich Trinkgelder gab, um ihre Miete bezahlen zu können. Sowohl in Berlin als auch in New York versuchte sie, nebenher ihre Projekte zu verwirklichen. In dem Maße, wie Berlin ihr jegliche Energie raubte, wurde in New York Grundstress produziert, dass sie sich unendlich in ihren verschiedenen Projekten verzettelte. Die gewünschte Anerkennung brachte ihr beides nicht.

Sie hatte sich schon lange gefragt, warum sie in dieser Stadt überhaupt noch lebte. Zwar war New York architektonisch atemberaubend und man konnte ständig irgendetwas Neues machen, aber die Geldgetriebenheit empfand sie einfach als knallhart. Und es prägte sie, dass es so schwierig war, Nischen der Unverwertbarkeit zu entdecken. Um der zunehmenden Kommerzialisierung ihrer Seele entgegenzuarbeiten, wollte Elisabeth sich *Occupy Wallstreet* anschließen. Seit Jahren hatte sie sich gefragt, warum nach dem Börsencrash nicht mehr Aufruhr unter ihren Mitmenschen zu vernehmen war. Noch kurz nach dem Crash hatte eine junge New Yorkerin zu Elisabeth gemeint, als diese von ihren Projekten erzählte: „Mit der Revolution lässt sich kein Geld verdienen!"

Das stimmte so nicht. Denn mit der Revolution ließ sich ganz schön Geld verdienen, aber darum ging es Elisabeth bei ihrer Beteiligung an *Occupy Wallstreet* nicht. Aber worum ging es ihr? Trotz ihrer Privilegiertheit empfand sie ihre Bedingungen als verbesserungswürdig. Manches davon lag in ihrer Hand, aber, wie das Wort Bedingungen schon sagte, waren manche Problematiken durch andere Menschen und gewachsene Strukturen bedingt. Somit begrüßte sie, dass mit der populistischen Bewegung endlich Stimmen in den Mainstream-Medien laut wurden, die den kapitalistischen Traum grundsätzlich anzweifelten. Was für eine Wohltat, dass nicht mehr nur ein paar „faule Eier", sondern das System als Ganzes auf der Agenda stand. Trotzdem fand sich dies alles nicht auf der Straße wieder. Die Kritik dort war ihr etwas zu undifferenziert. Sie sah in dem Slogan der 99% das neidische, spontaneistische, Politik romantisierende Aufbegehren eines „Ich will auch". Das war keine radikale Kritik an den Grundfesten der Gesellschaft: Nationalstaat, Besitz, Kleinfamilie. Mit dem Fingerzeig nach oben zu den Mächtigen, Schönen und Reichen allein – also einer Kapitalisten- anstelle einer Kapitalismuskritik – konnte eine Gesellschaft sich nicht modifizieren. Zudem trat an das radikaldemokratische Verfahren die Spontaneität, als würde diese die Alternative zu den Missständen darstellen.

Sie erinnerte sich an eine Diskussion mit einer Galionsfigur von *Occupy Wallstreet*, die gemeint hatte, dass man die Unterdrücker_innen benennen musste. Elisabeth hatte erklärt, dass sie durchaus gewachsene Herrschaftsstrukturen identifizieren könne. Dennoch sehe sie den Ausgangspunkt ihrer Kritik bei sich selbst: Nur wenn jedes einzelne Individuum damit begänne, seine Privilegien aufzudecken und anders zu kommunizieren, nur wenn man den Finger auf die eigenen Wunden legte und zu seinen Unzulänglichkeiten stünde, anstatt sich in der Pose des mahnenden Kritikers der Missetaten anderer zu gefallen, nur dann könnte eine gesellschaftliche Transformation stattfinden. Ohne diese „Risse in der Repräsentation" würde man auf genau dieselbe Art und Weise kommunizieren, die man eigentlich zu kritisieren hoffte.

„This means surrender!", war die Antwort, die sie darauf bekommen hatte.

Elisabeth hatte entgegnet, dass sie das anders sehe, dass es ihr doch viel mehr Stärke gebe, wenn sie bei sich anfangen musste. Denn beim Zeigen auf andere fühle sie sich viel machtloser. Dabei musste sie darauf hoffen, dass diese ihre Weltsicht teilten und so müsse nur sie sich ändern.

Elisabeth setzte ihre Hoffnung in das Freie Institut. Vielleicht würde sie dort auf eine neue Art, zu leben und zu arbeiten, stoßen. Aus dem Grund wünschte sie sich auch, dass ihr Freund Richard aus Berlin zu dem Kreis der Erlesenen dazustoßen würde. Sie vermisste die stundenlangen Gespräche auf Richards Couch. Richard dekonstruierte nicht nur, sondern er legte auch vieles in die Praxis um. Viele Dinge, die Elisabeth nur denken konnte, wurden von

Richard in die Tat umgesetzt. Mit einem bürgerlichen Rahmenwerk ausgestattet, war er in der Lage, dieses Gerüst gnadenlos auseinanderzunehmen, um dann doch wieder in seine schützenden Mauern zurückzukehren. Richard war bereit, sein Leben von Berlin nach Wien zu verlegen, weil er zwar selbstständig war, aber seine „Beratungsklitsche", wie er selbst meinte, nicht der größte Quell der Inspiration war. Für die nächste Zeit würde er sich wieder auf das Kerngeschäft der Freiheit konzentrieren, wie er in einem Telefongespräch mit Elisabeth gemeint hatte.

Elisabeth wünschte sich für das Freie Institut, dass dort das Lustprinzip großgeschrieben werden würde. Damit es nicht nur bei ihren Erwartungen blieb, hatte sie Richard schon den Auftrag erteilt, ein Portfolio illegalisierter Substanzen mit nach Wien zu bringen. Im letzten Sommer war Richard zu Besuch in New York gewesen und zusammen mit Simone waren sie dann zu einer Party nach Bushwick geradelt. Je später es geworden war, umso mehr Gäste hatten die Party verlassen. Es war nur noch ein harter Kern um die aparte Gastgeberin Anne geblieben. Diese war dann mit einem vielsagenden Lächeln gekommen und hatte gemeint, dass sie jetzt, wo sie in einem so intimen Kreis wären, etwas MDMA konsumieren sollten. Gesagt – getan. Es war einzigartig gewesen. Die übrig gebliebenen Partygäste hatten auf dem von Anne arrangierten Matratzenlager gelümmelt. Nach und nach hatten sie im wahrsten Sinne des Wortes alle Hüllen fallen gelassen. Zum Glück war es warm gewesen, da sie sich ansonsten etwas geholt hätten. Elisabeth konnte sich daran erinnern, dass sie mit ihrem Mund und ihren Händen verschiedenste Körper verwöhnt hatte. Hingegossen zwischen den verschiedenen Leibern war sie in ihrem Schwelgen derartig in sexuelle Ekstase geraten, dass es sich angefühlt hatte, als lösten sich ihre

Grenzen vollkommen auf. Sie hatte sich derartig hemmungslos hingegeben, dass sie sich irgendwann vor Lust zuckend die Dachpappe liebkosend wiedergefunden hatte.

„So und da fährst du hin, lässt den Laden stehen, um da mal mit irgendwelchen Weltverbesserern rumzuhängen und dich kollektiv für ein paar Jährchen intellektuell zu beweihräuchern. Und wem soll das was bringen, angefangen mit dir!? Das klingt alles so absurd, dass ich einfach nur darüber lachen kann. Warum verschenkt sie nicht gleich das Geld und ihr stellt damit an, was ihr wollt? Dann müsstet ihr euch diesen ganzen Hippiezirkus nicht antun. Ich meine, ist ihr eigentlich klar, dass Menschen, um nach ihrer Pfeife zu tanzen, auch etwas aufgeben müssen? Aber mir soll's recht sein, Brice möchte hier gerne versuchsweise einziehen, wir haben gestern lange darüber gesprochen. Ich hatte befürchtet, wir könnten uns das gleich abschminken, nachdem du wegen der Wäsche so einen Aufstand gemacht hast. Also so gesehen hat sich die Diskussion ja gewissermaßen erübrigt."

„Louise, ich bin nicht weg. Ich habe noch nicht mal begonnen, darüber nachzudenken."

„Das werden wir noch sehen. Du haust doch immer ab, wenn's mal brenzlig wird."

Der Vorwurf kränkte Jeanne, immerhin hatten sie in den letzten Jahren gemeinsam geträumt, gewagt, geliebt und ihr passables Einkommen bestritten. Sie hatten sich auch gemeinsam auseinandergelebt und ein vernünftiges Auskommen damit gefunden, als ihre Beziehung sich zunehmend ausfranste, bis sie dann schließlich stillschweigend verebbt war, irgendwo versickert im öden Staub. Keine großen Gefühle mehr, aber eine Existenz irgendwo nahe an gleichförmiger, unaufgeregter Zufriedenheit. Sie saßen auf der Verandatreppe, in einem leichten Winkel voneinander abgewandt, jede für sich an irgendwelche dünne Halme fragiler Vorstellungen geklammert, den Blick ins Ungewisse gerichtet. Jeanne dachte an die schmollenden, aneinandergelehnten, spiegelverkehrten Zwillinge „d" und „b" von vorhin. Bloß, dass hier nicht der teilnahmslose Buchstabensalat war, der da glotzte, sondern ein nerviges Gästekind nach einem Eis fragte. Louise rappelte sich sichtlich erleichtert auf und lief ins Haus.

„Ich dreh mal 'ne Runde!", rief ihr Jeanne noch nach, schnappte ihre Tasche und lief zum Auto.

Das Telefonat mit Antoines Mutter hatte sie in Angst versetzt. Mit ein bisschen Glück würde sie ihn finden können, denn „mit Antoine reden" hieß aus Madame Tolains Perspektive, ihn „zur Vernunft bringen", und Jeanne wollte ihr jedenfalls zuvorkommen. Zuerst galt es, ihn auf seinem weitläufigen Rückzugsgebiet überhaupt zu lokalisieren, und dann, nun, „Vernunft" war für Jeanne ein Kampffeld, das sie Madame Tolain nicht einfach so überlassen wollte. Auch wenn sie manchmal Sorge hatte, sich wohlmeinend über Antoines eigene Vorstellungen hinwegzusetzen. Sie konnte sich noch schmerzlich daran erinnern, als ihr einmal dieses bescheuerte „Du wirst schon sehen, es wird leichter, wenn du älter wirst" hinausgerutscht und Antoine daraufhin einen Monat lang nicht mehr zum Unterricht erschienen war. Sie biss sich nervös auf die Lippen, im Grunde genommen hatte sie auch überhaupt keine Ahnung, wie sich die Situation auflösen ließ, ohne dass es auf die eine oder andere Art zum Eklat kommen würde. Sie schnaubte vor Hitze und versuchte vergeblich, einen anständigen Radiosender zu finden. Vor ihr schoben sich noch die letzten Blechkolonnen durch die Landschaft und bahnten sich durch das hitzeverdörrte Ende des Augusts ihren Weg aus den Feriensiedlungen, Bungalows, Hotelkomplexen, Campingplätzen und Zweitwohnsitzen zurück in die engen Wohnungen, Schulklassen und Arbeitsstätten. Die Luft flimmerte so stark, dass die Autos streckenweise mit der Straße zu verschmelzen schienen, als würde die Sonne sie auf dem Asphalt einsieden. Der Verkehr lichtete sich, als Jeanne auf eine ruhigere Nebenverkehrsader wechselte und weiter Richtung Küste fuhr, wo sie Antoine vermutete.

Zu Ende bringen, bloß nicht halbfertig, mitten auf dem Weg hinschmeißen. Wie, ist egal, denn es zählt letztlich dranzubleiben, ja, die Etappenvorbereitung für das Nächste nicht verschlafen. Sonst kommt es, das furchterregende Nichts, weil das Eintrittsticket für die nächste Etappe nicht da ist. Pech gehabt, Gründe uninteressant. Also immer weiter, egal, ob es geht oder nicht, es muss, *mussgehen*. Am besten das Ticket vorausschauend sichern, sich an etwas halten, das nicht einfach so verschwinden kann. Etwas, an das man sich *ran*halten kann, mit den richtigen Instrumenten und der richtigen Sprache. Etwas, dem Glauben geschenkt wird, die glaubwürdige Ausgeburt aus dem *Schriftundzahlalsgewissheitlaboratorium*. Das Ticket aber wird nicht einfach verschenkt, und schon gar nicht an alle ausgegeben. Auch für diejenigen, die sich noch so sehr anstrengen, es kann leider keine Garantie dafür gegeben werden, das muss schon verstanden werden, bitteschön! Also, wichtig ist: Rasch zugreifen und nicht lange hadern, wer zögert, ist nicht glaubwürdig motiviert. Wer sich da gar nicht bemüht, wird mit Sicherheit schon von Rechtswegen ausgeschlossen. Ja, also, das muss schon klar sein, so einfach ist das nicht, dieses Ticket, das kriegt schließlich nicht irgendwer, die_der sich weigert, die Spielregeln einzuhalten. Es steht ja allen offen mitzuspielen, aber wer dabei ist, muss wissen, dass da nichts von selbst kommt!

Jeanne wurde schlecht, sie parkte ihr Auto am Rand und stieg aus, stemmte ihre Hände in die Seiten, hob ihren Brustkorb und holte tief Luft. Ihr Blick streifte ungezielt die Felsenküste entlang, die von der Nachmittagssonne angestrahlt wurde. Die schlichte Schönheit der Landschaft berührte sie, wenn auch die Übelkeit ihr den Genuss einigermaßen versaute. Sie beugte sich leicht nach vorn und spuckte auf den Boden, lehnte sich dann zurück an die Tür ihres Autos und schloss die Augen. Ihre Gedanken ließen sich kaum ordnen, sie dachte wieder an dieses ominöse Ticket, dem sie so lange nachgelaufen war. Und nun lag da vor ihrer Nase etwas, das so unkompliziert klang. Sie musste es sich nicht verdienen, nichts leisten, es war einfach da: unverbrauchte drei Jahre mit selbstbestimmter Zweckwidmung. Was sollte sie bloß mit dieser Zeit anstellen? Es wirkte kurz und lang zugleich, jedenfalls zu bescheiden als Zeitspanne für einen Weltumsturz, wobei sie bezüglich dieser Zielsetzung ohnehin so ihre Zweifel hatte. Aber auch gefährlich lange für planloses Herumtreiben. Ersteres erschien ihr illusorisch, ja sogar ein wenig gefährlich, Letzteres kam aber ebenso nicht in Frage, ob ihres eigenen Intimwahns und ihrer gepflegten Pedanterie.

Die Übelkeit hatte sich gelegt. Sie blickte um sich, eine Wolke hatte sich vor die Sonne geschoben. Das Meer kräuselte sich und hütete verspielt weiße Schaumschäfchen auf seinem grauen Weidegrund. In der Luft lag der sich ankündigende Herbst, der sich mit der sommerlichen Trockenheit von roter Erde, dickblättrigem Salbei, Dornbüschen und Pinien vermengte. „Schööööön!", wollte sie hinausschreien, während sie gleichzeitig aus Angst vor dem Hall ihrer eigenen Stimme zurückschrak. Sie sah zur Küste hin und fühlte sich von ihrer Beobachtung abgeschnitten, ihr sehnsüchtiges, erwartungsvolles Begehren hin zur Weite des Meeres und zu den beeindruckenden Klippen gerichtet. Frustrierend, so dazuhängen auf festem Grund, den vorsichtig abtastenden Blick in die Ferne gerichtet, ohne sich selbst in diesen Horizont zu wagen. Es gab jedoch durchaus bequeme Vorteile, es war ein Blick aus einer klebrigen Sicherheit heraus, verschlungen mit der Gewissheit, die eigene Existenz in diesem überschaubaren, wenn auch zunehmend beklemmenden Mikrokosmos wacker zu bestreiten. Universum mit ein paar leer stehenden Ecken Gestaltungsfreiheit inbegriffen, ungeschickte Umdrehungen um eine Handvoll sozialer Beziehungen, bescheiden (ist ja nicht so verkehrt), manchmal platt oder erdrückend (damit kann man sich schon arrangieren), aber insgesamt doch eher beruhigend (Moloch).

Es war nicht so einfach, diese Entscheidung zu treffen. Sie stieg ins Auto und fuhr weiter. „Nichts Leichtfertiges", das unterstrich Jeanne in Gedanken versunken. Sie riss ihr Lenkrad herum und bog zurück auf die Straße, der Radiosender gab brüchig Fetzen von *Smalltown Boy* wieder. Ihr Unbehagen, schien ihr jedenfalls, schob sie weiter, in einen vagen Möglichkeitsraum, umkreist von Hannahs papiernem Lockruf. Vielleicht würde es gelingen, die Einladung als lustvolles Spiel zu sehen. Die Anleitung konnte fürs Erste simpel sein: kollektives Verlernen von Abfeiern eines inhaltsleeren Arbeitsethos, von Hauptsache, die Nase vorn, von der Selbstkasteiung im Namen des Etappensieges, von der Lebensorganisation im Stunden- und Minutentakt – die halbstündige Mittagspause mit Luce, abwesend, überarbeitet und ständig prüfend, wer das Lokal betrat, schon am Sprung zum Jour fixe des Teams, Meeting auf zwei Stunden angesetzt, das einstündige Mitarbeiter_innengespräch mit Marc oder ein Drama in sechzig Minuten, Besetzung: allmachtsfantasierender Chef und ohnmachtsfantasierende Mitarbeiterin, Kulisse: funktionale Büroparzelle am Institut mit Blick auf Lichtschacht, Plot: brechen und aufbauen in einem Akt, subtil eingesetzte Motivation, würde Marc behaupten, eine der beschissensten Erfahrungen meines Lebens, würde Jeanne resümieren. Insgesamt ein Publikumserfolg, schließlich geht es anderen ja auch nicht besser! Nicht ohne Genugtuung wird ranziges Popcorn in zermalmende, verschlingende Münder geschoben. Tröstendes Viertelstundenmasturbieren vor dem Einschlafen, gut gegen die Kopfschmerzen, schnell in ein paar Minuten einschlafen, damit es morgen besser weitergehen kann, ihnen zeigen, dass es geht, die dreiviertelstündige Radfahrt zum Institut, Bewegungspensum für den Tag erledigt. Während der Wasserkocher läuft, schnell die Geräte im Labor hochfahren, damit keine Zeit verloren geht. Das Verfahren vor den anderen entwickeln und sofort damit an die Öffentlichkeit gehen, aber: strategisch publizieren, nichts ineffizient verschleudern. Alles in Form gießen, Jahresplanung in Publikationseinheiten oder aufgesplittet in die Phase vor und nach der Abgabe des Projekts, des Papers, des Vortrags, der Nerven. Nerven aus der Bahn, an den maßlosen To-do-Listen aufgerieben. Formlose Gestalten, Jeanne konnte sie verschwommen erkennen, da war Marc, der sich über sie beugte, die Konturen wurden immer deutlicher, er grinste, mit einer Miene, bei der sich Erleichterung und Triumph die Hand reichten. Sie werde den Artikel nicht publizieren, nicht mit diesem Inhalt, nicht solange sie als Dissertantin unter seiner Verantwortung stehe. Mit ihrem irrsinnigen Kommentar zur Unzugänglichkeit von Reproduktionsmedizin für lesbische Paare, erschienen in einer großen französischen Tageszeitung, hätte sie schon genug Schaden angerichtet. Sie arbeite hier im Dienste der Wissenschaft, für Politik solle sie sich anderswohin scheren.

Jeanne spürte Tränen im Gesicht, kein Platz zum Denken an diesem Unort. Ja, arbeiten im Kollektiv des Freien Instituts stellte sich Jeanne heilsam vor, vielleicht musste sie sich einfach zuerst mit ihrem beschädigten Leben in einer Spiellandschaft bewegen, rund herumkugeln, der Ort wäre bunt und weich ausgepolstert, Platz für ein paar gepflegte Meinungsverschiedenheiten und Gaukeleien wären für das Landschaftsrelief schon in Ordnung.

IV. Umsteigen/Crossings

Schweres Spätnachmittagslicht. Kurz vor Einbruch der Dämmerung. Die vor dem Fenster ruhig vorüberziehende Landschaft geronnen zum Lichtfleck. Auf dem Weg zur Toilette den leeren Kaffeebecher in die Müll-Box. Die ersten Vororte von *Strasbourg*. Zuerst niedrige Einfamilienhäuser. Dann Wohnsilos. In wenigen Minuten. Das Abteil gerät in Bewegung. Taschen werden geöffnet und wieder geschlossen. Laptops zugeklappt und verstaut. Jacken und Mäntel angezogen. Einzwei Hüte aufgesetzt. Der TGV *en provenance de Marseille* fährt ein in den Bahnhof von

Strasbourg. Den Rucksack nehmen. Die Plastiktasche in die eine Hand. Das Abteil verlassen. Vor der Gepäckablage warten. Die Reisetasche schultern. Den Rollkoffer mit der anderen Hand aus dem Zug auf den Bahnsteig ziehen. Die kleine Rampe zwischen Zugtür und Bahnsteig. Plötzlich fällt ihr die Wiener U-Bahn ein. Diese unbeteiligten, so österreichisch akzentuierten Stimmen. „Zurückbleiben bitte." Sie hat sich amüsiert darüber. Über die Aufforderung, zurückzubleiben. Nur in Wien möglich. In Österreich. Und „Achten Sie auf den Spalt zwischen Bahnsteig und U-Bahn-Tür." Keine kleinen Rampen in der Wiener U-Bahn. Also. *Mind the gap. Mind.* In Österreich eine der höchsten Reproduktionsquoten im Bildungssektor. In Europa. Mit dem Bildungsgrad der Eltern steigt die Wahrscheinlichkeit überdurchschnittlich, dass auch die Kinder in den tertiären Sektor eintreten. Bei geringerem Ausbildungsstand der Eltern ist es überdurchschnittlich unwahrscheinlich, dass die Kinder ein Studium abschließen. *Mind. Mind* – woher du kommst. *Mind the gap.* Keine kleinen Rampen in Österreich. Am Bahnsteig die Durchsagen. *Le TGV pour Munich. Here we go. Voie 5.* Abfahrt in zwanzig Minuten. Beim Bahnsteigwechsel vielleicht einen Snack kaufen. Ein Baguette mit Thunfisch und Salat. Eine Cola. Wahrscheinlich billiger als in der Bahn.

Den Rollkoffer unter die erste Stellage schieben. Die Reisetasche auf einen anderen Koffer wuchten, einen Stoff-Trolley. Mit dem Rucksack und der Plastiktüte den Platz einnehmen. Das Abteil ziemlich voll. Ihr Platz am Fenster. Schräg gegenüber eine Frau. Die wühlt in ihrer Tasche. Unbestimmtes Alter. Vielleicht Mitte fünfzig. Strähniges grauschwarzes Haar. Eine billige, kleine Plastikspange, die die Haarsträhne aus dem Gesicht hält. Das Gesicht eingefallen.

Fadenscheinig die violette Weste. Etwas verwahrlost die gesamte Erscheinung. Aus der verbeulten Kunstledertasche zieht sie eine kleine durchsichtige Plastiktüte. Etwas in Alufolie eingewickelt. Ein halbes Baguette, Schinken, Ei. Mayonnaise. Oder *Sauce Blanche*. Unangenehm der Geruch. Das Ei im Sandwich. Sie wendet sich ab. Dem Fenster zu. Der Zug fährt ab. Gleitet aus dem Bahnhof. Aus der Stadt. *Strasbourg*. In *Strasbourg* ist sie erst einmal gewesen. Dreivier Tage lang. Mit Michi. Kaum Erinnerungen an die Stadt. Er wollte das Münster sehen. Studieren. Und sie. Ihr ist es egal gewesen, was passiert ist. Freie Tage. Noch zu Studiumszeiten. Sie hat Michi jeden Tag ins Münster begleitet und ist dann spazieren gegangen. Immer dieselbe Strecke. Croissant und Kaffee. Die Zeitung überfliegen. Dann weiter. Von einem Café, von einem Bistro zum anderen. Am Nachmittag dann Michi abgeholt. Er hat ihr vom Münster erzählt, ihr seine Skizzen gezeigt. Wenn dieser Gesprächsstoff ausgegangen, dann. Sie hat nichts zu erzählen gehabt. Ein paar Zeitungsnachrichten. Und Allgemeinplätze über Frankreich. Die Franzosen. Immer dankbar über jede Ablenkung von außen. Jemand, der nach dem Weg fragt. Jemand, der sich im Restaurant auffällig verhält. Jemand, der mit ihnen, den beiden *Allemands* ins Gespräch kommen möchte. Nach den dreivier Tagen wieder zurück nach Bonn. Die Frau ihr gegenüber verschlingt das Sandwich. Als hätte sie. Als wäre sie sehr hungrig gewesen. Die weiße Sauce tropft auf den Rock. Baguettekrümel, Eikrümel, die auf den Boden fallen.

Marie, die erst am nächsten Tag geantwortet hat. Auf die SMS. Einen halben Abend lang hat sie gewartet. Auf Maries Antwort. In der Nacht einige Male aufgewacht. Aufs Display geschaut. Keine neue Nachricht. Am nächsten Tag dann. Knapp. „Heute Abend bei Hassan? Ab 19.00? bises m." „Okay. j." Wie sie hinaufgestiegen ist zur *Plaine*, zur *Place Jean Jaurès*. Beschwingt. Sich so im Klaren darüber, was sie Marie zu sagen habe. Sie würde das alles klären können. Und hat Marie dann einen Vortrag gehalten. Großspurig. „Schau." Zwei verschiedene Lebensläufe. Marie. Als Jugendliche schon politisiert. Die Jugendcamps auf der ganzen Welt. Kuba. Belgrad. Libyen. Die Eltern im Grunde dagegen. Froh aber, dass sie den Sommer über beschäftigt war. Habe eben vielseitige Interessen und Engagements. Würde das, worüber sie jetzt forsche, eben auch aus der Praxis, der politischen Praxis kennen. Während sie. Jeanette. Eine Aversion gegen politische Tätigkeiten. Die Eltern ihr immer die Ohren voll. Solidarität. Arbeitskampf. Errungenschaften der Sozialisten. Hätte keiner Organisation beitreten können. Wollen. Also Einzelkämpferin. Bis in die letzte Konsequenz. Habe so halt ihren Weg gemacht. Und ihre Forschung. Sie mache ihre Studien und Designs. Wäre auf dem neuesten Stand der Literatur. Brauche für ihre Arbeit eben keine Praxis. Und sie beide, Marie, Jeanette, hätten auf verschiedenen Wegen zueinander gefunden. Wäre das nicht schön. Wunderbar. Gegen jede Wahrscheinlichkeit. Wie Marie ihr mit offenem Mund zugehört hat. Sie ist dagesessen und hat ihr zugehört, vor Staunen bleich. Am Ende dann, schneidend. Gegen jede Wahrscheinlichkeit sei doch nur, dass sie, Marie, am EHSS dieselbe Stelle habe wie Jeanette. Dass sei das einzig tatsächlich Unwahrscheinliche. Ob sich Jeanette dadurch gefrotzelt fühle. Ihr Leben wie auf Schienen. Ohne sich um die Richtung zu kümmern, einfach den gängigen Maßstäben nachziehen. So schnell wie möglich. So gut wie möglich. Wäre sie, Jeanette, früher geboren, zum Beispiel vor achtzig oder neunzig Jahren. Dann. Marie hat den letzten

Satz geschrien. Dann plötzlich innegehalten. Jeanette hat an diesem Abend zum ersten Mal von ihrer ersten Schulwoche in Köln erzählt. Dass niemand sie verstanden habe. Dass alle in den ersten Tagen wissen wollten, woher sie komme. Welche Sprache sie da spreche. Dass nach den ersten Tagen niemand mehr interessiert gewesen sei, nicht an ihrer Herkunft. Nicht an ihrer Sprache. Nicht an ihr. Lang sind sie, Jeanette, Marie, an diesem Abend gesessen, sehr lang. Gedacht hat sich das keine von ihnen, nach diesem Beginn, dem großspurigen Vortrag von Jeanette, der Nazi-Mitläuferin-Anschuldigung von Marie. Zwei Tage nach diesem Abend ist die Mail von Hannah gekommen.

Dunkel. Dunkel ist es jetzt und der Blick aus dem Fenster. Sie im Abteil. Verschwommen. Sie auf ihrem Platz. Die Beine überschlagen. Nach hinten gelehnt. Dieses Freie Institut. Was das wohl werden wird. Sie weiß nicht einmal, welche Infrastruktur es dort gibt. Wie die Zimmer oder die Appartements aussehen. Muss sich noch erkundigen. Bei Hannah nachfragen. Und dann. Die Zeit dort. Hoffentlich wird das kein Leerlauf. Kein Leergang, den sie einlegt auf ihrem Weg. Die Forschungsaufenthalte bislang, die sind immer an ein konkretes Projekt gebunden gewesen. Dafür gibt es Gelder. Aber für freie Forschung. Davon hat sie noch nie gehört. Aber sie. Sie kommt ohnehin mit einem konkreten Projekt. Mit der Habil. In drei Jahren. Machbar. Keine Lehre. Keine mühsamen Anträge, um an die Gelder zu kommen. Keine Konferenzen. Oder doch. Ein paar. An ein paar Tagungen wird sie teilnehmen müssen. Den Anschluss nicht verlieren. Um den Anschluss nicht zu verlieren. Diese Frau ihr gegenüber. Die schläft. Schnarcht. Irgendwo hat die den Anschluss verloren. Bestimmt keine Obdachlose. Aber gestrandet. Mit ihrem Leben. In ihrem eigenen Leben. Sie wird sich in diesen drei Jahren auf ihre Habil konzentrieren. Ausschließlich. Vor allem. Die anderen, die an dieses Institut kommen. Die kennt sie nicht. Weder persönlich noch den Namen nach. Was das für Leute sind. Einige hat sie gegoogelt. Um zu sehen, was die bislang gemacht haben. Einer hat in den USA studiert, in Minnesota. Wenigstens. Gender-Themen. Na ja. Eine lebt und arbeitet in New York. Hat abgedrehte halb theoretische, halb literarische Texte veröffentlicht. Bezeichnet sich als Dekonstruktivistin. Auch das kennt man. Von ein paar anderen hat sie nichts finden können. Die existieren nicht. Im Netz. Keine Universitätszugehörigkeit. Kein Forschungsschwerpunkt. Keine Publikation. Eigenartig. Was das für ein Team werden soll. Hannah hat ja nur kurz die Namen erwähnt. U. a. Unter anderen, hat sie geschrieben und dann die Namen aufgelistet. Ein Team. Das hat auch nicht viel zu sagen. Diese Teams, das sind vorübergehende zweckmäßige Schicksalsgemeinschaften. Geteilt werden Büros, Gelder, Drucker und Kopierer. Und die Institutszugehörigkeit. Die Zusammenarbeit nur auf dem Papier. In Frankreich wie in Deutschland. Und in Österreich wahrscheinlich genauso. François, der so getan hat, als wären alle gerne dort, dort in Marseille. Wegen der Stadt. Aber er muss gewusst haben, dass sich alle nur unter dem Decknamen des Instituts versammelt haben. Und wegwollten, weg aus der Stadt. Sie hat kaum gewusst, woran die anderen gerade arbeiten. Serge an seiner Doktorarbeit über die Gastarbeiter aus Algerien in den Sechzigerjahren. Anne und Pierre, die haben sich in den Methodenstreit vertieft. Ihren Zugang entwickelt. Argumentiert. Nur von Marseille aus ist da nichts zu machen, nicht mitzumischen. Geht nur von Paris aus. Also. Antoine und Sophie, die wollten arbeiten und sich nicht mit

Methoden-Fragen aufhalten. Nicht mit Methoden-Fragen, die einen Institutionenstreit, ein Schulen-Geplänkel kaschieren. Mit Marie hat sie auch nicht gearbeitet. Marie, die geht lieber ins Feld. Macht ihre Interviews. Ihr Zugang. Auch ihre Möglichkeit, mit den Leuten zu reden. Und sie Jeanette. Sie hat sich auf die Publikationen konzentriert. Teilergebnisse ihrer Studie in Frankreich veröffentlichen. François' Name mit auf den Papers. Auszüge vortragen. Die ersten Adaptionsdesigns. Einiges weitergebracht. Für sich. Auf ihrem Weg. Die Wege der anderen, Tangenten. Wenn überhaupt.

Eine kleine Stadt. Lichtspiele vorm Fenster. Lichtkegel und Lichtrechtecke. Lichtgeometrie. Die Frau gegenüber schläft noch immer. Erschöpfung. Nach München zurückfahren. Bestimmt eine Deutsche. Statur. Kleidung. Das Ei im Baguette. Aus verschiedenen Ländern sollen sie kommen, Hannahs Leute. Ein internationales Team. Hat Hannah nicht geschrieben. Nur, dass sie aus allen Ecken und Enden der Welt anreisen werden. Und alle, die bislang eingeladen worden sind, können Kolleginnen und Kollegen empfehlen. Und einladen. Einfach so einladen. Wie sie gezögert hat, Marie das zu erzählen. Erst drei Wochen später. Als Marie gefragt hat, ob sie die Einladung an dieses Freie Institut sehen könne. Aus Neugier. Sie wisse noch immer nicht, was das sein solle. Und sie, Jeanette, offenkundig auch nicht. Sie rede ja immer nur von ihrer Habil, die sie dort, in Wien, in Angriff nehmen wolle. Jeanette hat also Hannahs Mail noch einmal zusammengefasst. Und zu Hause dann vorgelesen. Marie, wie sie auf dem kleinen Canapé gesessen hat, so ruhig, ins Zuhören versunken. Mit dem Glas in der Hand gespielt. Damals hat Jeanette sie gefragt. Ob Marie nicht mitkommen wolle.

Sie könne ja andere Leute einladen. Selbst erschrocken über die Frage an Marie. Sie hat zuvor schon daran gedacht, es sich aber nicht überlegt. Nicht in Ruhe überlegt. Und dann dieser Impuls. Diesem ersten Impuls gefolgt. Zur eigenen Überraschung. Marie hat langsam die Augen gehoben, das Glas auf den Tisch gestellt, Jeanette angesehen. Ganz ruhig. „Möchtest du das?“ Auf die einfache Frage. Darauf hat Jeanette nicht antworten können. Nur leise genickt. Sie hat nicht gewusst, ob Marie das Nicken gesehen hat. Weiß es auch heute nicht. Hier nicht, in der Bahn, auf dem Weg nach Wien. „Lass dir Zeit damit“, hat Marie geantwortet. Entweder auf Jeanettes Schweigen oder auf ihr leises Nicken hin. *Peu m'importe.* Sie könne ja einmal hinfahren, dorthin, an dieses Institut. Und könne es sich überlegen, anschauen und überlegen. Ob das etwas für sie wäre, für sie gemeinsam. Wer denn noch alles dorthin komme. Jeanette hat die Namen vorgelesen. Einen Namen wollte Marie noch einmal vorgelesen bekommen. Als würde er ihr etwas sagen, dieser Name. Das belustigt sarkastische Marie-Gesicht auf diesen Namen hin. Sie wollte aber nicht sagen, ob sie ihn kenne, diesen Peter Katholnig, ob sie nur den Namen komisch finde.

Wie lange noch. Wie lange wird sie noch in dieser Bahn sitzen müssen. Der Rücken verspannt. In den Beinen zieht es. Die Erschöpfung bleiern. Aber Unruhe, pochende Unruhe. Mühsam ist so eine lange Bahnfahrt. Warum überhaupt mit der Bahn. Nicht mit dem Flugzeug. Was hat sie dazu bewogen, die Bahn zu nehmen. Zeit haben, sich Zeit nehmen. Wofür. Zum Arbeiten? Zum Nachdenken? Gearbeitet hat sie ja bislang nicht. Keine Spur. Nachgedacht. Eher rekapituliert. Zusammengefasst. Die nächsten drei Jahre. In Wien. Ohne Marie. Mit Marie. Das wird sich zeigen. Das wird sich ergeben. In diesem Institut zusammen arbeiten, zusammen wohnen. Marie und sie. Die anderen. Das Team. Die machen ihre Sachen. Alle hoffentlich ein Appartement für sich, dort, auf dem Institutsgelände. Und hoffentlich Menschen, die sich entsprechend zu verhalten wissen. Die Distanz wahren können. Marie, die sie gefragt hat, was sie sich denn erwarte vom Team, von diesem Team. Und was sich die anderen wohl von ihr, Jeanette, erwarteten. Komische Frage. Die hat sich ihr so noch nie gestellt. Die hat sie sich so noch nie gestellt. Na, sie sei eben eingeladen worden, eingeladen von der Institutsgründerin, eingeladen angesichts ihrer wissenschaftlichen Arbeiten. Vermutet sie. Es gebe ja keinen anderen Grund, sie einzuladen, einzuladen an ein Forschungsinstitut. Vielleicht würde es ja eher darum gehen, dass sie sich und ihre Erfahrungen einbringe, einbringe in eine neue Form wissenschaftlichen Arbeitens. Hat Marie gemeint. Das Ganze klinge ja irgendwie nach einem Kollektiv, das sich gründen solle. Das sich aus Menschen zusammensetzen solle, die sich eben nicht kennen aus jahrelanger gemeinsamer Arbeit, die sich noch nicht kennen und also auch eine gemeinsame Basis aufbauen können. Kollektiv. Das klinge nach den sogenannten autonomen Gruppen, die einen Teil ihrer Studienzeit damit verbringen, billiges Essen zu kochen. Fahrräder zu reparieren. Zeitungen zu machen. Demos zu organisieren. In Wohngemeinschaften zu wohnen. Ihre Lebensformen neu zu erfinden und dabei zu glauben, den Lauf der Welt, die Ordnung der Dinge neu zu erfinden. Aber in der Wissenschaft. Hat Jeanette entgegnet. Die anderen interessieren sie nicht. Die würden, so sie vernünftig und ein wenig bei Trost seien, diese drei Jahre für ihre eigenen Arbeiten nutzen. Ohne sich mit Weltverbesserungsfantasien aufzuhalten. Sie werde ja sehen. Hat Marie geschmunzelt. „Wir werden ja sehen." Hat Jeanette ergänzt. Dieses Wir, das sich immer öfter eingeschlichen hat, je näher der Zeitpunkt ihrer Abreise nach Wien gekommen ist. Wir. Sie. Jeanette und Marie. Marie.

Wieder die Lichtgeometrien vor dem Fenster. Verdichten sich. Schieben sich ineinander. Lichtflächen. München. Das dürften die Vorstädte sein. Endlich. Was solle sie denn einbringen in so ein Institut, wenn nicht ihre Arbeit. Ihre Qualifikation. Ihren CV. Ihre Person, die hat dabei doch keine Rolle zu spielen. Uninteressant. Völlig uninteressant. Ihre Erfahrungen. Die bestehen. Die bestehen aus. Die setzen sich zusammen aus dem Vermögen, zu bestehen. In den Situationen, in denen sie sich befindet, zu bestehen. Gemeinschaften dabei nur hinderlich. Oder verstörend. Gemeinschaften bilden die Stärksten oder die Schwächsten. Um sich zu verteidigen. Zu bestärken. Um sich zu schützen. Sichere Räume bilden. Sie hat ihren *safer space* um sich selbst herum gebaut. Eine Jeanette-Kapsel. Wie eine Astronautin. In den großen luftarmen Weiten segeln. Ein autarkes Versorgungssystem. Das ist autonom. Das ist Autonomie in allerletzter Konsequenz. Und nicht die Gruppenbildung. Diese Kollektivierung. Da gibt es früher oder später immer Reibereien. Der Energieverlust durch diese Reibungswärme. Unpraktisch. Unsinnig. Die Frau ihr gegenüber. Schläft noch immer. Ob sie sie aufwecken soll. Die verschläft noch das Aussteigen. Sie lehnt sich nach vorn und berührt die Frau leicht an der Schulter. „Sie ..., wir sind gleich in München." Die Frau schreckt auf. „Wie bitte?" Auf Deutsch. Eine Deutsche. Das vom Aufschrecken aus dem Schlaf verwirrte Gesicht, in das die strähnigen Haare fallen. Das Gesicht so noch älter. Noch hilfloser. „Wir sind gleich in München." „München."

Erstaunt. Wie erstaunt sie den Namen wiederholt. Weiß sie denn nicht, dass sie in den Zug nach München gestiegen ist. Oder fragend. Der Tonfall eher fragend. Oder wehmütig. Überrascht vielleicht. „München." Dieses Mal ein Seufzen. Leise. Leise Erleichterung. Die Frau richtet sich auf. Mit der Hand die Haarsträhnen aus dem Gesicht. Sieht Jeanette plötzlich direkt an. Klare Augen. Katzengrau. „Ich dachte nicht, dass ich es tatsächlich schaffe. Dass ich tatsächlich – ." Sie unterbricht sich. Fasst Jeanette fester ins Auge. Setzt ihren Satz nicht fort. Die Mundwinkel kräuseln sich. Ein Lächeln. Ein leises, ein feines Lächeln. Spöttisch. Leiser, feiner Spott. Jeanette springt auf. Wirft sich den Rucksack auf den Rücken. Nimmt die Plastiktüte. Verlässt das Abteil. Den Blick der Frau im Rücken. Aus dem Abteil hinaus. Steht vor der Gepäckablage. Die Einfahrt in den Bahnhof. Der abgebrochene Satz. Wohin der wohl hinauslaufen sollte. Dieses Lächeln. Der Spott. Ihr gegolten. Sie in den Augen der Frau. Eine junge Frau. Die nichts weiß. Die nichts versteht. Was weiß die schon. In ihren Augen. Weiß nichts über sie, über Jeanette. Was hat diese Frau, dieses Gesicht, schon mit ihr zu tun.

Zugfahren: Die Grenzen wahrnehmen, mit oder ohne Passkontrolle. |
„Und die Papiere?“ | Durchatmen. | *„Wos host du fia a Papier?“* | Stationen, die ich schon kenne.
Ja, die Papiere der Karre, des Tomte und der Chauffeuse sind flott zur Stelle, werden befingert, beschnuppert und abgeschleckt: *„Gute Papiere …“* |

und dann springt die Frage eins weiter: | Und ihre Fragen gestellt. Herausfordernd. Bohrend. | Dieses verdammte Zugfahren macht mich wahnsinnig. |

Ein bisschen dürftig fand das Sina, griff zum Jägermeister, erhob das Fläschchen süffisant zur Laptopcam und kippte es, ohne sich die Ohren zuzuhalten, runter. | Ich glaube, hinter den Ohren verbirgt sich, was noch keiner gehört. |

Alex war wieder mal geneigt, ihm ihr Ohr zu schenken. | Nun baute sich da aber so ein junger *Cuko* vor Saçira auf, im Augenwinkel sah sie eine ältere Frau

mit Kopfhörern über den Ohren. |
Ein richtiges Abreiselied. |

Mit Sina wollte Hannah Jäger trinken, sich den Schraubverschluss auf die Nase drücken und mit zugehaltenen Ohren dem Gluckern zuhören. | Aus mir sprudelt es heraus, aber ich will es geheim halten, beschützen vor den Augen/Ohren/Gedanken anderer. Es soll auch außerhalb von mir sicher sein. |

Dann kannst du eventuell für die anschlussfähige Kommunikation unseres Instituts nach außen sorgen. | Am besten während des Sprechens nicht nervös werden. | Jeder – in meinen Augen – missglückte Kommunikationsversuch versetzte mich in Panik, hinterließ Stacheln in meinem Kopf. |

Damit würdest du quasi als Stachel im eigenen Fleisch in Form des Sprösslings unseres nicht allzu verehrten Gönners in unseren Institutsalltag integriert werden. | „Reiche Männer und ihre Diener, ich verstehe." | „Witzlos, aber nicht weiter überraschend.“ |

Alle warten, warten auf ihn, erwarten ihn, ihn, den großen Meister, der gleich sprechen wird. Der alle verzaubern wird. Mit seinen Worten. Sie will ihn nicht hören. Will sich nicht von ihm betören lassen. Also dreht sie sich um. | Manfred wusste allerdings, dass Elisabeth sich mit einem weinenden Auge von der Wissenschaft abgewandt hatte. | Plötzlich fliegt sie auf. | Ihr fehlte einfach der nötige Biss, um sich im Haifischbecken Akademie durchzusetzen. |

Es gehört einfach zum Leben dazu, dass m* sich nicht immer drückt. | Mit dem Rücken zur Bühne. Um seine Worte abprallen zu lassen. | Das ist wie SMS schreiben, an *irgendeine* Nummer. |

Von einer Schafzucht in Feuerland hielt Sina wenig, vom Träumen viel. | Im Prinzip wäre es ihre Traumtätigkeit, wenn dort nicht die Konventionen und Strukturen herrschten, die ihr so unangenehm waren. | Von Zeit zu Zeit wird das Ruder reihum übergeben, die hinteren Ränge rücken vor, die Chauffeurin geht schnarchen und leistet Traumarbeit. |

„Je weniger ich für ihre vagen und zugleich extravaganten Wünsche zur Verfügung stehe, desto ergebener passen sie sich meinem Zeitplan an und umso mehr sind sie bereit, jeden Preis zu bezahlen." „Ich gratuliere. Ein traumhaftes Konzept, dessen Umsetzung kaum jemand gelingt." |
Elisabeth wusste, dass man dafür einfach mit den richtigen Leuten zur richtigen Zeit am richtigen Ort sein musste. | Aber man durfte schließlich noch träumen. |

Und wenn ein alter Papp in neuem Gewand sich durch die Schläuche schwindeln wollte, riefen der wiedererwachte Tomtschek oder der zitternde Fritz oder das Motschgerl, nunmehr Mot: halt halt halt, alter Papp, und markten ihn als Wiedergänger „Papp 17" und kauten das

Plagiatspapp – nun mit Nummer – als Wiederkäuer und so ging's immerzu fort fort fort und vorwärts. |

Sie wollte nichts erzwingen, denn meistens passierte etwas Unvorhergesehenes, wenn man am wenigsten damit rechnete. | Sie hätten ein Sinai mehr auf ihrer Karte gehabt, wenn nicht Nadina in der langen Wiese eine Schlange ihren Weg kreuzen gesehen hätte. | Zwischen Pfosten und keinen großen Leuchten hindurch schlängelt sich die Leerzeittruppe, alle tun ihr Möglichstes oder zumindest das Notwendigste für den Fortschritt. | Sie alle müssen hier sein. Anwesenheitspflicht. Präsenzdienst.

In Jeannes Tonfall deutete nichts darauf hin, dass sie vorhätte, sie an diesem Experiment teilhaben zu lassen. | „Dir scheint das Prinzip nicht wirklich vertraut. Ich entscheide, sofern ich gewinne, über Nähe und Distanz." | Wieder andere leisten Orientierungsarbeit. Noch andere leisten Störarbeit. So entsteht der Weg.

Mit Elisabeth gemeinsam an dieses sogenannte Freie Institut zu gehen, klang also verlockend. Das Experiment reizte ihn, auch wenn es ein Risiko war, sich darauf einzulassen. Und unter allen anderen, die dort sein würden, würde er mit Sicherheit auch Menschen finden, mit denen man Spaß haben konnte. Hannah Wolmut kannte er ein wenig, konnte sie diesbezüglich jedoch nicht einschätzen. Sie wirkte auf ihn wesentlich distanzierter als Elisabeth. Hannah gegenüber fühlte er sich immer etwas unsicher. Irgendwie hatte er bei ihr immer das Gefühl, dass sie ihn überschätzte und er ihre Erwartungen nicht erfüllen würde. Andererseits galt die Einladung für drei Jahre und war an keinerlei Voraussetzungen geknüpft. Damit würde er nun endlich wieder in Ruhe forschen können.

Und schließlich gab ihm das auch die Möglichkeit, in der Nähe seiner neuen Liebe Hüsseyin zu sein, ja vielleicht seinen Geliebten sogar mit an das Institut zu bringen, wenn dieser sich dazu entschied. Besprochen hatte er das Angebot mit ihm, kaum dass es auf dem Tisch gelegen hatte. Hüsseyin hatte Peter bereits zuvor auf ein Thema gebracht, das er zu gerne in diesen drei Jahren gemeinsam mit ihm bearbeiten wollte, nämlich die Lebenssituation schwuler, lesbischer und bisexueller Muslim_innen in Österreich. Hüsseyin hatte ihm zunächst über die ersten Organisationsversuche einer kurdischen LGBT-Bewegung in Diyarbakır berichtet. Einige seiner dortigen Freund_innen waren bei der Gruppe Hebûn aktiv, die sich mit Regenbogenfahnen auf Demonstrationen der Kurdischen Bewegung wagte und sich der herrschenden Homophobie im Alltag entgegenstellte. Hüsseyin hatte Peter auch zu Treffen der wenigen Organisationen lesbischwuler Migrant_innen mitgenommen, die sich neben den informellen Netzwerken in Wien mittlerweile gebildet hatten. Peter hatte sich wie immer gleich in diese neue Welt gestürzt, hatte begonnen, die Texte von Andreas Ismail Mohr zu lesen und die Zeitschrift MiGay abonniert. Am liebsten hätte er sofort begonnen, zu forschen, doch Hüsseyin hatte gezögert. Schließlich ging es dabei um seine Lebenswelt und nachdem er mit der Wissenschaft weniger anfangen konnte als mit richtigem politischen Aktivismus, war er auch nach Elisabeths Einladung skeptisch geblieben.

Auch wenn Peter Hüsseyins Skepsis der Wissenschaft gegenüber nicht teilte, der Wissenschaftsbetrieb, in dem Peter sich notgedrungen aufhalten musste, um fürs Forschen bezahlt zu werden, war ihm inzwischen ein Graus geworden. Als er begonnen hatte zu studieren, war ihm die ganze Sache mit der Prekarität noch irgendwie romantisch erschienen. Inzwischen wusste er, wie zermürbend die Lage in Österreich war. Die österreichische Forschungs-, Wissenschafts- und Universitätspolitik war seit Jahren darauf ausgerichtet, junge Wissenschaftlerinnen und Wissenschaftler systematisch zu verheizen. Alle Studienkolleg_innen, die eine zeitlich befristete Stelle an einem Institut bekommen hatten, hatten danach ihre Uni wieder verlassen müssen. Man dürfe aus arbeitsrechtlichen Gründen keine Kettenverträge zulassen, hatte es vonseiten der Personalabteilung geheißen, und unbefristete Anstellungen würden keine mehr vergeben. Warum sollte er also nach Wien zurückkehren und das Angebot aus Ohio ablehnen? Am Ende der drei Jahre an Hannah Wolmuts Institut würde er doch wieder nur vor derselben Situation stehen, in der er sich jetzt befand. Auch wenn der Gedanke, einmal aus dem permanenten Publikationszwang herauszukommen und mit anderen gemeinsam möglicherweise auch kollektiv zu forschen, jedenfalls aber in ständigem Austausch zu stehen, wirklich attraktiv war, auch wenn es das war, wovon er immer geträumt hatte, vielleicht würden sich drei Jahre der Mitarbeit in diesem Freien Institut am Ende auch schlicht als Lücke in seinem CV herausstellen.

Solcherart zweifelnd beschloss er, sich vorerst nicht zu entscheiden, sondern stattdessen ein wenig zu schlafen. Auch neben ihm war inzwischen alles ruhig geworden. („Maria, geh, sei so guat, blos ma die Nackenstütze auf.") Die engen Sitze der Economy-Class erlaubten es ihm aber kaum, eine Stellung zu finden, die ihm das wenigstens annähernd erlaubt hätte. Nachdem er eine halbe Stunde lang vergeblich versucht hatte einzuschlafen, schaltete er schließlich den Bildschirm für das Unterhaltungsprogramm an.

Austrian pries seine Flüge an: „Kolumbus hat Amerika entdeckt. Jetzt sind Sie dran." In sämtlichen Kategorien fand er nur uninteressante Hollywood-Schinken. Nichts an seiner Lage fühlte sich für Peter gemütlich an und er merkte, wie ihm die Lust verging. Als er dann doch noch einmal der Kategorie „World Cinema" eine Chance gab, sah er, dass er zuvor einen Film übersehen hatte, der ihn garantiert ablenken würde. Der Ton leise plätschernden Wassers und die Bilder sanft wogender Wasserpflanzen ließen Peter entspannen, während er Donatas Banionis in der Rolle des Kris Kelvin dabei zusah, wie dieser sich aufmachte, den Planeten Solaris zu erforschen.

„Sind in den Zimmern eigene Duschen und WCs? LG, Jeanette."

Seit sie vor drei Wochen die Liste der Anreisenden festgelegt hatte, erhielt Hannah andauernd solche oder ähnliche

Anfragen. Keine Euphorie, kein Gründer*innengeist, nur profane Anfragen an eine Hotelbetreiberin.

„Ich mag nicht, nicht so“, schrieb sie mit Lippenstift auf den überdimensionalen Spiegel im Foyer des Instituts und verärgerte damit die Haushälterin, der sie am Vortag vergeblich das Du-Wort angeboten hatte.

„Frau Kerbler, kommen Sie zu mir ins Büro, ich muss mit Ihnen reden.“

Der Haushälterin, einer gebildeten Frau Mitte fünfzig, die eigentlich eher eine Art Facility-Managerin des Instituts war, war die Anspannung ins Gesicht geschrieben, als sie Hannahs Büro betrat. Hannah war nicht klar, dass Gespräche, die mit „ich muss mit Ihnen reden“ begannen, in Umbruchzeiten zumeist mit negativen Konsequenzen für das Gegenüber endeten. Hannah wollte vieles ändern und Mewald nicht nur bei Forschungsmethoden und -zielen konterkarieren, sondern auch die gesellschaftliche Arbeitsteilung in ihrem Soziotop, so gut es ging, aufheben.

„Hier wird sich einiges ändern in den nächsten Jahren. Ich hoffe, Sie können das verstehen. Ich war nicht befreundet mit Herrn Mewald, das sollten Sie wissen. Ich bin auch nicht seine Nachfolgerin.“

Frau Kerbler verfolgte die Worte regungslos, aber äußerst aufmerksam.

„Ich bin mir der wichtigen Rolle, die Sie in diesem Haus spielen, bewusst ...“

Die Körperspannung von Frau Kerbler erhöhte sich jetzt merklich, wie die einer Katze kurz vor dem Absprung.

„Fühlen Sie sich nicht wohl? Wollen Sie ein Glas Wasser?“

„Kennen Sie meinen Arbeitsvertrag, Frau Wolmut?“

Hannah hatte die Unterlagen des Instituts auf der Suche nach Fußangeln und Sprengfallen Mewalds sorgfältig studiert. Natürlich war ihr auch aufgefallen, dass die

Dienstverträge für die drei Angestellten – Frau Kerbler, einen Koch und einen Gärtner – kurz vor dem Ableben Mewalds abgeändert worden waren. Die Verträge gewährten eine dreijährige Kündigungsfrist und es war Hannah nicht klar, ob dies als beharrende Boshaftigkeit oder als soziales Gewissen Mewalds zu lesen war.

„Ich kenne ihn, Frau Kerbler, Ihren Dienstvertrag, und ich stelle ihn auch nicht infrage. Ich würde nur gerne die Organisierung des Instituts mit Ihrer Hilfe vom Kopf auf die Füße stellen."

Hannah beschrieb Frau Kerbler detailliert ihre Vorstellungen von kollektivem Arbeiten, von der notwendigen Interaktion der Reproduktionsarbeit mit der eigenen Forschung und skizzierte die Menschen, die in den nächsten drei Jahren dem Haus ihren Stempel aufdrücken würden. Hannah erzählte auch von dem Brief, den Mewald ihr geschrieben hatte, und von ihrer Angst, zu versagen. Hannah wusste nicht genau, warum sie dieser Frau gegenüber so offen war. Diese unterbrach sie kein einziges Mal, fragte nicht nach, ließ sie reden und nickte nur manchmal bedächtig.

Wem sollte sie das auch sonst erzählen? Die Anreisenden waren offensichtlich alle damit beschäftigt, die Befriedigung ihrer lieb gewonnenen Bedürfnisse abzusichern, und all jene, die nichts mit dem Freien Institut zu tun haben würden, malten ihre neidgeleiteten Horrorszenarien an die Wand.

„Also ich könnte das nicht. So ganz ohne Struktur und mit Fremden in einem Haus. Und was machst du nachher? Die werden dich ausnützen und sich wieder vertschüssen", meinte Hannes, der mit ihr gemeinsam einmal einen Vortrag über „Unscheinbare Aus- und Einschlüsse im Wissenschaftsbetrieb" gehalten hatte. Hannes hatte zu Beginn ihrer Überlegungen ganz oben auf ihrer Liste gestanden. Er war rebellisch, hatte ein Jahr in Brüssel und ein halbes Jahr in Patagonien verbracht und lebte jetzt in Berlin. Er war Teil von sicherlich zwei Dutzend Arbeitskreisen gewesen. Ein perfekter Interpret der gesellschaftlichen Zustände. Sie strich ihn aber wieder, weil er ihr zu strebsam war. Wollte immer alle mitreißen. Sofort. Das war nicht Hannahs Vorstellung von Freiheit, auch wenn er diese vehement als sein Ziel formulierte.

„Ich möchte, dass Sie einen Plan entwickeln, wie Ihre Arbeit und die der beiden anderen Angestellten auf uns alle aufgeteilt werden. Dazu gehören auch Einschulungstätigkeiten. Für diesen Aufwand werden ihre Gehälter befristet auf drei Jahre durch eine Leistungsprämie auf 3000 Euro monatlich angehoben. Wenn ich das so flapsig formulieren darf, Frau Kerbler, Sie sind dann, wenn alles gut geht, eine von uns. Was sagen Sie zu diesem Vorschlag?"

Das Misstrauen der Haushälterin war ganz offensichtlich noch nicht verflogen.

„Kann ich mir das übers Wochenende überlegen, Frau Wolmut?"

„Aber sicher, Frau Kerbler, und – wollen wir uns nicht duzen? Ich bin die Hannah!"

„Ich möchte Sie nicht kränken, Frau Wolmut, aber mir wäre es lieber, wenn wir beim Sie bleiben. Schönes Wochenende."

Frau Kerbler streckte Hannah ihre Hand entgegen, drückte sie fest und verließ schnell, aber nicht eilig den Raum. Hannah stand auf, ging zum Fenster, öffnete die beiden großen Flügel und genoss die Frühlingsluft, die aus dem Park ins Büro strömte. Der Kirschbaum vor ihrem Fenster entfaltete seine ersten Blüten. Das war einmal ein Anfang.

Achim, der einzige Wiener innerhalb der künftigen Institutsbelegschaft, wollte diese Woche einmal vorbeischauen.

„Ich kann noch nicht sagen, wann, ich texte dir einen Tag vorher."

War den Leuten eigentlich klar, dass es hier um Definitives ging? Um eine Neugründung, die Ideen und Feuer brauchte? Sie kannte Achim schon länger. Er war angenehm schrullig und ein feiner Mensch, der sicher keinen entstehenden Prozess zerstören würde, aber ihn antreiben? Eher nicht. Hannah erwartete sich von den ersten Wochen, dass Achim eine Art Wien-Reiseleiter für alle spielen würde. Und kochen, denn kochen konnte Achim!

Die anderen waren bezüglich ihres Ankunftszeitpunkts auch noch vage geblieben. Elisabeth hatte einen Flug aus New York, Peter aus Minneapolis. Beide wollten aber vorher noch „ein paar andere Sachen in Wien" erledigen. Hannah hatte alle für den 30. April, Walpurgisnacht, zur Eröffnungsparty eingeladen und sie gebeten, zwischen 24. und 28. April anzureisen. Warum hat niemand bisher etwas Konkretes gesagt, wie „Ich komme Mittwoch zwischen 13 und 14 Uhr"? Hannah fühlte sich allein, obwohl sie all diese spannenden Freund*innen eingeladen hatte. Sie dufte das aber wohl auch nicht überbewerten, denn was hatte sie schon zu verlieren? Sie konnte genau wie alle anderen das Institut jederzeit wieder verlassen. Auf alle Fälle würde sie schon zwei Wochen nach der Party einmal für eine Woche nach Lyon zu einer Konferenz fahren. Fix.

Jeli moč biti glup, Šaćira?

Auf der Höhe des Parlaments zeigt sich Sinas Fingergelenk mittlerweile dunkelblau und weißlich gerillt. Mit ein paar Härchen drauf wäre der Finger eine pralle Raupe kurz vorm Verpuppen. Der Taxi-Funk piept beständig und meldet wartende Menschen in allen Teilen der Stadt. Die riesige LED-Wand des *Al-Shiddi-Centers* macht abwechselnd Werbung für *Zara*, ein türkisches Restaurant und Kopfschmerztabletten. Dazwischen blitzt immer wieder mal die saudische Flagge auf. Nadina und Sina sind überrascht gewesen, dass das Center von den Leuten so schnell angenommen worden war. „Immerhin haben wir jetzt *Zara* in der Stadt", sagt der Taxifahrer. Ein saudi-arabisches kulturimperialistisches Monstrum sieht Nadina in dem schwarzen Turm am Eingang des Stadtzentrums, eine Kampfansage an das gegenüberliegenden Parlamentsgebäude. Sina und Nadina haben die Vision geboren, den Computer der LED-Wand zu hacken und einen Porno abspielen zu lassen. Hier vor dem Parlament ist auch der Ort, an dem sich Sina und Nadina letztlich richtig kennengelernt haben. Sie haben nahe aneinander gestanden, als sie mit ein paar Hundert anderen eine Menschenkette ums Parlament gebildet haben. Das Parlament hatte ein Gesetz auslaufen lassen, ohne sich auf eine Novellierung geeinigt zu haben, und die Leute wollten die Parlamentarier_innen nicht rauslassen, ehe das nicht geregelt war. Nadinas Talent, Slogans zu formulieren, hat sich mit Sinas Talent, die Slogans auch noch lesbar und schön auf die zur Verfügung stehenden Transparentflächen zu bringen, getroffen. „*Jeli moč biti glup?*" war ein Akrostichon, die Buchstaben JMBG haben die staatsbürgerliche Registrierungsnummer gemeint, die zur politischen Diskussion gestanden hat. Sina hat es geschafft, Nadinas Slogan exakt neben das Stencil vom Protestlogo, das einen Schnuller gezeigt hat, aus dem statt dem Gumminuckel eine Faust geragt ist, zu platzieren. Nicht zu unrecht waren sie stolz darauf.

Es gefällt Sina, wie diese Freundinnenschaft zustande gekommen ist. Auch das hat dazu beigetragen, dass Sina gerne in Sarajevo ist. In Sarajevo hat sie an sich bemerkt, dass sie gerne hier ist, dass sie etwas gefunden hat, was sie nie vermisst hat. Regelmäßig dieselben Leute zu treffen und immer wieder ähnliche Dinge zu tun, schreibt plötzlich neue Seiten in ihren Bedürfniskatalog. Nadina, Boris, Dado. Kicken, Klettern, Yoga. Filmschauen, Lesen, Tavlaspielen. Kochen, Trinken, Tanzen. Küssen, Vögeln, Masturbieren. (Sina ordnet ihr Leben in Dreiergruppen.) Das alles macht sie gern, hält sie in Sarajevo. Sie hat natürlich mehr Freund_innen und sie raucht auch wie ein Schlot und sehr oft sitzt sie tagelang vorm Laptop und spielt Battlefleet, Backgammon oder Bauernschnapsen auf gametwist.de. Aber Sinas Credo ist, das zu tun, was sie gern macht, und sich mit Leuten zu treffen, die das, was sie machen, gerne machen. Mehr fordert sie nicht. Auch nicht von sich, denn nicht alles, was sie tut, macht sie auch gern.

Ein paar hundert Meter weiter, auf Höhe Skenderia, muss der Taxifahrer abbremsen, weil ein ganzes Rudel Straßenhunde quer über die Kreuzung trottet. Nadina muss lachen, sie mag ihre *Cukos*. Sina ist froh, im Taxi zu sein. In Wien wird sie diese Köter nicht mehr fürchten müssen, die ihre Reviere verteidigen und mit den Armen der Stadt nach Essbarem in den Mülltonnen suchen. Sina ist den Hunden in Sarajevo gram. Zwei dieser Köter haben ihrer Katze, die sie mal Šaćira, mal Buco, mal Gospođa Mačka genannt hat, das Genick gebrochen.

Šaćira ist auf dem Trottoir in Sinas Straße den Gartenzaun entlanggeschlurft und dann um die Ecke gebogen, wo sie sonst doch immer quer durch den Vorgarten und dann zwischen den Zaungitterstäben durch zu den Mülltonnen hin geschlüpft war. Als die Katze um die Ecke gebogen ist, hat da vor ihr dieser junge Hund mit hochgezogenen Lefzen gestanden. Warum hatte sie ihn nicht gewittert? Einmal war Sina mit Šaćira auf dem Arm vor das Haus getreten und so schnell hatte Sina gar nicht schauen können, wie Šaćira ihr den Arm zerkratzt und sich auf einen Baum geflüchtet hatte. Erst eine Weile danach war ein Streuner hinter der Hausecke hervorgestapft, ohne Šaćira überhaupt wahrgenommen zu haben. Šaćira aber hatte ihn auf ihrem Radar gehabt. Nun hat sich da aber so ein junger *Cuko* vor Šaćira aufgebaut, der nichts Gutes für Šaćira wollte. Im Augenwinkel hat Šaćira eine ältere Frau mit Kopfhörern über den Ohren gesehen, die sich erschrocken und dann besorgt nach dem Kläffen des Köters umgedreht hatte. Im Gesicht der Frau hat Šaćira erkennen können, was kommen können würde. Die Frau hat gewusst, dass der nächste Baum für die Katze zu weit weg war. Der respektable Hund hatte sich zwischen Šaćira und dem Zaun, durch den er nie durchgepasst hätte, platziert; hinter Šaćira – Wo hatte sie ihre Instinkte gelassen? – hat ein zweiter *Cuko* zum Sprung auf ihr Hinterteil angesetzt. Und als Šaćira also um die Ecke geschlichen ist und hat sehen müssen, wie eine ältere Frau mit Kopfhörern die Augen verschlossen hat, hat sie auch gehört, wie ihr Genick im Maul des jungen Köters gebrochen ist.

Sina und Nadina haben hilflos vom Balkon aus mit ansehen müssen, wie die Frau die Köter zu vertreiben versucht hat, und als Sina und Nadina am Tatort angekeucht sind, haben sie Šaćira gemeinsam mit der Frau auf den Gehsteig in den Schatten gelegt. Die Katze hat irgendwie unversehrt ausgesehene. Mit der Spitze ihrer Sneakers hat Sina sie angetippt, denn bei einem waidwunden Tier weiß man ja nie. Aber nein, Šaćira hat nicht sterben gespielt, Šaćira war tot.

Die drei haben sich unentschlossen angesehen, bis die Frau ein wenig schroff gefragt hat: „Ist das unsere Oma oder was?"

Sina und Nadina haben sich angeblickt und geschluckt.

„Die Hunde haben Hunger", hat Nadina in alle Richtungen getröstet.

Alle drei haben genickt und sich verabschiedet. Nadina hat Sina kurz fest umarmt. Vorbei ist vorbei. Als sie zwei Stunden später noch einmal nachsehen gegangen sind, war die Katze weg. Spurlos. Wie verschluckt. Sina hatte sich gefühlt, als hätte ihr jemand die Verbindung zu Sarajevo gekappt, die tote Katze: das fehlende Bindeglied.

‖: Vera hob skeptisch eine Augenbraue: „Wie viel Sicherheit brauchst du? Ich habe nicht den Eindruck, dass du viele Verpflichtungen hast.“ | Sina musste weiter, denn ein Zurück gab es nicht für sie. Sina könnte nicht sagen, wo es liege, dieses Zurück. | Noch hat sie keinen Fuß auf die erste Stufe gesetzt. Noch befindet sie sich in der Stadt und nicht auf dem Weg. Mit dem ersten Schritt auf die Stufe wird sie ihre Reise angetreten haben. | Wer mitfährt, sagt an. | Die nimmermüde Figur nimmt immer wieder immer mehr oder weniger Leute mit, ein Stück. Den Leuten ist damit schon geholfen. | *in the long run*, | da gibt es immer noch Zeit, den Weg, auf dem du dich gerade befindest, zu ändern. | Lichter markieren den Wegesrand, Dichter, Anpacker, Hasardeure marschieren unter Laternen, Kometen, Wegweisern immer nebenher geradeaus und halten den Daumen raus auf: *bitte mitnehmen! bitte mich auch! bitte ich auch!* | Nein, es gibt keinen Weg, der daran vorbeiführt. Es gibt keinen anderen Weg. Sie hat sich entschieden.

| Hinter ihr lag jedenfalls kein Wohin. | Die Fahrt steht unter einem guten Stern*. Schließlich geht es voran. Es gibt sogar ein Ziel: Das liegt wohl in weiter Ferne, dennoch verspricht es viel: Freiheit und viel Kollektivität. Zur Kollekte etwas beizutragen, und sei es süßer Brei, ist wohl jedermanns Wunsch und Ziel. Sich zur Freiheit durchzuschlagen, und sei es motorisiert, auch. | sie ahnte, dass ihr diesmal das Verabschieden schwerer fallen würde als bei ihren vorigen Ortswechseln. | *And it makes me wonder.* :||

Antoine lag unter einer alten Pinie, den Oberkörper auf einer Bank ausgestreckt, einen Fuß angewinkelt auf den von der Witterung ergrauten Dielen und den anderen hin- und herschaukelnd. Seine Fußspitze streifte bei dieser Bewegung die trockene Erde, die sich mit duftenden abgeworfenen Baumnadeln vermischte. Jeanne näherte sich leise an, ihre Wangen waren etwas vom Stolz gerötet, Antoine auf Anhieb gefunden zu haben. Sie setzte sich auf die Bank, die schmalen Bretter bogen sich knarrend. Er erschrak, erkannte sie und erhob sich ein wenig, um seinen Kopf auf ihren Schenkel zu legen, sein Fuß baumelte weiter. Umhüllt vom spätnachmittäglichen Dunst der kargen Macchie saßen sie so eine Weile beieinander, ohne ein Wort zu wechseln. Wohlig und vertraut fühlte sich das an, sodass Jeanne überlegte, ob sie den Augenblick durch ein Gespräch entzaubern würde, als Antoine ihr zuvorkam.

„Na, sollst du mich holen und wieder zurechtschustern?"

„Deine Mutter hat mir die Hölle heiß gemacht."

Antoine lachte verächtlich, sagte aber nichts.

„Ich schätze mal, sie wird sich schon wieder beruhigen."

„Ja, bis sie wieder findet, dass ich irgendetwas für ihre persönliche Selbstverwirklichung tun muss. Schon anstrengend, wenn jemand das eigene Wohlergehen mit dem Wohlergehen anderer verwechselt. Ich habe irgendwie die Hoffnung aufgegeben."

„Du musst ja nicht nach ihrer Pfeife tanzen, kannst ja auch mal deutlicher erklären, was du eigentlich tun möchtest, anstatt dich immer mehr zurückzuziehen."

„Davon will sie aber nichts wissen. Wenn ich ihr sage, dass ich hier rauswill oder weg möchte, nimmt sie das persönlich und denkt, sie hätte versagt."

Jeanne zappelte mit ihrer Fußspitze, kleine und abgehakte Bewegungen waren das, die sich mit dem Scharren von Antoine vermischten. Ihr Körper war angespannt, sie fühlte ihren Magen rumoren. Sie musste es ihm sagen, wusste aber nicht, wie.

„Jeanne, dein Gezappel ist voll anstrengend."

„Tut mir leid, ich bin wohl etwas zerstreut."

„Wieso?"

„Weiß nicht so genau, ich muss eine Entscheidung treffen, die mir gar nicht so leicht fällt, obwohl sie vielleicht von außen gesehen klar erscheint."

„Ja und?"

„Ich gehe vielleicht weg von hier, zumindest für eine Weile."

Da war es also, flapsig und plump. Dabei hatte sie im Auto genau über die Dramaturgie ihres Auftrittes nachgedacht. Antoine setzte sich entgeistert auf und starrte Jeanne an. Die Option, dass Jeanne irgendwann einfach nicht mehr hier leben würde, war nicht Teil seines Repertoires gewesen. Eher standen ein Waldbrand, der seinen Wohnort wegfegte, oder vielleicht seine Nominierung für den Ig-Nobelpreis für unnützes Wissen am Programm. Er wollte am liebsten so tun, als hätte sie nichts gesagt, sich zurück in jene wohlige, kompliz_innenhafte Stille schleichen, bevor dieses elende Gespräch begonnen hatte. Jeanne war Antoines Zustand nicht entgangen. Sie kämpfte mit einem Schwall von Wut über ihr vertrautes Verhältnis, das sich nun als potenzielles Hindernis in ihrer Entscheidung aufzubauen drohte. Wut darüber, dass sie sich insgeheim auch ein wenig darüber freute, eine solche Reaktion bei Antoine hervorgerufen zu haben. Wut über ihre Laschheit, weil sie den Teil von Hannahs Einladung über die Mitnahme von Weggefährt_innen zu verschweigen gedachte. Ihr schien das alles zu kompliziert, lieber auf sich allein gestellt bleiben, keine Verantwortung für jemand anderes übernehmen. Das Kollektiv würde schon Herausforderung genug sein. Sie ertappte sich wieder dabei, ihre Beziehung zu Antoine in ein Ungleichverhältnis zu drängen, auch das machte sie wütend. War es nicht er gewesen, der sie aus ihrem angstvollen Film geholt hatte, ihr aufmerksam zugehört hatte, sie vorsichtig in den Arm genommen hatte, während sie, wie im Packeis gefangen, erzählt hatte. Sie hatte sich danach sicher gefühlt, voller Zuversicht, wissend, dass ihr Geheimnis gut aufbewahrt war, und gleichzeitig so erleichtert darüber, einen Menschen in ihrem Leben zu haben, der sie an den Füßen hielt, während sie mühselig am Bauch das Eis entlang robbte, um in ihren Abgrund zu blicken. Antoine hatte Dinge ermöglicht, die sie sich alleine nie erlaubt hätte.

V. Anreisen / My Way

Den Rollkoffer aus der untersten Stellage hervorziehen. Die Reistasche schultern. Auf den Bahnsteig hinaus. Über die kleine Rampe. Der Nachtzug nach Wien. Gleis 8. Schon bereitgestellt. So schnell wie möglich ins Abteil. Liegewagen. Zuerst aber über den Bahnsteig zum Abgang. Mit dem Koffer auf der Rolltreppe. Nicht umdrehen. Der Blick, das Lächeln der Frau noch im Rücken. Leise. Spöttisch. Durch die Unterführung zum Aufzug. Gleis 8. Mit ihr fünf andere Menschen. Bepackt. Koffer. Trolleys. Reisetaschen. Handtaschen. Laptoptaschen. Ein Tramper-Rucksack. Die kurze Fahrt im Aufzug. Alle Blicke auf den Boden geheftet. Versunken in den Gepäckstücken. Gleis 8. Der Nachtzug nach

Wien. Wagen Nummer 18. Einige Meter auf dem Bahnsteig zurücklegen. Den Rollkoffer in den Waggon hieven. Hier keine Gepäckablage. Das Gepäck mit ins Abteil nehmen. Den Rollkoffer. Die Reistasche. Den Rucksack. Die Plastiktüte. Im Liegewagenabteil ziemlich eng. Vier Liegen. Eine der unteren für sie reserviert. Den Koffer unter die Liege schieben, die Reisetasche dazu. Den Rucksack ans Kopfende. Die Plastiktüte verstauen zwischen Koffer und Reisetasche. Auf der oberen Liege gegenüber liegt schon jemand. Ein Hosenbein und graue Socken. Jemand kommt nach ihr ins Abteil. Mit Tramper-Rucksack. Eine junge Frau. Vielleicht Mitte zwanzig. Sagt „Hallo". Wirft den Rucksack auf die untere Liege neben ihr. Legt sich neben den Rucksack. Schweigen im Abteil. Jeanette zieht den MP3-Player aus ihrem Rucksack. Legt sich auf die Liege. Der MP3-Player von Marie bespielt. „Das geb ich dir mit auf die Reise nach Wien." Musikstücke. Zusammengewürfelt. Alle spielen auf etwas an. Sie weiß noch nicht, welche Musikstücke Marie ausgewählt hat. Jetzt ist sie neugierig. Oder gespannt. Nummer eins. *Noir Désir*. Ein richtiges Abreiselied. *Le Vent Nous Portera*. Der Wind, der uns davonträgt. Uns. Zum ersten Mal gehört in Maries Appartement. Vorher schon gekannt. Immer nur nebenbei gehört. Zum ersten Mal richtig gehört bei Marie. Als sie erzählt hat, dass dieser Song sie oft begleitet hat bei ihren Reisen. Dass er ihr oft Mut gemacht hat beim Abreisen, beim Wegfahren. „*Cette chanson-là m'a souvent donné du courage*." Und ja, sie habe keine Angst mehr vor dem Weg, der vor ihr liege. „*Je n'ai pas peur de la route* ..." Und sie, Jeanette. Ob sie Angst habe, unsicher sei angesichts ihrer Reise nach Wien. Marie hat ihr diese Frage erst zweidrei Tage vor der Abreise gestellt. Ein wenig aufgeregt sei sie. Aber Angst. Unsicher sei sie auch ein wenig. Wäre doch ein neuer Kontext. Und ob sie dort hinpasse. Wisse nicht genau, was sie dort erwarte. Aber immerhin reise sie mit einem konkreten Plan, einem sicheren Vorhaben nach Wien. Marie, die ihre Hand genommen hat. Ihre Hand genommen und gelächelt hat. Sie werde ja sehen. „*On verra*. Wir werden ja sehen."

Der Zug fährt an. Langsam. Zu dritt im Vierer-Liegewagen. Auf der oberen Liege ihr gegenüber bewegt sich etwas. Zwei Hosenbeine baumeln herunter. Mit einem Satz auf den Boden. Eine Frau in ihrem Alter. Ungefähr. Kurze Haare. Dieser sportliche Typ. Zieht die Schuhe an, diese Trekking-Schuhe und geht aus dem Abteil. Die Rucksack-Frau auf der Liege neben ihr mit einem Buch in der Hand. Müde. Eigentlich ist sie sehr müde. Sollte schlafen. Ausgeschlafen sein für morgen. Für das Ankommen, für den ersten Tag. Sich hinlegen. Aus der Hose schlüpfen. Unter der Decke. Den Pullover ausziehen. Die Bluse. Das T-Shirt zuerst aus der Reisetasche. Während sie die Bluse aufknöpft, kommt die eine wieder zurück ins Abteil. Zieht die Schuhe aus. Klettert auf ihre Liege. Das T-Shirt über den Kopf ziehen. Unter der Decke aus der Hose. Weiter Musik hören. Die nächste Nummer. Led Zeppelin. Tatsächlich. *Stairway to Heaven*. Das haben sie doch nie zusammen gehört. Geredet haben sie einmal darüber. Über die Klassiker. Die Rock-Klassiker. Dass die unverwüstlich. Und über die Texte. Dass mit der Zeit niemand mehr auf die Texte achte. Aber auch hier wieder, in diesem Song. Die Abreise. *And my spirit is crying for leaving*. Und diese Lady, die alles, was glänzt, für Gold hält. Und was nicht glänzt. Diese Frau im TGV vorhin. Die nach München zurück. Gestrandet und dann nach München. Zurück. Erfahren. Lebenserfahren. Und spöttisch. Ihr gegenüber der Spott. Leise. Fein. Dieses Lächeln nicht absehbar. Aber ins Gesicht gestanden. In dieses

Gesicht. Ein löchriger Lebenslauf. Fadenscheinig. Wie die Weste. *And she's buying a stairway to heaven.* Die Treppe zum Himmel. Die Treppe. Der Aufgang. *Mind. Stairway to your Mind.* Zum Bahnhof. Zum *Gare Saint-Charles.* Ob Marie. Das Graffito. Der *Mind*-Schriftzug. Ob Marie den. Für sie. In der Nacht vor der Abreise. Nachdem sie sich verabschiedet. Spät. Aus Maries Wohnung hinaus zum Hotel. Zu ihrem Gepäck. Abreisefertig. Marie dann aus der Wohnung. Zum Bahnhof. Mit den Spraydosen. Ein Abschiedsgruß. *Mind.* Denk dran. Achtung. Vergiss nicht. Eine letzte Hürde für sie. Zu nehmen. Nicht achtlos. Nicht gedankenlos. Kein Wink mit dem Taschentuch. Kein Zaunpfahl. Stattdessen. Der Schriftzug. Marie in ihrem Parker, in ihrer roten Hose. Handschuhe. Und Spraydose. Für sie. Für Jeanette. Mitten in der Nacht. Eine Botschaft. Einen Wink. Ein.

Der große Saal mit den vielen Stühlen. Die Menschenmenge. Alle warten, warten auf ihn, erwarten ihn, ihn, den großen Meister, der gleich sprechen wird. Der alle verzaubern wird. Mit seinen Worten. Sie alle müssen hier sein. Anwesenheitspflicht. Präsenzdienst. Sie ganz hinten, an der hinteren Wand. Sie will ihn nicht hören. Will sich nicht von ihm betören lassen. Also dreht sie sich um. Mit dem Rücken zur Bühne. Um seine Worte abprallen zu lassen. Sein Auftritt. Zuerst auf der Bühne. Dann geht er durch den Saal. Zwischen den Reihen hindurch. Bis ganz nach hinten. Stellt fest, dass sich einige entziehen wollen. Ihm. Seinen Worten. Der Macht seiner Worte. Plötzlich fliegt sie auf. Sie fliegt auf zur Decke des großen Saals. Er kommt ihr nach. Steigt auf. Zu ihr an die Decke hinauf. Sie fliegt davon. Schnell. Wendig. Er ihr nach. Beginnt, sie zu besprechen. Die Kraft, die Macht seiner Worte. Die Formeln. Die Wendungen, mit denen er sie einfangen möchte. Sie fliegt und fliegt.

Aus dem Saal hinaus in die Nacht hinein. Er noch immer hinter ihr. Das Drängen der Worte. Plötzlich weiß sie, wie sie ihm entkommen kann, wie sie sich seiner Wendungen entledigen. Sie muss sie ihm einfach entwenden, ihm die Worte im Mund umdrehen, seinen Formeln und Wendungen eine andere Bedeutung verleihen. Sie dreht ihm also die Worte im Mund um. Entwendet sie. Entwendet sie ihm. Seine Worte verlieren an Bedeutung. An Kraft. An Macht. Er kann sie nicht mehr besprechen. Sie weiß, dass sie ihn besiegt hat. Sie weiß, dass sie stärker gewesen ist als er. Sie landet. Auf einer kleinen Treppe, die zu einem Turm hinaufführt, landet sie. Er steht neben ihr. Er beglückwünscht sie. Sie habe ihn, den großen Meister, besiegt. Er gesteht seine Niederlage unumwunden ein. Und dann schlägt er ihr vor, doch zusammenzuarbeiten. Sie könnten ihre Kräfte vereinen. Zusammenschließen. Sie beide gemeinsam. Und sie willigt ein. Warum auch nicht. Als gleichberechtigte Partner. Sie gehen nebeneinander die Treppe zum Turm hinauf. Er schließt die Tür auf. Im Inneren des Turms gleißende Helligkeit. Ein Labor. Gläser. Reagenzgläser. Trübe Flüssigkeit in ihnen. In diese Flüssigkeit eingelegt Gesichter. Entfernt bekannte Gesichter. Bleich. Wächsern. Offene Münder. Schreie. Lautlos. Lautlose Schreie.

Sie fährt hoch. Stößt sich den Kopf an der Liege über ihr. Fällt zurück. Im Abteil ist es dämmrig. Frühes Tageslicht durch das Rouleau. Ihr Gesicht heiß. Glühend. Scham ist das. Warum mit dem paktieren. Warum mit dem großen Meister paktieren. Wenn sie ihn doch besiegt hat. Überwunden. Ihm seine mächtigen Wendungen entwendet. Sie hat ihn besiegt. Ganz allein. Und hat sich doch von ihm kaufen lassen. Am Ende. *En fin de compte*. Zu schwach gewesen. Sie allein. Wenn sie zusammen mit – hätte sie dann. „Guten Morgen, meine sehr geehrten Damen und Herren. Wir erreichen in Kürze Wien Meidling, unseren Zug-Endbahnhof. *Good morning, ladies and gentlemen. In a few minutes ...*" Angekommen also. In Wien angekommen.

Hopp hopp papperlapapp und getscho! So instituierte sich ein frei fahrendes Institut, ein Papperlapappinstitut, geführt von Spiritus Motor, gefüttert mit süßem Brei, Papp, Teig, Knete aus Imker Erblassers Vermächtnis:

> *„Die gewährte Möglichkeit, all die Leeren mit all dem zerkauten Brei zu füllen, unterwegs ohne je anzukommen, das Kauen selbst ist die Freiheit, nicht das Gesättigtwerden. Das Unterwegssein, das Ein- und Aussteigen, das Wechseln der Rollen im Auto, die Geschwindigkeit markiert das Freisein, nicht die systematische Verfolgung eines Ziels. Die Erfüllung der Freiheit wäre gleichzeitig ihre Negation. Vielfältige Ziele gewährleisten ein Nicht-Ankommen. Und dennoch: Wer in einem Auto sitzt, kann nur jeweils in eine Richtung fahren, auch wenn dies insgesamt eine Zickzacklinie ergibt. Wer dabei ist, wird spontan entschieden, die Begrenzung wird von der Karosserie vorgegeben. Das Fahren selbst wird nie infrage gestellt, der Motor, die Chauffeurin, die Bienen: Alle wollen gefüttert werden und alle kauen den Brei, um ihn in anderer Form wieder anderen zur Verfügung zu stellen. Eine erblassende Einladung zündet den Funken, der im entfachten Feuer des Verbrennungsmotors verschwindet. Kein Verlust."*

Na Kašiku, wohin das Auge reicht

Als das Taxi wieder anfährt, verflucht Sina alle Hunde mit einem herzhaften „*Jebem ti psa!*“, öffnet das Fenster auf ihrer Seite wieder und steckt vorsichtig ihre Hand hinaus. Der Finger braucht Eis. Nadina hatte sich Sina zugewandt und ihr beim Sinnieren zugesehen. Mit einem breiten Grinsen steckt sie sich ihren Zeigefinger in die Nase und kichert: „*Frozen Margarita*!“

Allein der Gedanke, ihren Finger in dem Margarita-Eis-Mus zu kühlen, während sie gleichzeitig aus dem Cocktailglas schlürfen würde, versöhnt Sina mit dem Tag. Nadina weiß das und zum „Na kašiku“ ist es nicht mehr weit.

„*Imaš li išta na kašiku?*“, ist stets eine der ersten großmütterlichen Fragen, wenn Nadina mit ihrer Oma telefoniert, und sie telefonieren fast täglich. Ob Nadina, bitte schön, schon etwas gehabt hat, was sie mit einem Löffel hat essen müssen, etwas Richtiges, etwas Gekochtes, etwas, das die Enkelin eben auch am Leben erhalten kann. Die Sorge der Oma rührt Sina jedesmal. Und als Nadina ihrem Suppenlokal einen Namen hat geben müssen, hat sie mit „Na Kašiku“ auch Danke gesagt.

Das Lokal liegt hinter dem Obst- und Gemüsemarkt im Zentrum und ist eine mittlerweile halbwegs rentable Suppenbude, in der Nadina so viel Suppe kocht, dass am Abend davon Obdachlose und Roma-Familien beim Busbahnhof was in den Bauch bekommen können. Während der wärmeren Monate nutzt sie die Lokalküche für eine wöchentliche Volksküche im Innenhof, zu der zwar regelmäßig dieselben Leute kommen, aber immerhin hat sich eine neue Gruppe von Leuten gebildet.

Nadina kennt jene Kerle im Graubereich, mit denen gesprochen werden muss, damit sie und ihr Lokal in Ruhe gelassen werden. Unter der Hand gilt das „Kašiku" als LGBT-friendly und Hunde dürfen auch hinein. Nicht viele Orte in der Stadt können das von sich behaupten. Wenn in Sarajevo den falschen Köpfen ein Lokal nicht in den Kram passt, werden Schlägereien angezettelt, dann schießt mal jemand in die Luft oder die Polizei steht regelmäßig in der Tür. Nicht dass jemand wirklich verletzt werden würde, aber es macht stets Unruhe genug, um die Kundschaft auf Dauer zu halbieren und das Lokal somit so lange unrentabel zu machen, bis es schließen muss. Vielleicht ist das in Wien auch so. Nadinas Verbindungen zu Sarajevos Parallelexekutive, wie sie es nennt, haben das „Kašiku" bisher vor diesem Schicksal bewahrt. Die Kerle, die definitiv lieber *Čevapi* als Suppe essen, aber regelmäßig an der Bar oder in einer Ecke hocken und Speed verkaufen, gehören mit zum Deal.

Der zweifellos skurrile Unique-Selling-Point des „Na Kašiku" ist jedoch die vollautomatische Margarita-Cocktail-Maschine, die auf Knopfdruck rot gefärbte Frozen Margaritas spendet. Bis zur Eröffnung des Lokals ist die Maschine bloß zu *Bajram* und zu Geburtstagen und Hochzeiten in der Familie in Betrieb genommen worden. Ansonsten ist sie in Omas Keller verstaut geblieben, denn in der Wohnung von Nadinas Eltern, in der sie wohnt, ist kein Platz für Firlefanz. Irgendwer hat das Ding vor Jahren in der Lobby-Bar eines zerschossenen Hotels gefunden, das vermutlich auf amerikanische Gäste spezialisiert gewesen war. Im „Kašiku" ist die Glücksspenderin in Rot zur Attraktion geworden und oft ist eine Frozen Margarita zu Lokalschluss der obligatorische Drink mit den letzten Gäst_innen, zu denen Sina für gewöhnlich gehört. Das „Na Kašiku" ist ein guter Ort. Sina liebt es, dort Nadinas Wegen zwischen den Tischen hindurch zu folgen. Nadina tänzelt nicht, sie schlurft nicht, sie schreitet und tritt, ob mit zwei

Suppenschüsseln oder vier Margaritas in den Händen. Das „Na Kašiku" ist ihres, dort gehört sie hin.

Das Taxi biegt an der neuen Brücke an der Akademie links ab. Sina ist schon lange nicht mehr Taxi gefahren, sie fährt das meiste mit dem Rad. Und wenn sie mit Freund_innen aus ist, geht sie meistens alles zu Fuß, denn weiter als eine halbe Stunde entfernt wohnt ohnehin selten wer und warum für etwas bezahlen, was so einfach gratis zu haben ist. Am „Na Kašiku" angekommen lässt es sich Nadina nicht nehmen, für die Fahrt zu bezahlen. Das Taxameter zeigt neun Mark und sechzig Pfennig an, Nadina gibt dem Taxler einen Zehner und verlangt sehr bestimmt das Wechselgeld, was dieser auch ohne Murren herausgibt. Das mit dem Wechselgeld hat Nadina vor nicht allzu langer Zeit begonnen, Brot und Gemüse werde immer teurer, sagt sie. Der Ausflug ist vor der Tür zum „Kašiku" zu Ende, das weiß Sina. Sobald Nadina in den Dunstkreis ihres Lokals kommt, ist sie Geschäftsführerin und im Arbeitsmodus. Sina wünscht dem Taxler noch viel Glück, während sie mit der Ferse die Tür des Passats zuknallt.

Schon von der Straße aus kann Sina durchs Fenster im Lokal Dado, Boris und den Rest ihrer *Raja* sehen. Dado macht sich durchs Fenster mit seinem lauten Lachen sogar vor dem „Kašiku" breit und Nadina rollt die Augen.

Die üblichen Verdächtigen also, es scheint ziemlich voll zu sein. Nadina weiß nicht, ob sie sich darüber freuen oder nervös werden soll. „Margaritas kann ich auch einhändig runterlassen", bietet Sina das bisschen Hilfe und Beruhigung, das sie heute geben kann, an.

„Nein, *Dušo*, nicht mit diesem Finger, nicht an einem deiner letzten Abende. Setz dich zu deinen Leuten."

„Danke, Nadina! Für alles", versucht Sina einen Abschluss.

„Danke? Echt?“, Nadina stockt, dreht sich weg und geht wortlos ins Lokal.

Das würde eine Margarita lang dauern, bis Nadina ihr wieder Aufmerksamkeit schenken würde. Sina muss grinsen. „Wie ein verkorkstes Paar“, denkt sie, „wie ein verkorkstes Paar“, und öffnet die Tür. Das gewohnt sportliche High five mit den Kletter_innen muss sie heute auslassen oder mit der Linken machen. Die einen drückt sie, den anderen wirft sie einen Luftkuss zu und zeigt dabei auf ihren Finger – eine Katastrophe für Kletter_innen. Die Geschichte will erzählt werden. Sina drückt sich mit ihren Freund_innen durch zu ihrem Lieblingsplatz in der Ecke, von wo aus sie sowohl auf die Straße schauen als auch das Lokal überblicken kann.

„Ich sag nichts, bevor ich nicht eine Margarita für meinen Finger hab!“

Sina genießt die ihr zufliegende Aufmerksamkeit. Im Augenwinkel sieht sie schon Nadina sich mit Drinks den Weg bahnen.

„*From my hot bad hands!*“, raunt Nadina in die Runde, bleibt am Tisch und erträgt, während Sina, den Finger im Cocktail, von Nadinas Schrecken erzählt, die mitleidig schmerzverzerrten Blicke der Freund_innen.

„Und draußen vor der Tür“, wirft Nadina zum Ende der Geschichte ein, „hat sie sich bei mir bedankt!“

Besser als Syphilis zum Abschied!, hört sich Sina denken, aber sagen kann sie den Satz nicht in das Gelächter hinein. Noch ist es nicht so weit. Sie würde noch einmal darüber schlafen und dann ein Hin- und Retour-Busticket nach Wien kaufen. Sie würde ihren Vermieter anrufen, dass sie doch nicht, jedenfalls noch nicht gleich, ausziehen würde, sie würde noch einmal mit Hannah reden müssen, so Aug' in Aug', und wenn sie alles sehen würde, das Haus, die Freien Institutsler_innen, dann würde sie wissen, was sie zu sagen habe, dann würde sie wissen, wo sie sich eine neue Katze zulegen würde. Dann würde sie spüren, was wo zu sagen und zu tun sei.

Die Tür quietschte schrill, als Jeanne eintrat. Ihr Puls war vor Schreck in die Höhe geschossen. Sie versuchte, sich wieder zu entspannen, als sie merkte, dass niemand aus dem Schlaf gerissen worden war. Es war ganz still, bloß der kühle, duftende, nächtliche Luftzug und das Geräusch von Zikaden bahnten sich vorsichtig den Weg durch die Räume des Häuschens. Jeanne stand im Wohnzimmer und konnte langsam die Konturen der Möbel erkennen. Ihr Blick blieb am Wäscheständer hängen, auf dem Brices Wäsche trocknete. Ihr Gewand lag nebenan, fein säuberlich gefaltet auf dem Lehnsessel. Sie musste schmunzeln und wurde dann traurig, nein, eher war es ein Anflug von melancholischer Nostalgie. Sie konnte sich nicht erklären, wie es passiert war. Es musste wohl langsam und schleichend, wie ein kleines Gerinnsel, die Atmosphäre vergiftet haben, bis der Rollengenerator zugeschnappt hatte und sie ihre Plätze nicht mehr anders einnehmen konnten.

Der Boden schwang unter Jeannes Schritten, die Tür zum Schlafzimmer öffnete sich. Sie sah ihren Schatten, der sich schüchtern auf dem Steinboden formte. Eine unförmige Kontur, befüllt mit schwammiger Masse, aber vielleicht doch formbarer, fließender, biegsamer. Vielleicht doch nicht so erstarrt wie vertrocknetes, wütend in die Ecke geschmissenes und dann vergessenes Plastilin. Silbriges Mondlicht schien durch das halb geöffnete Rouleau direkt auf das schlichte Bett, in dem Louise mit angewinkeltem Bein und von sich gestreckten Armen auf dem Bauch lag. Ihr Mund war leicht geöffnet, der Atem regelmäßig. Jeanne vermutete einen kleinen Film aus Speichel, der ihr Kissen benetzte. Wie oft hatte sie Louise schon so schlafen gesehen, wie unterschiedlich waren ihre Gefühle dabei gewesen, schwankend zwischen benommener Liebe, rasender Wut und Ekel, Bewunderung und unendlicher Dankbarkeit. Auf Zehenspitzen ging sie zum Schrank und zog ihren großen Rucksack hervor, der, mit Ausnahme von Großeinkäufen für die Lodge, seit ihrer Niederlassung auf der Insel keine Verwendung mehr gefunden hatte. „Eine Reise tun also", dachte sie, „mit einem Weggefährten, einem Freund, einem Komplizen." Sie spürte, wie eine Träne sich an ihrem Kinn festhielt und von der nächsten, die gerade die Wange hinabrollte, ins Nichts geschubst zu werden drohte. Sie wischte alles in ihren nackten Arm. Sie wollte gerührt sein, aber wozu weinen? Sie dachte an eine Szene mit Louise, vor vielen Jahren: „Wenn ich dich nicht mehr spüren kann, dann ist das ein wenig so wie krank sein, ich werde dann ganz unrund", hatte Jeanne damals zu Louise gesagt, eben in diesem Bett. Louise hatte sich damals an Jeanne geschmiegt und ihr Bein so um Jeanne gelegt, als ob sie damit ihre Körper verknoten wollte: „Ich bin dann ganz verquer", hatte sie geantwortet und den Körperknoten sanft geschaukelt. Louise kannte dieses Wort nicht, erahnte den Sinn bloß und fragte: „Was heißt denn verquer?" – „Wohl das, was unrund für dich meint." Den Rucksack in der Hand blickte sie auf das Bett, auf Louise, und dachte an das so nah geteilte Leben, das sie nun zu unterbrechen gedachte, an die Bahnenverschiebung, die neuen Ecken Gestaltungsfreiheit. Sie lächelte, zögerlich zuerst, dann voll Zuversicht. Sie durfte nicht vergessen, das Eis aus dem Kühlfach mitzunehmen. Das Eis für die Fahrt im nächtlichen Endsommerwind.

In Sarajevo wie in Wien ließ sich aber noch immer gratis zwischen den Baumreihen flanieren. | Ab und an zog eine*r aus der Fabriketage aus und verließ Berlin, das doch nur schlecht bezahlte Jobs, weite Alleen und zahllose Plätze zu bieten hatte. | Richard war bereit, sein Leben von Berlin nach Wien zu verlegen, | Für die Benutzung der Parkanlagen an der Bosnaquelle, zu der die Sarajevoer Allee führte, war aber seit Neuestem Eintritt zu bezahlen, | Jeanne wurde schlecht, | 3 Konvertible Mark. | sie parkte ihr Auto am Rand und stieg aus, stemmte ihre Hände in die Seiten, hob ihren Brustkorb und holte tief Luft.

Wenn Nadina dringend Geld gebraucht hatte, hatte sie sich als Kellnerin im an der Miljacka gelegenen Café Tito für etwa 30 Mark pro Schicht die Füße wund gewetzt. | Fremdbestimmte Tätigkeiten wurden bestimmt nicht mit individueller Progression und Karriereaussichten verbunden, dennoch schienen alle auf etwas zu warten, **ein Ereignis**, das

diesen Mikrokosmos ergreifen, eine Situation, die auch die Bewohner*innen im Hinterhaus unumkehrbar verändern würde. |
So trotteten Sina und Nadina am rechten Rand der Allee dahin, | Ihr Blick streifte ungezielt die Felsenküste entlang, die von der Nachmittagssonne angestrahlt wurde. | denn Nadina kannte dort irgendwo **ein Loch im Zaun**, *bezplatno* ins Wald-und-Wiesen-Wunderland. | Ihre Augen blieben an „3.000 Euro monatlich für drei Jahre" hängen, | Sie blickte sich kurz um, hakte sich bei Sina ein | Ihr Blick sprang von der Zeile ab | und zog sie beide von der Allee weg, | schlich vorbei an „Freies Institut", | vorbei an einem fetten Bernhardiner, | machte einen Abstecher quer links hinab zu

Hallo Bosna! |
Das klingelnde Telefon riss Jeanne aus ihrer zermalmenden Denkschleife | durch den Schlupf im Zaun hindurch, um querfeldein zu gehen und hinter verstreut stehenden Hecken und Büschen

auf den Lagerwiesen wieder nach ihrem Platz zu suchen. | der Ort wäre bunt und weich ausgepolstert, | Die Neuankömmlinge passten sich rasch den gegebenen Gewohnheiten an, nie war jemand in Eile und Zeit kein knappes Gut. | Platz für ein paar gepflegte Meinungsverschiedenheiten und Gaukeleien wären für das Landschaftsrelief schon in Ordnung. | Und so würden sie, nur noch ein paar Meter!, die alubeschichtete, blaurotkarierte Aldi-Picknickdecke zu ihrer Insel ausfalten, Sina würde ihr Bier trinken und Nadina ihr Gras rauchen und danach der Sonne beim Wandern zusehen. | Alle Bewohner*innen gingen ihren Beschäftigungen nach, Erwerbsarbeit war eine lästige Störung und wurde weitgehend vermieden. | vielleicht um ihr eins auszuwischen.

Das Wochenende hatte Achim mit seiner selbst gewählten Familie verbracht, einigen langjährigen Freund*innen, die zusammenwohnten, | Wortgemeinschaften | von chronischer Geldknappheit und unaufgeregten Erwartungen zusammengehalten. | Aber an diesem Morgen hatte sie ihr eben diesen Umschlag mit gespieltem Desinteresse in die Hand gedrückt, | „Ovo je Sinai!"

Und nun lag da vor ihrer Nase etwas, das so unkompliziert klang. Sie musste es sich nicht verdienen, nichts leisten, es war einfach da: | weil die Halbinsel Sinai und wegen des Wortspiels mit Sinas Namen und weil doch jede eine kleine Insel für sich beanspruchen dürfe. | unverbrauchte drei Jahre mit selbstbestimmter Zweckwidmung. | Und vielleicht bleibt es auch nicht bei diesen drei Jahren. | Was sollte sie bloß mit dieser Zeit anstellen? Es wirkte kurz und lang zugleich, | Zwar werden einige mit individuellen Vorhaben ankommen, doch diese Ziele lassen sich beliebig gegen andere tauschen. | 3 Konvertible Mark. | Vielleicht verlernen oder vergessen wir immer mehr, mit welchen Absichten wir eingezogen sind. | Mit einem bürgerlichen Rahmenwerk ausgestattet, war er in der

Lage, dieses Gerüst gnadenlos auseinanderzunehmen, um dann doch wieder in seine schützenden Mauern zurückzukehren.

Eine Saatkrähe spazierte seelenruhig vor ihm her, ohne sich um die Reisenden am Bahnsteig zu kümmern. | Eine von ihnen würde bald stehen bleiben und sagen | „Jeanne, überleg es dir".

SINA | JEANETTE | HANNAH | ELISABETH | MIŠA
KLEINE FIGUR | ALI | PETER | JEANNE | ACHIM

Gossip Club an der Thujenhecke

– Na hearst, des is ja wirklich was, des Angebot beim Meindl, des kannst dir wirklich nicht entgehen lassen: Passionsfruchtsalat mit Austernpilzen – eine ganze Woche lang ...

– Ja, ja, des is wirklich einmal etwas, mein Edwin – Gott hab ihn selig – würde vor Freude die Rasensprenganlage einschalten, das hat er immer, der Gute, wenn ...

– Schau an! Schau an! Die Herrschaften reisen an im Nachbarhaus – und Damenschaften sind natürlich auch dabei. Das muss man ja heute so sagen, denn sonst ...

– Was das wohl werden wird, das mit all diesen Leuten – wisst ihr eigentlich, was das werden soll, was die so vorhaben in dem Haus vom alten ...

– Na, eine Art Cocktailparty-Marathon soll das werden, was denn sonst?! Die ziehen da ein und feiern sich jeden Abend um die Häuser – aber auch fein!

– Na geh, was erzählst denn da?! Schau dir doch den dort an?! Na, der feiert sicher keine Cocktailpartys, der hat in seinem Leben noch nie ein Cocktailglas in der Hand gehabt – wahrscheinlich nicht einmal Gabel und Messer ...

– Haha, eine feine Gesellschaft ist das! Und der dort, bei dem weiß man nicht, ob's a Manderl oder a Weiberl sein soll –

– Ha! Aber die Dame dort, da, die grad aus dem Taxi steigt, die schaut aus, als würd sie zu einer Cocktailparty ...

– Was du immer hast mit dieser Cocktailparty! – A Kommune wird das werden, des sag ich dir, wie damals, bei dem Mühl –

– Richtig! Schaut's, dort haben sie schon ihr erstes Kind – der langzoderte Knabe, ein schmales feines Bürschen ...

– Pfui Teifl! Und das in dem Haus von dem alten ...

– Um den Alten schert's mich nicht, aber dass das vor unserer Haustür ...

– Na, heute is ma wirklich vor nichts mehr sicher ...

– Geht's, das wird bestimmt keine Kommune – schaut's euch doch den großen Mann dort an, wie elegant –

– Na, das sind immer die Schlimmsten! Die Eleganten – der hat sich sicher das Bürschlein, das langzoderte ...

– Na, und ein Österreicher ist das auch nicht – die Haare sind so dunkel und dieser Anzug ...

– Na, wenigstens trägt er schon die rosa Krawatte, damit alle gleich wissen, woran ...

– Altrosa!

– Was?

– Altrosa!

– Wie bitte?

– Na, die Krawatte ist nicht rosa, sondern altrosa ...

– Geh, was erzählst denn da? – Da, von wo der herkummt, gibt's kein Altrosa. Die Mutti – Gott hab sie selig – hat immer mit altrosa Garn gestickt, das war ihr das liebste, das altrosa Garn ...

– Schaut's! Das werden ja immer mehr, da vor dem Eingang. Aus dem Auto steigen Damenschaften, steigen Herrenschaften, ganze Mannschaften steigen da aus – ich möcht gar sagen, sie quellen heraus, mein Gott! Mein Gott!

– Na, das wird ja was werden! Wo sollen die denn untergebracht werden?

– Das ist für Leit wie die bestimmt kein Problem. Die schlafen zu zehnt auch in am Bett, und –

– Geh, was du dir wieder vorstellst –

– Was würd denn da mein Edwin sagen?! – Gott hab ihn selig. Der hat so viel gearbeitet für dieses Haus, dass ma's scheen haben da – und jetzt?! Bei diesen Nachbarn?!?!?

– Reg dich nicht auf – in zwei, drei Wochen spätestens ist der ganze Spuk vorbei. Dann haben's ihre Drogen alle aufg'fressen und fangen an, sich gegenseitig aufzufressen ...

– Ja, ja, des war immer schon so. Deswegen hat auch keine Revolution –

– Richtig! Ich sag's ja immer: Die Revolution frisst ihre Kinder –

– und bei dem langzoderten Knaben werden's anfangen –

– nachdem er ihn vernascht hat, der mit der rosa Krawatte –

– altrosa! Ich hab's dir ja schon g'sagt, sie ist altrosa, die Krawatte.

– Na geh, jetzt hearst aber auf! Ich hab dir schon g'sagt, dass ich weiß, was altrosa …

Gothic Gossip in the Neighborhood

Matthias stupste Christoph aufgeregt an der Schulter. Na ja, stupste, es steckte schon eine gewisse Anstrengung, ein Ansatz von lässiger Geste darin. Christoph drehte sich um, nein, es war wohl eher ein Anflug von Bewegung, die er diskret wieder entschleunigte. Denn er hatte sich gerade noch rechtzeitig darauf besonnen, dass seine düstere Coolness keine, jedenfalls nicht zu viel Reaktion, geschweige denn Anflüge von emotionaler Reaktion auf äußere Reize, auf vor allem äußere menschliche Reize, zulassen dürfe.

Das wäre Stilbruch. Fast so schlimm, fast so daneben wie lachen.

Matthias schien seine subkulturellen Codes jedenfalls in diesem Moment, jedenfalls zu diesem aufregenden Anlass, nicht mehr so dogmatisch zu nehmen und hatte sie hastig über Bord geworfen. Er hockte sich vor Christoph hin, nein, ließ sich eher sackhaft vor Christoph auf den Boden plumpsen und schmiss dabei die Spraydosen um.

„Gut gemacht, Ma."

Matt war von Christoph als Matthias' Kosename abgeschafft worden, der öden Vergangenheit zugeschrieben. „Matt", das war was für USA-freundliche Harley-Biker, die am Samstag Schnitzelsemmeln fressend und Bier saufend bei „Born to Be Wild" immer nur den Refrain mitgrölten, weil sie es zu nicht mehr Textverständnis gebracht hatten, hatte Christoph dazu einmal gemeint. Der bestand darauf, bei seinem vollen Namen genannt zu werden, weil ihm Chris oder Stiff abstoßend banal vorkamen, und ganz gewiss nicht seinem, wie er fand, facettenreich-komplizierten und vielfach verkannten Charakter gerecht wurden.

Also, Christoph merkte ganz lakonisch an: „Gut gemacht, Ma."

Aber der schien großzügig über alles hinwegzuhören und setzte mit aufgeregter Stimme an zu erklären: „Ey, weißt du was, die Nachbarsvilla wird bezogen! Zuerst dachte ich, sie verscherbeln das Haus, die Alte hat ja tagelang wie verrückt geputzt und schaffig herumgeräumt, jeden Tag voll früh damit angefangen, voll *nerve-wrecking*! Aber ich sag's dir, jetzt ist klar: Es ziehen Leute ein, und zwar ein ganzer Haufen!"

„Ja, und? Weiterer Ableger von Wiener Vorstadtsnobs. Weitere Familie, die dafür sorgen wird, dass die kleinen Engel schön Klavier spielen lernen, schön zum Tanzkurs gehen, und darauf hoffen, dass sie den Nachbarssohn heiraten, damit sie auch wissen, wer da in die Familie kommt."

„Christoph, ey, reg dich ab, das ist keine Familie, das wirkt eher wie ein bunt zusammengewürfelter Hippiehaufen. Ich glaube, die sind cool."

„Hippies sind nicht cool", Christoph strich sich mit gut dosierter Dramatik eine seiner schwarz gefärbten Haarsträhnen seines elaborierten Haarschnitts ein wenig aus dem Gesicht. Aber auch nicht zu viel davon, denn eine freie Stirn zu haben war in etwa so uncool wie Hippiezotteln, fand er.

Er begann, scheinbar gelangweilt, in der Playlist seines schwarz lackierten iPods herumzuspielen.

„Und wenn schon, was interessieren die mich, sollen sie halt den Garten mit ihren Gitarren und Lagerfeuern belagern, ich hab echt andere Probleme. Hier läuft außerdem sowieso nichts, nie, und wenn, dann wird gleich alles wieder abgedreht, das wird bei denen auch nicht anders sein. Wirst schon sehen, die Alten in Perlenketten bei der Hecke lecken sich sicher schon alle zehn Finger ab."

„Hast du schon von deiner Strafe gehört?"

„Ja, 200 Euro, wegen mutwilliger Beschädigung von Privateigentum, und meine Alte will mir das Geld dafür nicht geben. Voll assig, weißt du, was sie gesagt hat? Sie hat gemeint, ich soll es mir halt selbst verdienen, wenn ich meine, ein Luxushobby wie Sprayen haben zu müssen. Die kapiert einfach gar nichts. Weißt du, Widerstand ist halt nicht, am Donaukanal Anarchie zu taggen, das musst du den Bonzen schon an die Hauswand sprühen."

„Du bist selbst ein Bonzenkind, Christoph."

„Halt's Maul."

„Ich hau ab, mir ist fad, und da war eine dabei, die in der Villa angekommen ist, die voll *nice* gewirkt hat, ein bisschen verloren, aber cool. Da, hab dir deine Kartusche für's Zippo mitgebracht, wie bestellt. Ich schau mal rauf, mag wissen, was die so vorhaben und so. Wenn mal was passiert, mag ich nicht an dieser Parkmauer versauern."

Ghettoclub bei der Thujenhecke

– Hey Mann, da ist der ure Oflof!
– Der ure *was*?
– Da ist der ure Oflof, Mann!
– Was is *Oflof*?
– Na *Leute*, Mann, du Vollkoffa, kannst du kein Deutsch, Mann, Oida, oda was?
– Na reg dich ab du Wixxa!
– Selber Wixxa!
– Da schau schon wieda ein Taxi ... der ure Koffer –
– Die machen Kommune, Oida!
– Die machen *was*?
– Geh leck mich, Oida, weißt du nicht was Kommune ist, du Wixxa?
– Na, woher soll ich das wissen? Ich hab nicht solche –
– Na was?
– Ich bin nicht auf so einem Hippiestall – aua! – auf so einem Hippiefriedhof aufgewachsen mit so ... Hippiezombieeltern – aua! – wie du – aua! – hau mich nicht! ... na wart! ... Hippiezombie! Hippiezombie! ... (Gerangel)
– Schau, die ham auch einen Burschen dabei, sind nicht nur alte Leute.

– Ah ja ...
– Den wern sie versklaven!
– Genau, der muss den ganzen Tag Bücher lesen!
– Genau, kein Fernseh, kein Internet, kein Handy, ... Oida, ich schwör dir, den holn wir da raus!
– Genau, den befreien wir!
– Genau, Oida, pass auf, den retten wir!
– Ok, Mann, aber wir brauchen einen Namen.
– Ja, Mann, wie heißen wir?
– *Ghettoclub*!
– Ja, cool, Mann, das ist cool: *Ghettoclub bei der Thujenhecke*, das ist der voll krasse Name, Mann!
– Genau, voll krass, der arme Junge, wir müssen ihn freikriegen ...
– Ja, Mann, den holn wir da raus!

Miša war es peinlich, dass der Taxifahrer es sich nicht nehmen ließ, das Gepäck selbst im Kofferraum zu verstauen. Die geübte Praxis siegte. Miša war in Wien noch nie Taxi gefahren. Ein fremdes Gefühl, unnötiger Luxus, sich einer fremden Person eine Zeit lang völlig auszuliefern. Bedient werden und ausgeliefert sein.

„Max-Emanuel-Straße 17."

„Wo soll das sein?"

Schon die erste Frage des Fahrers war angsteinflößend. Mussten Taxilenker*innen nicht alle Straßennamen auswendig lernen, um die Prüfung ablegen zu dürfen? Hatte der Mann mit den großen Ohren und den wuchernden Nasenhaaren, dessen grauweißer Schnurrbart vom Schnupftabakkonsum gelblich gefärbt war, vielleicht gar nie eine Prüfung abgelegt? Er hatte ja auch ein Navi. War die Adresse eine Fiktion? Hatte Hannah Miša ins Leere anreisen lassen?

Miša wollte nichts mehr sagen und reichte dem Fahrer einen Zettel, auf dem die Adresse stand. Der Fahrer nahm ihn, setzte seine Lesebrille auf und sagte: „Ah, dort ist das!"

Miša konnte den Tonfall nicht genau interpretieren. Aber es sah aus, als würde Miša nun endlich wieder ein Dort haben, das möglicherweise ein Da werden könnte. Geld, leben, irgendwas tun. Vierzehn oder fünfzehn Leute, hatte Hannah geschrieben. „Eine kommt vielleicht nicht", war das der Hinweis gewesen, dass alle sich das noch anders überlegen konnten.

Fast da.

„Ich bin heute schon einmal dort hingefahren. Die Frau hat aber dreimal so viel Gepäck gehabt wie Sie. Bleiben Sie lange?"

Miša war ungeübt in Taxi-Kommunikation. War das Neugier? Oder Höflichkeit? Erwartete der Fahrer eine Antwort?

„Drei Jahre."

Wie schlicht das klang, wenn es ausgesprochen war. Wer war die andere Frau? Durfte Miša das fragen? Nein. Lieber warten.

„Eine Deutsche, glaube ich. Sie hat erzählt, sie fährt in die Max-Emanuel-Straße, um etwas fertig zu machen. Ich hab nicht verstanden, was sie fertig machen will, aber jedenfalls fertig. Damit sie wieder was anderes machen kann. Wenn das fertig ist."

Miša lächelte. Fertig. Was für ein trostloser Zustand. Hoffentlich war dort im Haus in der Max-Emanuel-Straße nicht alles weiß. Wie in einem Altersheim. Und lichtdurchflutet, wie in den Inseraten für Immobilien immer stand, deren Mieten sich niemand leisten konnte. Wer wollte Licht, das als Flut auf Wände traf, die alle drei Jahre weiß gekalkt wurden?

Und S.? Ob S. noch in der Stadt war? Wie soll Miša irgendwas erklären? Wissenschaftssanatorium, Millionenshow, Dschungelcamp der Forschung?

Bei einer roten Ampel klopfte eine hektisch fuchtelnde Person an das Fenster des Fahrers. Unwirsch öffnete er es einen Spalt breit. Nur wenig, damit die Finger nicht hinein greifen konnten. Die Person vor dem Fenster hatte einen mehrfach wieder falsch zusammengelegten Faltplan in der Hand, ein Papierknäuel beinahe, mit dem man eher jemand knebeln konnte, als einen vernünftigen Hinweis auf den richtigen Weg zu bekommen.

„Emanuel, Emanuel, Emanuel“, rief sie immer wieder.

„Sag Max dazu, sag Max dazu“, ergänzte eine zweite Figur, die unterstützend aus dem Fahrzeug vor ihnen ausgestiegen war. Die Ampel zeigte bereits Grün. Zwei, drei Autos hinter Mišas Taxi hupten, an ein Weiterkommen war nicht zu denken. Immer mehr Figuren quollen aus dem Fahrzeug mit ausländischem Kennzeichen. War das überhaupt ein Kennzeichen? Miša schloss die Augen. Bedient und ausgeliefert. Alles wird. Aber wird es gut?

„Fahren Sie mir einfach nach, ich muss da auch hin.“

Die Figuren reckten ihre Hälse, um Miša zu begutachten. Gleiche Adresse, gleiches Haus, gleicher Auftrag. Miša blinzelte kurz und bedauerte, die große Sonnenbrille am Westbahnhof nicht gekauft zu haben, nur weil die Sonne nicht schien.

„Hannah will mich“, war der Satz, der Miša dazu bewogen hatte, hier herzufahren. Die Frage „Warum?“ hatte Miša nicht zugelassen. Gewollt sein fühlte sich gut an, das Hinterfragen würde nur Risse schaffen. Ein neues Haus hat keine Risse, braucht keine Risse, wird aber bald welche kriegen.

Das Taxi bog in die Einfahrt.

„Da sind wir", sagte der Fahrer und lud das Gepäck aus.

Wir waren gerade beim Abendessen. Ich hatte – wie immer – einen anstrengenden Tag hinter mir. Meine Mandanten und ihre kleinkarierten Fällen raubten mir seit geraumer Zeit immer mehr den Nerv. Ich merkte, wie sich wieder dieser Migräne-Kopfschmerz von der rechten Gesichtshälfte bis zum Nacken hin breitmachte. Zudem quakte mich meine Frau voll. Irgendwie schien sie unzufrieden zu sein. Ich war müde. Was sollte ich denn noch machen, damit sie endlich etwas glücklicher wurde? Sie quakte und wurde von meinem Handy-Klingelton unterbrochen. Sie reagierte genervt und beleidigt, als ich ans Telefon ging. Ich war froh. Denn ihr Selbstmitleid gepaart mit dem Rotwein ekelte mich an.

Es war Alice. Ich merkte, dass mein Herz vor Aufregung hüpfte. Was war mit mir nur los, dass mich so etwas in Aufregung versetzte? Mehrmals hatte ich versucht, den Kontakt aufzunehmen. Leider erfolglos. Und jetzt kam er doch, der Anruf. Sie entschuldigte sich dafür, dass sie sich nicht zurückgemeldet hatte. Ihr schien die Zusammensetzung der Institutsler nicht so geheuer. Dennoch wusste sie, dass ich ihr als Ressource zur Verfügung stand. Genau aus diesem Grund rief sie an. Was für ein herrlicher Pragmatismus! Und wie sehr sie mir vertraute!

Sie schilderte mir, dass sie mit drei Flüchtlingen, die sie in ihrem *Centro Sociale* in Sciacca kennenlernt hatte, unterwegs war. Alice hatte sie eingeladen ans Freie Institut. Wie spannend! Was für eine naheliegende und gleichzeitig verrückte Idee. Da nahm das Projekt doch endlich ein bisschen Fahrt auf. Alice war etwas außer Atem. Sie meinte, dass sie vier auf ihrer Fahrt mit Rowdys in Konflikt geraten seien und nun bei der Polizei in Padua säßen, weil sie keine Autopapiere habe. Ich sollte doch dringend intervenieren, ich sei die geeignete Person, um den unbegründeten Anfangsverdacht aus dem Weg zu räumen.

Genau auf so etwas hatte ich gewartet – einen Grund, nach Italien zu fahren. Raus hier! Mein Auftrag gefiel mir zunehmend gut. Auch wenn ich nicht viel über den Vorfall wusste, ließ ich mir die Namen der anderen drei geben und setzte für sie gleich einmal einen Arbeitsvertrag auf. So konnte ich bei der Polizei nicht nur als Anwalt, sondern auch als Arbeitgeber auftreten. Für mich bedeutete Integration schließlich Integration in den Arbeitsmarkt. Und diese drei brachten auf jeden Fall ein Skill-Set mit, das keiner unserer ortsansässigen Institutsler vorzeigen konnte. Bestimmt waren die drei auch im Vergleich zum Rest in der Lage zu arbeiten. War es nicht die Agenda Austria, die gerade erst für eine schnellere Integration von Flüchtlingen in den Arbeitsmarkt plädiert hatte? Voilà, ich war bereit, diese Politikempfehlung in die Praxis umzusetzen ...

Psychohygienischer Moment.

Zwischen den Fingern das kleine Stück Papier. Aus der Hosentasche herausgenestelt, behände aufgefaltet und dann. Schweigen. Die Augen scheinen Schlittschuh zu laufen auf der zerfurchten, schmutzig-weißen Oberfläche. Keine

Haftung, abwesendes Hinweggleiten vielmehr. „Stumpfsinn", hätte sie sich gedacht, wenn es dieses Wort in ihrer Sprache gäbe. Aber in ihrer Sprache sind die Ausdrücke „stumpf" und „sinn" nicht in ein Wortpaket zu schnüren. Viel zu weit liegen sie auseinander.

„Wohin wollen Sie?"

In ihrer Stimme verbirgt sich die Ungeduld nur halbherzig. Auf dem auseinandergefalteten Stück Papier laufen die Augen weiterhin Schlittschuh. So, als hätte sie gar nichts gesagt. So, als hätte sie nicht gerade gefragt, wohin sie denn fahren wolle, diese Person unbestimmten Alters, unbestimmbaren Geschlechts. Ob Mann, ob Frau, das würde sich wohl erst zeigen, wenn sie den Mund aufmachen würde. Stimmknoten in den oberen oder den unteren Tonlagen. Brust- oder Kopfstimmen, davon versteht sie etwas. Doch singen kann sie momentan nur während der Leerfahrten, wenn keine andere Person im Taxi ist. Gesungen haben damals andere, Hassan und Elmah zum Beispiel, und weil die gesungen haben, kann nun sie nicht mehr singen, nicht mehr vor Publikum. Vielleicht kann diese komische Person auf dem Gehsteig vor dem Taxistand auch gar nicht sprechen. Muss sich in, muss sich mit Zeichensprachen verständigen. Oder sie kann nicht lesen. Warum aber hätte sie dann etwas auf dieses Stück Papier geschrieben? Und auf diesem steht doch etwas, in sehr kleiner, sehr enger Handschrift. „Max-Emanuel-Straße 17, 1180 Wien" ist ihr vors Gesicht geschoben worden, ruckartig und viel zu nahe. Eine rasche, schließlich doch unerwartete Handbewegung, die diese Pantomime ausgeführt hat. Die Augen aber scheinen hängen geblieben zu sein, sie baumeln wie zwei Beine in der Luft an jener Stelle, an der eben noch das Stück Papier, die schmutzig-weiße Oberfläche gewesen ist.

„Na dann, steigen Sie ein."

Keine Bewegung. Sie öffnet die Tür auf der Beifahrerseite. Oder Beifahrerinnenseite. Sie weiß es immer noch nicht. Keine Reaktion. Sie stößt die Tür weiter auf, der Türflügel berührt leicht die Beine dieses Menschen auf dem Gehsteig. Na endlich. Der Mensch bequemt sich ins Auto. Stößt sich mit den Augen kurz an dem „Rauchen verboten"-Zeichen auf dem Handschuhfach. Sie kennt das. Sie erkennt sie sofort, diese Enttäuschung darüber, dass nicht geraucht werden darf im Taxi. Woher diese Person wohl kommen mag? Welche Sprache sie wohl spricht? Sofern sie überhaupt eine Sprache spricht. Zu sprechen scheinen nur ihre Augen, sofern sie nicht an irgendetwas hängen, hängen bleiben, wie zum Beispiel jetzt, an den Gebetsperlen am Rückspiegel. Durch diesen Rückspiegel hat sie heute schon zwei andere Fahrgäste beobachtet, die auch in die Max-Emanuel-Straße gefahren sind. Zwei völlig andere Typen. Zwei völlig unterschiedliche Typen. Der eine groß und breit, stämmig, der andere groß und schlank, schmal. Auf der Rückbank hat sich der eine, ein Österreicher mit diesem karawankenden Akzent, noch breiter gemacht. Breitbeinig ist er dagesessen und hat die Hand auf das Knie des anderen gelegt. Das hat sie gestört. Brüskiert. Der andere ist stumm und irgendwie versteinert dagesessen und hat immer wieder auf sie, die Fahrerin geschielt. Sie hat diese Blicke gespürt, im Nacken, dort, wo der Knoten ihres Kopftuches sitzt. Der hat wahrscheinlich gemerkt, wie unangebracht es gewesen ist, in ihrem Taxi herumzufummeln. Der Österreicher hat gar nichts bemerkt. Der hat die ganze Fahrt über geredet, hat viele Worte verloren, die vielen Worte darüber, was sie in den nächsten Wochen machen werden, dort am Institut. Von hervorragendem Essen ist die Rede gewesen und von intensiven Auseinandersetzungen, der intellektuellen undoder der körperlichen Art. Je nachdem, wer alles dort sein würde. Hahaha. Gurgelndes Lachen. Widerlich hat sie das gefunden. Und dieser Fahrgast jetzt, was wollte sieer, ersie, was auch immer, dort? Eine Tagung? Aber wenn dieser Mensch gar nicht sprechen konnte ...?

„Der Teufel sitzt im Spiegel."

Hat sie richtig gehört? Hat sie das geträumt? Nein, jetzt gerade ist dieser Satz gefallen, vom Beifahrersitz oder Beifahrerinnensitz hat er sich gelöst und ist aufgeflogen. Sie muss lächeln. Als hätte diese Person ihre Gedanken gelesen, ihre Erinnerungen an die Fahrt heute Vormittag vom Flughafen in den achtzehnten Bezirk. Ihr Blick streift vorsichtig den Menschen neben ihr. Die Augen hängen weiterhin an der Gebetsperlenkette. Doch dieser Satz, er steht weiterhin im Raum.

„Symapthy for the devil?"

Eigentlich hätte sie ihren Satz als Frage intoniert, doch ersie, sieer hat ihn offenbar als Aufforderung verstanden.

„Please allow me to introduce myself / I'm a man of wealth and taste I've been around for a long, long year /Stole many a man's soul to waste ..."

Eine weiche und doch volle Stimme. Keine Männerstimme, keine Frauenstimme, sondern eine Radiostimme, eine richtige Radiostimme, denkt sie sich und reißt sich zwei Takte später aus diesen Betrachtungen.

„Pleased to meet you / Hope you guess my name /But what's puzzling you /Is the nature of my game ..."

Und sie singen, singen gemeinsam. Ihr Mezzosopran und die volle weiche Radiostimme singen sich auf und davon, sie singen sich ein Lied davon, wie es wäre, den armen Teufel zu befreien aus den Spiegeln, in denen blindwütig der Überich herrscht.

Wien Westbahnhof, vormittags.

– Taxi! Taxi!

– Jo schreinsnedaso! Terrisch bininoned ... Siginajowoi. Sobitte: Wo sois denn hiigeh? Wohin? Na, des kenniobaned, na. Wo soi des sei? A, wissns a ned? Jonocha konn i eana ned höfn, gö? A bissl höfn miassns ma scho bei da Adress zumindest, göins? Wei, wie soi i Eana schoffiern, wo Sie nedamoi mir a Adress song kenna? Faschtengans? Faschtengans mi ned foisch, oba i muass jo zumindest, Sie miassn jo zumindest song kenna, wo des sei soi, sunst werma si schwertuan ... Sie wern jo woi ungefea wissen, wos, sogma, hiiwoin, net? Wonns scho ka genaue Adress hom, net? A Richtung, net? Nordn, Südn, net? Irgendwia san Sie jo a von daham doher jetzan kumman, net? Homs jo aa gschofft, net? No weans de letztn Meta schon a no dapockn, net? Vielleicht foits eana jo wieda ein? Oda kennans vielleicht wen ooruafn? A homs ka Numma mit, aso. No jo, donn werma si schwertuan ... Jo ... Na, wos moch i mit Eana jetzan? Irgendan Onhoitspunkt werma brauchn mir zwa, göins? Sunst werma si wieda faobschiedn miassn, göins?

– Taxi, Taxi!

– Na, do homma schon an neichn Kundn, schau, ob de waaß, wohin se wüü. Wos? Geh heans auf! Heans, des is oba net schlecht, jetzan, hom Sie vielleicht a Adress dazua? No bitte, die Dame hot a Adress zu wo Sie hiiwoin! Das hat sich jetzt oba wirklich da Herrgott einfoin lossn! A so a Zufoi! Wissens, weil der Herr oda die Dame da, i waaß jo net, die hat die Adress dahaam lossn oda wia, jedenfois hob i scho nimma gwusst, wia und wos, net, a Adress brauchst hoit, net, sogma, ohne Adress is nix, net?

So oisdann, samma einpockt? Forma los ... Na, so a Gschicht ...

Na, so a Zufoi, ha? Und wos is des leicht, wo Sie do hiifoan? Is des a Seminar oder ... a Institut, jo schon, oba fia wos? A des is a net so kloa? Jo heans? Wos soi denn des wern? Adress wissns kane, wos Sie durt genau mochn, wissns a net so genau, jo wieso foans denn dann ibahaupt hin? Kenntats jo dahambleim nocha, bei da Freindin, net, und tats eich die ganze Reise daschpoan und mia hättn si nia kennanglernt ... Wos manens? Des warat schon schad gwen? Na Sie san oba ana, heans ... A hom Sie nix zam tuan? I man, hom Sie nix bessas zam tuan, ois wia si durch die Gegend schoffiern z lossn und noch nedamoi gscheit wissen, za wos genau des guat sein soll? Na mir solls recht sein, i foa eana noch China aa oda zum Stein der Weisen oda wos woin ... Ane Euro homs oba scho dabei? Scho? Na da bin i jo beruhigt. Oisdann – und wos kostet der Spaß? Do wo Sie hiifoan? A do kriagns no wos drauf? Heans, des is oba net schlecht, oda? Und wer zoit des? Der Steuerzahler vermutlich ... oda wia? A Stiftung, aso, no dann. Eh schön, wenns Leit gibt, denens bei die Urwaschln ausawoxt, des Göld, net? Sogma, unsaaans foat täglich dreimoi um die gonze Stod, dass ma sich amol im Joa in Gardasee schmeißn kenna, net, und andre ham in Garda an jedn Tag zum Frühstück, net? Is jo aso ... na jo.

Is eh schee do, schattig, ruhig ... kane Abgase ... samma eh glei do. Des is glei do fuan, hinter de Bama, do hintn. Na jo, und wie is des, komma sich do bewerbn oda wie funktioniert des? Oder is des nur für Eingeweihte? Faschtehe. No oisdann: Dann wünsch ich Ihnen viel Spaß, gö, viel Erfolg, oba den homs eh scho, do homs eh scho gwunna, wonns do jetzt aussteign, dann homs eh scho quasi im Lotto gwunna, netwoa? Wos soi denn do no passiern?

kollektiv
roman
wollen
schon

Natalie Deewan
Florian Haderer
Heide Hammer
Alexandra König
Katja Langmaier
Sonja Mönkedieck
Fanny Müller-Uri
Veza Quinhones-Hall
Thomas Schmidinger
Eva Schörkhuber
Kurto Wendt